不知火《しらぬひ》

石牟礼道子のコスモロジー

藤原書店

不知火／目　次

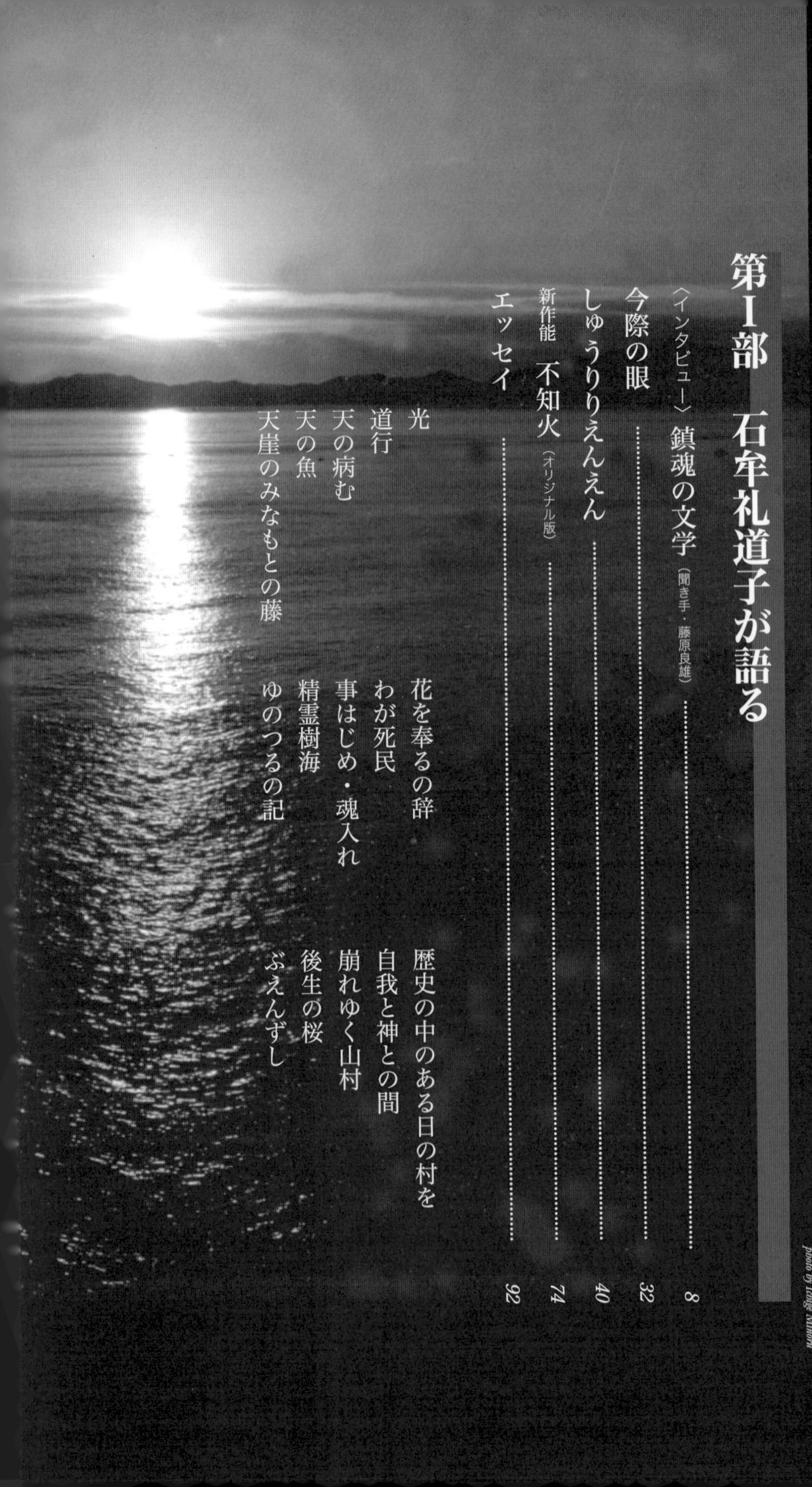

第Ⅰ部 石牟礼道子が語る

photo by Ichige Minoru

第Ⅱ部　石牟礼道子を語る

第Ⅲ部　石牟礼道子と語る

不知火

石牟礼道子のコスモロジー

photo by Ichige Minoru

第Ⅰ部　石牟礼道子が語る

〈インタビュー〉

鎮魂の文学

石牟礼道子

聞き手＝藤原良雄

狐たちの住んでいたチッソの裏山

━━今日は石牟礼さんにぜひご覧いただきたい写真をお持ちしました。I氏が水俣にうかがった時に撮った写真です。石牟礼さんとご一緒した時です。

あの日は、すごい美しい……荘厳な夕日が……。あの日でしょう。あんなに美しい水俣の空というのは、はじめてでした。これは、恋路島。コキ島っていっていますが、恋路島って書くんです。この度台本を書いた新作能に、水俣らしいところが一カ所出てくるんですが、

写真1　　photo by Ichige Minoru

水俣から名前を一つだけとって、恋路ヶ浜というのをつくっちゃった。

――これはどの辺ですか（写真1）。

右手が明神岬でずっと手前がチッソなんです。左が恋路島。二つの出っぱりの手前に埋立地がある。さらに手前はチッソの裏山。昔、「しゅりがみ山」と言っていたところで、どんな字を当てるのか語ってくれた人たちもなくなったし、わかりません。狐たちの山だった。それで、狐たちは、チッソという会社が来るからどこかに逃げ出さなきゃ、どこに逃げようかと話し合って、天草には狐たちの眷族《けんぞく》がいるから向こう側の天草に渡りたいと、それで漁師さんたちに、向こうまで渡してもらえないだろうかと頼んだ。人間に化けて頼んだのもいたけれど、狐の姿のままで来たのもいて、渡し賃をいくらあげればよかろうかと、お金をつくってきた狐もいた。あとで木の葉になったのもあったし、ほんとのお金を持ってきたのもいたとか（笑）。そんな話が残っているんですよ。それで狐たちの山が破壊されて、そこにチッソができた。狐たち

写真2 *photo by Ichige Minoru*

からみれば、あそこは自分たちの山だったのに、といまでも向こう側に渡った狐たちが言っている。狐の子孫たちが、狐のおじいちゃん、おばあちゃんたちから聞いて、見ているだろうと、そんなことを話すのも、漁師のおじいちゃん、おばあちゃんです。もうぼつぼつ亡くなっています。

━ これはどの辺でしょうか（写真2）。

水俣工場のほぼ全景です。向こうのなだらかなのがチッソの裏山、すなわちむかしの狐たちのしゅりがみ山で、手前の林の高見から撮っているんですね。この下に国鉄の水俣駅があります。まん中の球は液体アンモニアを溜めていて、昔は、爆発すれば八里四方は吹っ飛ぶ、という硫酸かなにかを入れていたタンクもありまして、爆発した時は水俣は助からんぞという風説がありました。

写真３

photo by Ichige Minoru

ヘドロ埋め立て地に鳴り響く太鼓

━ これはどの辺でしょうか（写真３）。

ここはもと百間《ひゃっけん》湾の埋立地ですよ。現代的な、何か変なのがいっぱい立っている。埋立地を掘り起こして何をしようとしているんでしょうか。いまは埋め立て地になっていますが、もとは排水が出ていて、この先は海だった。排水ポンプを管理する大きな小屋みたいなものもあって、その後ろの陰からドロドロのチッソからの排水が出ていた。いまはきれいに埋め立ててしまったんですね。セイタカアワダチソウかなにかが生えてます。この辺はまだいじってるんですね。護岸工事をしてるんでしょう。この前、この近くの竹林園でお祈りをしました。

━ ヘドロのところを埋め立ててできたという公園ですね。

世界中の竹をもらってきて、名所にしたいと。下はドロド

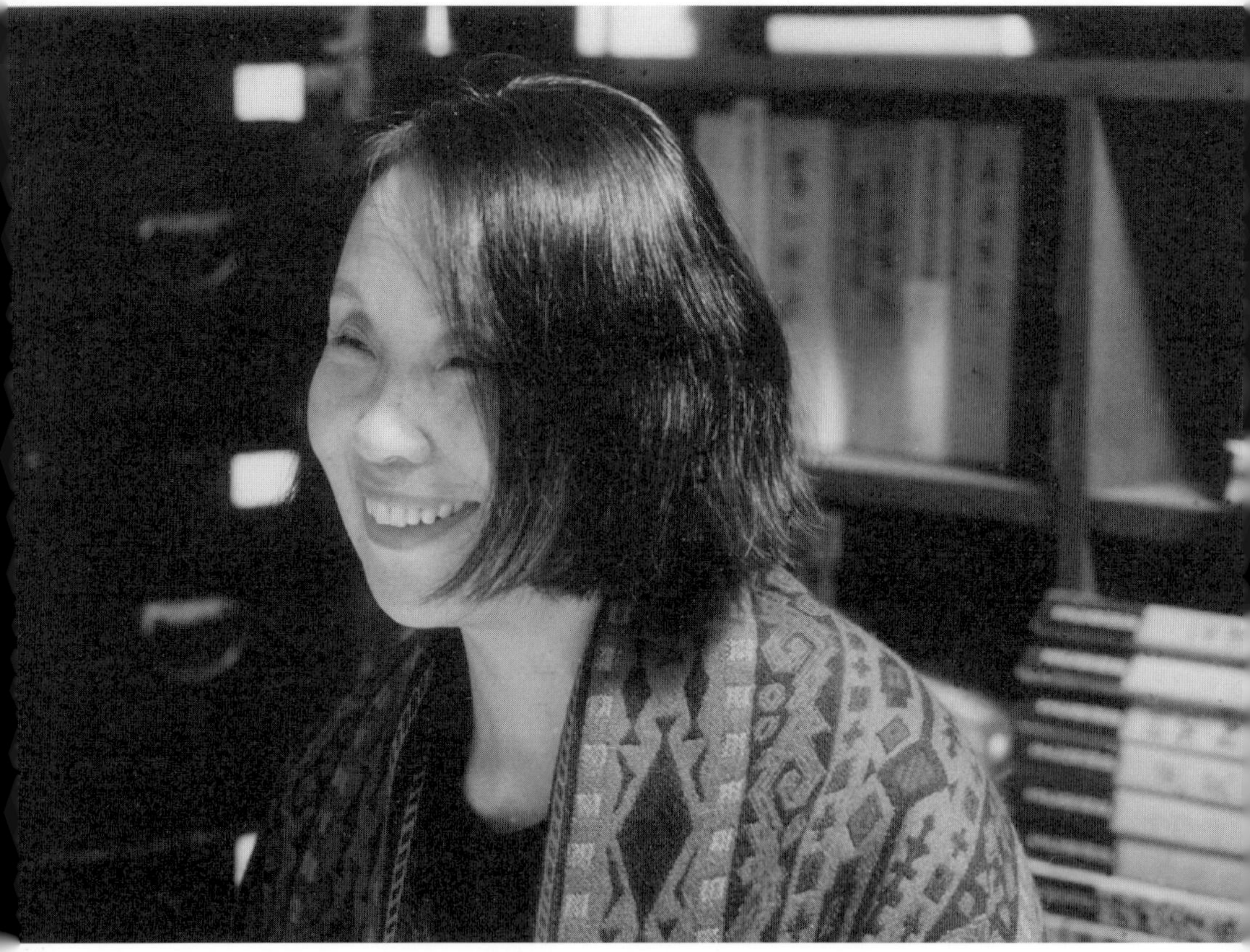

ロの水銀なのに……。そこでお能の大鼓の大倉正之助さんが鼓を打ったんです。

■「復活の太鼓」……。

お月さまが出る晩に合わせてお祈りをやった。大倉さんが鼓を打つと、竹林園の竹が共鳴《ともな》りしたという人もいる。竹は筒になっているから鳴るんでしょう。そしてそこにお地蔵さまをつくって並べて、もう四十体ぐらいになった。

埋め立てて、なんでも蓋をしてしまいたい、ということでしょう。私たちが何を祈っているのか、こわいという人たちもいます（笑）。何人かの遺族の女の人たちに白い着物をきせてもらって、沖縄のノロのようなものですが、患者さんはなして、白着物《しろきもの》着るとやろかって、恐ろしかって。あれだけはやめてくれっていう人もいるんですよ（笑）。

漁民の生きていた神話の世界

いまは、だんだん埋め立てが成功していきつつあります。広い、広い、広い埋め立て地。二十年ぐらい前には、この埋め立てられているところにイルカが泳いできたって騒ぎだったですよ。イルカもマンボウも来たと。最近はサメも来るという話ですが、マンボウが来た時は大変な騒動で、水俣の人は見たことないから、大きな化け物が来たと。頭だけで泳ぎよったって。それで見た人は青くなって船を漕いで飛び上がってきた。大騒ぎになって、そして杉本栄子さんの旦那さまが、魚の図鑑があるぞって。で、見てみた。そしたらマンボウだということがわかって、化け物じゃなかったと。水銀で海が変化していることもあるから……。いまでは笑い話になってますが、来たことのないサメが来よるから、生態がだいぶん変わったと。

そういえば鹿児島にクジラが何匹か打ち上げられたんですが、それを食べると世界中からバッシングを受けるかもしれないと町長さんがびくびくしてインタビューを受けていらっしゃいましたね。

グリーン何とかから、えらい抗議を持ちこまれると。食えばいいのにね。十三頭も。もったいないですよねえ。食えば抗議がくるそうだって。後々、あの時はもったいなかったな、まだ腐っとらんぞって。みんな食べたがってたのに、町当局は世界中から抗議がくるからどうしようかと。

海の話になると、まだ未知のことがいっぱいあります。よくわからないうちに海も死にかかっているから。水銀だけじゃありませんもの。ほんとに窒息しそうになってますよ、海の底が。魚を育てきれない。海が死につつあるんです。映像で見たんですが、ほんとにうずたかくペットボトルなどが海の底に積み重なっていて、海に流す人がいるんですね。そうすると海は呼吸できないから、貝が死ぬはずです。死ぬというか、稚貝を海が育てられない。朝鮮とか中国あたりから稚貝を持ってきてばらまくんですが、死に絶えてしまう。大変なことになっています。瀬戸内海もそうなっているでしょうし。東京では少し海がきれいになったと言いますが、どうでしょうかねえ。目に見えないものがいっぱい入っているでしょう、海底に。早くその深刻さに気づいてほしいと思います。目に見えるものだけでも、さらい取ってきれいにすればいい。

■ 何でそういうことができないのでしょうか。

人手もいるだろうし……。引っ掻いて田んぼの草を取るガンヅメに似たガタアミというので、貝をとる漁法があるんですが、それは海底につく。私が考えるには、貝をとるように、海底に沈んでいるそんなものをさらえて、取り上げて、地上で処理する。とりあえずそういうことも必要ですよね。だけど、地上の枯れ葉剤の材料とか、ダイオキシンとか、そんなものは目に見えない。最終的に、地上の毒は全部海に行っているんですよ。そして貝だけでなくて、人間の赤ちゃんの出生率だけでなく、たぶんメス、オスのバランスも壊れている。このままだと、思ったよりは早く、どうっと悪い未来になるんじゃないでしょうか。ほんとに心配してます。

■ 漁獲量はどのぐらい減っているんですか。

もう生活してゆけないって、水俣の沿岸の漁師さんたちは言っています。

不知火海というのはほんとに豊かな海だった。それと、海の上で生活している人たちは、みんな、一生になんべんもないような不思議なことによく出会うんです。たとえば、今は夜光虫というのも減少していますが、夜光虫が元気なころは、コハダという魚、ママカリって岡山でいうけれど、不知火海でコノシロといいますが、大群で動くとものすごい。たぶん億単位の魚が回遊しているところへ行きあわせたりして、その上に乗っかっちゃったりすると海底から白い光になってせり上って流れるって。大群団が泳いでいるわけですね。乗り上げた時はあぶないからもう網を入れるなって。その上に乗り上げるというか、魚たちが海の底をずっと来るわけですから、船が乗っちゃうんですね。もうぞぞぞうっとするって。こわいということもあるけれど、たぶん神秘な感じでしょうね。光っているわけですから。私たちが小さい時、海に手を入れると、夜光虫が手の形がわかるように発光して、キラキラ光ったり消えたりしていましたのが、最近はあまりしなくなってきました。

ですからまだ生まれない神話の世界だったんですよ。漁師の人たちはその世界で生きていた。あまり町の人にはそういうことは語りません。何十年もつきあってきて、なにげなくたずねたことから、ぱあっとそんな話が出る。「本願の会」をやっていると、はじめて聞くなと思う話がぞろぞろ出てくる。ほんとに神話の世界だったんだということがわかります。その世界が死ぬんです。

海は死に瀕しています。人類もね。

自然と神話の世界の破壊

フィリピンあたりの海岸にも日本人が行って、エビの養殖をしているでしょう。照葉樹林地帯という言葉がありますが、あのへんはあの海で育つ木、マングローブというのがございますね、沖縄・八重山にも。そういう自然、生活世界も、ちゃんと学術的に解明されないうちに日本人が行って滅ぼしている。ですから民族の誇りというか、文化というのも死につつある。人類の文化というのは、まず神話から各民族ともはじまるのに、文化に高度なものと低いものがあるという考えが潜在的にあって、そういう世界史の遺産をなくしている。生活文化が活き活きしていればこそ、基盤があるから伝統的な様式も生まれてくるんです。それに気づきもしないで、滅びていく。

━ そうやって生態系の循環が絶たれている。人工的なものを進歩と思っているんですね。

そうです。そうしないのを遅れてるぐらいに思っている。そういうマングローブの文化、照葉樹林文化も、民族学でも文化人類学でもどなたかちゃんと調べているんでしょうか。あんまり言わないんじゃないですか。

■ただマングローブを植えようという運動体が日本にもあります。

ああ、それはありがたいですねえ。木が潮で育つというのは、ほんとに感動でね。「およぐ木　赤い花に逢う」（「緑亜紀の蝶」という題で『はにかみの国』に収録）という童話みたいなのを書いたんです。ああいうのを見ると感動する。まるで田んぼの苗を植えるみたいに、潮のくる渚に稚木が生えている。それが大きくなって。たぶん泳いで種を根づかせて、ずっと広がるんじゃないでしょうかね。

アコウの木というのが天草あたりにもあるんですが、水俣にもあるんです。大きなアコウの木があって、根は潮の中につかって、枝が伸びると、枝の先から根が出て、潮の中に入って、根をおろして。小さな島だったら、周りに生えて、島を支えてるみたいな感じを受けるようなものもある。それも伐り倒して、コンクリートにしてしまう。昔はその木に船をつないで、防風林の役目もしていた木も衰えてきつつあります。

海辺を歩けば悲しいというか、ショックというか、錯乱してくるような感じが……。私はいつも水俣へ帰ると、錯乱してくるんですよ。だけど、海辺はコンクリートでできてますが、時々、コンクリートがひび割れて、いまいったような種類の木がコンクリートを割って、けなげに芽を出しているところが、ところどころにございます。小さな芽がひょろっと出てる。ああ、どうもありがとう、ありがとうって思うんです。やはり生きようとしている。

ですから考えたり、発言したり、実行したりとか、もう討論会とか、そんなのじゃなくて、何か具体的に、ささやかでも、海岸に木を植えるグループができたり、中国の砂漠のようなところに木を植える人たちがいる。

農業も「工業」にしてしまったチッソ

阿蘇の人で親しくなりかけている友人、熊本大学の先生ですが、最近、佐藤誠さんという方と近づきつつあるんですが、変わった人で、最初、牧師になろうとして挫折して、筑豊炭鉱に行って、上野英信さんたちのまわりにいたそうですが、炭鉱に入りこんだら一生足抜けできないと思って逃げだして、水俣と筑豊だけには関わるまいと、関わったら足抜けできないと、それで大道商人になられたそうです。それから阿蘇のふもとに百姓尋常小学校をつくりだしたお百姓さんがいて、その人の加勢をして、阿蘇のふもとの農業を考えていたら、やはりどうしても水俣のことが気になると。百姓をして、循環とかを考えると水俣のことが気になって気になってって。それで現職は熊大教授なんです（笑）。変わった先生なんです。大変感覚のいいお方です。

その人にもお尋ねしたいんですが、いまの、農業を放棄しているような状況というのは大問題です。とくに今度の狂牛病で国民のなかには健康志向というか、安全志向が育ってきている。ちゃんと健全な農業をやってもらって、私たちは百姓さんを尊敬して、荒れ放題になっている山をちゃんと管理してもらって、水の循環をよくしてと、そっちの方にいま目を向ける人々が出てきている。そういう方向にみんなの意識が向くようにしなければ。これ以上、経済の成長といったって、物を作って売ろうといったって、もうそんなに買いたいって思わなくなっているんじゃないでしょうか。私自身もそうですもの。むしろ簡素な生活に切り替えて。

健全に育った食べ物、いま、いちばんそれが贅沢なような気がします。そんなふうに消費者の側も考えはじめている。食べ物が子供たちにも大きく影響していると思います。

農業の工業化ですね。巨大交通網であちこちにいろんなものを運びますが、やはりそれでは古くなるし、だから薬品が使われますし、運ぶとコストもかかりますが、そういうことこそ、進歩だと考えてきた。

それを進歩と思ってきましたよね。それをぶち壊さなきゃいけない。大量生産、大量消費、それはもういらないと。実際、そう思っている人が増えてきている。女性の人たちも、手作りというのをこのごろありがたく思うようになりました。キルトみたいなのもやりはじめているし、NHKも時々見ていると、グルメというものではなくて、故郷のそこでしか食べられないごちそうを、よく紹介している。ひところのようにグルメ旅行をするとか、ああいうのはばかばかしくなっているんじゃないでしょうか。そういうところに希望がもてないでもないかなと。

私たちの小さいころのおやつといえば、おやつという言葉もなかったですが、ひもじくなったらこれ食べようかといって食べてたのは、からいも、さつまいもですね。いつもそれが身近にありました。たいがい畑が少しでもあればつくってましたし。それから昆布。煮しめ昆布を噛み切って着物の袂の中に入れて、着物は塩っからくなるんですが、袂の中に入れて、それをしゃぶっていたり、いりこをやはり袂に入れて、ひもじくなると取り出して食べた。すると、頭だけが袖の中に残ってて……(笑)。それでたまに黒砂糖でもあれば、大ごちそうで、それで体にいいものばっかり食べてた。

特別あまいものなんて食べなかったですよ。お祭りにちょっとおこづかいもらって、からいもでできたアメとか。チョコレートなんて、どこか外国の王子さまか王女さまが食べるものだと思ってましたよ。それで昔は、いまからいえば貧しい生活ですが、大変健康で、農薬なんか使うこと知りませんでしたから、わざわざ無農薬野菜なんて言わなかった。

いま思うと、チッソ工場がチッソ肥料をつくりはじめて、畑に金肥を使うようになった。アンモニアというのは小便の塊だそうだといって、それを買ってきて使うのが上等の農業だと。当時はそういう感じでした。ところが十年も使ってると、畑の土が固うなるって。やはり堆肥を入れるとふわふわ、ミミズがふんわりしてくれるでしょう。金肥が上等と思っていた時期があって、わざわざお金を出してチッソ肥料を買った。

人糞、尿を使いますと臭いですから、お百姓さんでも品のいい人たちは、金肥を使うんだって。金肥を使って農業をするのが理想のようになって。それと肥桶をかついで段々畑を上るのは重い。腰は曲がってましたよ。要するに重労働です。チッソ肥料だと、袋に入れたのを、腰を曲げなくてもパラッと撒けばいい。それが枯れ葉剤になっていくんですよ。農業の工業化です。あるいは漁業も、これからは工業的にやらんとやっていけんもんなあと、漁師さんたちが得意そうに水俣病がはじまってからもまだ言ってました。それで養殖漁業になりました。

みんな体験として、それはまずかったなあと、やはり思っているんです。しかしあのきつい農業は、私も経験ありますが、もう四つんばいで草取ってました。腰がちぎれそう。四つんばいで背中を上げてると、ほんとにつらいですから、もう腹這って、もうやけくそ。夏の田んぼの水は熱くなりますから、温泉よりも熱いですよ。お腹を田んぼの中へぴたっとくっつけて、稲株の間の水草を取るんです。だからその時期が過ぎると、病み倒しというけれど、病み倒れてました。そういう農業の近代化というのは体験的に知っています。だから都会で、いま失業者がたくさんいますが、都会の失業した人たちとか、若者たちに農業をやってもらえばいい。中国の「下放」というんですか、あれも意味があったんではないかと思います。ただ一部のインテリたちは嫌がってね。ひどいことをされたようにいま言っていますが、経験した方がいいと私は思うんです。だって自分たちが食べる食料がどうやってできているのか、どうやってお米はできるのか、野菜はどうやってできるのかとみんな考えないと。

大地というのは、ずうっと太古からそこに種を蒔けば、芽を出させ、花を咲かせ実らせてくれる。こんな不思議なことってないですよね。魔法といってもいい。だから子どもたちには稲をつくらせた方がいいと思う。植木鉢でもいい。土があるでしょう、籾のこんな小さなのがあるでしょう。これを蒔けばどうなるか。何が出てくるか。みんなで観察しようと一人

photo by Miyamoto Shigemi

一人に宿題させて、そして生長日記を書かせ、生命というものを感じてもらう。

いま職のない人は山に行ってもらったり、畑にきて、もう食べさせてもらうだけでいいですよね。平等というのはそういうことだと思うけれど、地主がいたりするかもしれないですが、山と畑を立て直して、農薬を使わないようにして食料をつくり、どのぐらい尊いひとの力がそこにこもっているかを体験する。そして食べさせていただくのは、ありがたいんだと感謝する。実るということは、太古から続いている大地の力、この永遠なる地霊の力にね。

哲学の大転換——もう学者たちは頼りにならない

━ いまはどこもアスファルトですから、土すらないですね。

そうです。ですから土を知らないで子どもたちが育っている。東京に来ていちばんショックだったのは、小学校の校庭がコンクリートで張りつめられていること。ほんとにショックだったんですよ。ミミズがいたり、オケラがいたり……。オケラなんてかわいいですよ。オケラをこう掌に乗せると、もぞもぞして、顎が出てくるから、見てるとかわいい。そして水に放すと、泳ぎますものね。あんなかわいい生き物と遊ぶことを、いまの子どもたちは知らないんです。

大人のする仕事も汚い、危険、きついという「3K」、あれを言いだしてからだめですね。

全然逆です。全部やらなくちゃいけないですよね。だから思想とかなんかいうけれど、高等的な抽象的なことを学者たちも言って、それで論文を書いているけれど、いまはあまり体系的な学問をしなかった人の発言というか、ふつうの日常の言葉で語る人々の生き方に意味を見つけなおさなきゃいけない。哲学の大転換をしなきゃいけない。もう学者たちは頼りにならないと思うんですね。

大量に効率的に人を殺すための武器をつくるのに、現代の技術を総結集してゆくわけでしょう。世界の頭脳がそのために集められる。生き物を殺すために。いつの新聞だったか、もう二十年ぐらい前だったかしら、日本でも産学協同で武器の研究をすると新聞に載って、エエッと思ったことがありました。アメリカの空爆の報道を聞いていても、あの無機的な言い方。なんか思ってはいるにちがいないけれども、アナウンサーたちもそんなふうに読めと言われるのか、戦略的な理由から空爆をはじめたとか、まだやっているとかいうとき、なるべく人間がそこにいるというのを思わせないような表現で、言っているでしょう。

九月十一日のあれもショックでした。長いあいだ燃えましたね。まだ燃えている、まだ燃えてる、まだ燃えてるって。人間ももちろん燃えているんだろうなと思って。それから消防の人たちが一生懸命働いていて、自分たちの仲間が、ビルにいた人たちを救いたいと思って、死んでからもまだ働いているんだといって消防の仕事をやってましたよね。それで掘り出してやらねばと、がんばっているんだって。心を打たれましたが、でもそれで報復だというのは。たしかにバーミヤンもあんなことになりましたけれど、無辜《むこ》の民たちを、どんどん空爆していいんでしょうか。山の神様もいるかもしれないし、そこには民族は違ってもあらゆる信仰があったかもしれないし。武器をさまざま作って実験をしてるんじゃないですか。ベトナムがそうでしたねえ。私はあの大統領、大嫌い（笑）。なんでしょうね。自分たちの作戦のことを「高貴なタカ」だと言ってましたでしょう。よう言うわと思って。しかしその大統領に日本の首相が尻尾振ってくっついていく。ほんとになさけない。

鎮魂の文学──『石牟礼道子全集・不知火』刊行

石牟礼文学とは何だろうかということを考えたいのですが、それは鎮魂の文学、レクイエムではないかと思います。魂というのが存在するのに、いまの日本人はそれを忘れてしまった。しかし人間がまだ生きていくとすれば、そういう魂を取り戻すこと以外に道はないのではないか。『石牟礼道子全集・不知火』を鎮魂の文学として出したいと思うんです。

知識階級になるほど、魂をおろそかにするようになりましたよね。近代的な知性とか、近代的な個性とか、自我とかというのは、そこから脱却することをめざしてきましたから。女性のフェミニズムというのも、私たちの世代、私なんかもそうですけれど、いかに家族制度の軛、村落共同体の軛をふりほどくかと。その願望は痛切に身にしみてわかるんですけれども、自立という言葉、自立した個性とか、自由な個性というのは、ふりほどいて前に進むこと、とイメージされて、落ちつくところは、核家族を理想とする個のあり方になります。そういうことをかなりの女性が実行しました。

近代文学というのは、家を出ること、村を出ることだったんでしょう。しかしやはり村が追い出したことでもあるんですね。石川啄木さんじゃないけれど、「石をもて追われるごとく」、故郷から追われた。室生犀星も、「異土の乞食となるとても／帰るところにあるまじや」って歌われたけれど、そうやって文学者たちも出て行った。都会へ出て行って、自由な都市市民になったあげくに、人権とか連帯とかという言葉はあるけれども、人間一人一人は砂漠の砂の粒のようになってしまった。一度断ち切った絆というのは、なかなかもとへはかえらない、つながらない。

水俣の患者さんは、出て行くことができずに、やむをえず故郷に残った人たち。私もそうです。若い時はやはり出たいと思ったんですけれど、あまりにも家族が貧乏だったり、病弱だったりして、見捨てていけない。そして私自身、甲斐性がない。都会に出て行って、送金をしたりとか、連れて行って、よそで、あるいは東京で身内を養っていける甲斐性がございませんでした。それもありまして、そして母が弱かったり、妹が弱かったり、その他その他……、見捨てられない者たちが周りにたくさんいたから残ったんですけれど。

やはり一度出て行ってしまえば、ふり返って村の産業みたいなのを見るのは、だれだってつらいですからね。それで帰ってこなかったんだと思うんです。村々の神童たちや秀才たちは。それで、水俣だけじゃなくて、そうした故郷、田舎は、見なかったあいだにどうなったか。それを見届けられなかった。知ってはいたとは思うんだけれど。それが一般だったと思

（16 歳の頃に描かれた自画像）

いますよ。それで村の人たちは、一度送り出した名家の娘や息子たちのことを誇りに思ってて、出世してくれよって。せっかく村を出て行ったんだから、都会で名をあげて、出世してくれよって思っている。私、それを思うと、いじらしくて、涙がでそうになります。出て行った人たちのことも恨まない。名をあげてくれるだろうと思っているわけです。どうしてくれるのって、私はやはり思わざるをえない。いまさら帰ってこなくてもいいけど、せめて村の人たちのいじらしい願望を思ってみてくださいとは言いたいですね。

村は見捨てられ、むちゃくちゃになって、それで村に残った人たちががんばって墓を守って、村でがんばった人たちも、田舎もんと言われまいと思って、「わしどんが村も学校もコンクリートで建てましたし、役場も建て替えて鉄筋コンクリートで建てまして、車道も造りまして、それでたとえば東京からも、都からもどんどん車も来るごつなりまして、もう田舎者と言われんでもよございますばい、もう立派になりましたばい」って。車もどんどん来る。その車は村の喉頸や胸や胴をぶった切って来るんですよ。高群逸枝さんの墓も故郷に立ててあるんですけれどね。「叱られしこともありしが草のつゆ」と書いて、お父さんとお母さんの墓を立てている。その墓地も車道のために半分削られて、その墓は傾いています。もう悲しいですよ。

日露戦争の出征兵士かな、やはりその付近の村ですけれど、背嚢を背負って出て行って戦死した若者のことを顕彰した文字が入っている。どういう若者だったかというのを彫りつけて、背嚢を背負った若者の墓があるんです。銅像でもない、墓ですよ。村の人たちは、その家の人たちが絶えたあとも大事にしていたんだと思うんです。たしかそれは日露戦争だったと思う。村にとって大切な若者だったにちがいない。それも道がきたために倒れている。故郷はそうなっているんですよ。死んだ若者を村の人たちは記憶していたのに、その記憶していた人たちも死んで、もう草ぼうぼうのなかに墓も倒れている。

だから都市へ出て行った人たちのあとを守っていた、そういう村も……。その村はいろんなことを記憶してたんです。その兵士のお父さん、お母さん、お祖父さん、お祖母さんたち、どういうおばあちゃんだったか。その青年がどんなふうに慈しまれて育ったか。昔はよその子も、村中でかわいがっていましたから、よその子が悪さしたとか、いいことしたとか、そのたんびにほめたり、いとしんだり、怒ったりして育てた。その若者も大事な若者だったにちがいない。その村も、今はほんとに村ごと草むす屍。そんなふうにして日本の村はなくなっていく。

■ 記憶すら消していくという、そういう残酷なことをやってきたわけですね。

だから村も死に絶えて、そういう日本でいいんだろうかと思うんですよ。

■ どうも話はつきませんが、ありがとうございました。

(二〇〇二年一月三一日／於・関口芭蕉庵)

今際《いまわ》の眼《め》

石牟礼道子

美学の結像

私には、水俣だけでなく、この生命を産み育てる母体というか母層が、全体的に危機的な状況になっているという思いが初めからありました。科学技術から出てくる毒も当然ですが、人間そのものが、この生命世界に対して毒素となって働きかけつつあると。他方で、私は人間に対して親しみを持ち、かつ人間も親しみを持つ動物は何かいないかと探していました。私自身、猫や狐や狸とか、昔話に出てくるような生き物たちには親しみを持っていました。ともかく、絶滅に向かいつつあるこの生命の危機の中で、科学者の感覚ではなく、詩を書く人間の感覚として、この風土が危機にあると感じています。この世界の異様な有様を、どんな風に表現しえるかとずっと考えていました。作家というのは無力です。その無力な私に何ができるか。自分にもどうやら美学のようなものはあるらしい。自分ひとりのものでありつつ、普遍化もしていけるような美学を結像してみたい、形にしておきたいと思いました。何よりも表現者としての自分の美学のために。

人類の長い長い歴史から見れば、今は終末で、自分も今際《いまわ》の眼《まなこ》でこの世を見ているのではないか。となると、美しいものを見て死にたい。しかし現実の様相は変わりませんので、表現する力でもって孤立無援でやらねばなりません。昔、水俣の患者さんに付き添って、チッソの東京本社の前に座っていたとき、「道行」という詩（本書九四ページ参照）を書きました。「おん身の勤行《ごんぎょう》に殉ずるにあらず　ひとえにわたくしのかなしみに殉ずるにあれば道行のえにしはまぼろしふかくして一期《いちご》の闇のなかなりし」。物書きという所業は非常に孤独で、たった独りでやらなければならぬ、世間一切から訣別するという気持ちでした。そういう覚悟を自分に促すために書いたような気がします。実は『苦海浄土』も、そこから始まっています。何か勘違いされて、水俣病闘争を促すために書いたように思われて、少しぐらいはなきにしもあらずですが、自分の孤独を書いているに過ぎません。自分は役に立たない人間であると、思い聞かせるために書いた。

狐の言葉で書きたいけれど

それで、このくらいは言葉にしてもいいかなと。「しゅうりりえんえん」（本書四〇ページ参照）というのは、字引にはありません。わけの分からない呪文のような言葉で、歳をとって死んでゆく狐に託して、狐の言葉で書きたかった。その呪文を通して、人間の世界と縁や絆を結び合うことができるだろうか、と試みに書いた詩です。ですから、分かっていただけなくてもともと。少しでも分かっていただけたら、この上ない喜びというか、そんな気持ちです。

狐の言葉で本当は書きたいけれど、言葉は中途半端でして。どういったらいいのか、人間である私から狐や猫に化身《けしん》したい衝動があるんです。「信太妻《しのだづま》」という民間説話があるでしょう。狐が男の人と結婚して、神通力のある子供が産まれる。そういうものが日本人は好きで、私も好きです。『椿の海の記』の中に、大《う》まわりの塘《とも》というのが出てくるけれど、「しゅうりりえんえん」の中にもありますが、ずっと薄《すすき》の土手がなよなよ、なよなよと続いていまして。今はもうなくなりましたが、小さい頃、そこに行けば狐に会えるかと思ってた。爪立ちして、狐の格好をしてコンコンと鳴いて、振り返って「もう尻尾は生えたかな」って（笑）。狐にはずっと憧れていました。狐になりたい願望が昂じて、「しゅうりりえんえん」を書きました。

人間の罪に祈る

本来、日本人は、草にも樹木にも魚にも魂があると思っていた。私の周りの人たちは、そう思っています。人間だけが特別ではないと。水俣の漁師さんたちは、万物に魂があると思っています。信仰というか、帰依《きえ》している。水俣の患者さんなんか、毎日祈らずには生きてい

photo by Miyamoto Shigemi

けない。そうせずには魂が生きていけないと、声をつまらせておっしゃいます。何に対して祈られますか、とお尋ねすると、人間の罪に対して祈るとおっしゃる。我が身の罪に対して毎日祈ると。あの方々、心身ともに苦悩の中におられて壮絶な苦闘をしておられるのですけれども、これはもうチッソの罪とか政府の罪とか、市民たちが意地悪するから市民たちの罪だとか、おっしゃらない。人間の罪、我が身の罪に対して祈るっておっしゃるのは、人間たちの罪を、今自分たちが引き受けていると、お思いになるんでしょう。私は、神や仏を考え出した人はすごいと思いますが、今この、人類史の終わりに来て、この末世に現れる菩薩というのは、それは水俣の患者さんたちで、あの苦しみを得て、菩薩に成り代わって現れ給《たも》うたんではないかと思うんです。迂闊《うかつ》に神という言葉は使いたくはないのですが、やはり神に近い人々が人類の苦悩を背負って、我が身に引き受けて、そして祈るとおっしゃっているんじゃないかしらと。

海と陸の毒をさらえる

そうすると、この海や陸に蓄積したもの、この、人間が毒素となって蓄積したものを、さらえてもさらえてもさらえつくすことのできない毒を、誰かが智恵のありったけと労力のありったけをつくしてさらえなければならない。誰がやるのだろうかと思いますに、やれそうな人間は見当たりません。そこで、お能の形で、神話の形を借りて『不知火』(本書七四ページ参照）をつくりました。海というのは生命の母です。「不知火」の母を海霊《うなだま》にいたしました。そしてお父さんは竜神。この人間ではない神族たちでもって、海と陸の毒をさらえてもらおうっていうのが、『不知火』という詩劇です。私たちの望みを、二人の姉弟と竜神一族に託しました。もう人間に先んじて滅びる一族ですけれども、能《あた》う限り美しく滅びさせたいと思いました。

「桜の花が……」

ただ、ヒントはありました。水俣の患者さんの女の子たちが、死ぬ前に桜の花を見て、苦しいとも、いやだとも、人を怨《うら》むとも、なぜ自分たちがこんなに苦しむのかとも一切言わないで、「桜の花が……」って言って死んだのです。子供に教えられて親はハッとして、「今は桜の時期ばいなあ」と思って、桜を見たとおっしゃる。その人たちも死にましたけれども。人間はやはり死の間際《まぎわ》には、美しいものを見たいのだろうと思いました。そういうことが実際にあったものですから、それが導きとなりまして、あのようなお能を書きました。私ども人間の夢を、あちらにゆくときの夢に託しまして。今際《いまわ》の夢です。

（二〇〇三年八月四日／於・熊本　石牟礼道子宅）

photo by Ichige Minoru

しゅうりりえんえん

石牟礼道子

しゅうりりえんえん
しゅうりりえんえん
わたいはおぎん　きつねのおぎん
しゅり神山《がみやま》のおつかい　おぎん

ちゃーらら　ちゃーらら
わたいはおちゃら　わたいはおちゃら
しゅり神山の　おぎんの孫娘《まごじょ》（まごむすめ）

おぎんの孫娘　ちゃーらら　ちゃーらら
おーちゃら　ちゃーら

しゅり神山は　だんだん夜《よ》なか
空はふかぶか青いやみ　海はとろとろ　やみみどろ
星さま　しゅうりり　しゅうりりり

——おちゃら、まちっとこっちけえ《（こい）》。ほらあっち、
あっちの沖《おき》じゃ、沖をみろ、ほら。
——やっ、ばばさま！　あれは何《なん》？
海の上に、火のもゆる！
——そうともそうとも、火がもゆる。
ほら、三つじゃ、六つ！　やあ、かぞえきれん。

おちゃらのひげが　ふるふるひかる
あれは不知火《しらぬひ》　しゅうりりえんえん

くゎっきーん　くゎっきーん　夜《よ》があける
天までとどく　杉《すぎ》の木じゃった
あっちの枝《えだ》こっちの枝に　ツバメがきた
キジもきた　ヒヨドリもきた
ヘビもねどこを　つくっておった　ガーネ（かに）もおった
サルたちの木じゃった　空には　トンビがまいよった
晩《ばん》には　ガーゴ*が大将じゃった
むかしむかし　てっぺんで
雨《あま》ごいたいこが　鳴りよった

くゎっきーん　どんどこ　どんどこ

*ガーゴ　水俣地方の妖怪。姿は見えない。

岩《いわ》の下に井川《いがわ》（わき水）があった
ちょうちょがきよった　水のみに
舟《ふね》の衆《し》（ひとたち）がきよった　舟で飯《まま》（ごはん）たく水くみに
町のおなご衆《し》がきよった　病気《びょうき》のなおる水くみに
黒べこだぬき＊が　どん腹《ばら》（おなか）ほしにきて　かぜひいた
美《よ》か（きれいな）水じゃった　わたいどもの井川じゃった

しゅうりりえんえん　しゅり神山《がみやま》は
わたいどもの山じゃった
大岩《おおいわ》小岩《こいわ》がすわっておって
くずのかずらや　山ぶきいちごの　花やぶくら（花のトンネル）が
わたい家《げ》たちの入り口じゃった
花やぶくらが　入り口じゃった
春がおわれば　つつじがさいて

＊黒べこだぬき　黒いふんどしもようをつけたたぬき。

山には　霧《きり》や雨がうるうる
ぱっと陽《ひ》がてる　紅《べに》やまもの　実《み》がうれる
やぶのそこらは　野いちごだらけで
おちゃらの小鼻《こばな》は　紅《べに》だらけ

陽《ひ》いさま　えんえん　山じゅうみんみん　せみの声
それもおわれば秋がきて　お山人形《やまにんぎょ》*が顔だすころは
井川《いがわ》の空がひろがって
ぶどうがつづれて　柿《かき》がひかって
山のうしろは　不知火《しらぬひ》の海じゃった

しゅり神山《がみやま》から　あそびにでれば
大《う》まわりの塘《とも》(とて)は　春の海
むこうの島じま　こっちの岸べに　菜《な》のはな照《て》れば

*人形のような赤いキノコ。トリモチにつかう。

さくら色した鯛《たい》たちが
ごよごよきらきら　やってくる
車えび　わたりがね《（かに）》　とんきゅいか　もんこいか
足長《あしなが》だこ　花だこ　とらふぐ　よめが笠《かさ》
こぐるま貝《がい》　ほたて貝　月日《つきひ》貝　あわびに　さざえに
うに　すここべ《（かわはぎ）》　なまこに　あなごに　ええがっちょ《（えい）》
かぞえあげればきりがない

海のものらが　あっちゆきこっちゆき
おぎんとおちゃらも　あっちゆきこっちゆき
波《なみ》の下には七色じゅうたん　海の草
れんげの色の空じゃった

photo by Ichige Minoru

しゅうりりえんえん　しゅうりりえんえん
会社《かいしゃ》がきた　チッソの会社がきた
岩《いわ》がハッパで　くずされて　どどどどーっ
岩がハッパで　どどどどーっ
こんこん太郎が死《し》んだ　ハッパで死んだ
舌《した》だして死んだ　どどどどーっ
こんこん太郎の　子どもが死んだ
目ぇあけて死んだ

けおーん　けおーん　けおーん
杉《すぎ》の木がたおれる　杉の木がたおれる
みんながにげる　岩がくずれる
わたいどもの山がくずれる
どどどどーっ

むこうの島から舟《ふね》がくる　舟がくる
あれあの舟のもどるとき　たのんで　のせてもらおうぞ
りゅう神《じん》さまのお祭《まつ》りじゃった
祭りというのに　家《や》うつり（ひっこし）じゃった　家うつりじゃった

舟はゆくゆく　祭りはくれる
親がでてきた　里《さと》の島　もどれば　家があるのやら

なあ漁師《りょうし》さま　のちのちきっと　わすれずに
ご恩《おん》はかならず　おかえし申《もう》しやす
いまはあわれな　やどなしぎつね
せめて木《こ》の葉《は》なりと
おれいにとってくださいませ

しゅうりりえんえん　夕やみ小波《こなみ》　ひかり波
冬がくる　雪がふる
はんぶんくずれた　しゅり神山《がみやま》からみおろせば
ほうしゅら　しゅうしゅら　ふいごが火をふく
会社《かいしゃ》の鍛冶場《かじば》の　ふいごが火をふく
ほうしゅら　しゅうしゅら

会社のゆきさんがいわるには
――よう、よんべ《(さくばん)》は、山のあの、あの衆《し》たちが、子ぎつねつれて、
ふいごにあたりに、きておらい《(れ)》た。
けさきてみたら、ほっつり　ほっつり
子ぎつねおこして、山のほうさね、帰《かえ》ってゆかい《(れ)》た。

ここは、あの衆《し》たちの山じゃった。
雪はふる、家はつぶれる、あの衆《し》たちも寒《さむ》かろや。

ほうしゅら　しゅうしゅら
今夜《こんや》もふいごを　ふかずばなるまい

けむりがえんえん　煙突《えんとつ》三本　六本たった　十本たった
茶色のけむり　黒いけむり　赤いけむり　青いけむり
みなともふえて　舟《ふね》もさかんにゆききして　道がとおって
家がならんで　会社《かいしゃ》ゆきさんたちが　ゆききして
魚うりのおばさんたちも　かごをになって（せおって）ゆききして
小さな村は町になった　町になった
いまに都《みやこ》に　なるかもしれん

町にはなったが　みょうなことがある
しゅり神山《がみやま》は　つつじの山じゃが
このごろ花がとけておる
井川《いがわ》によって水をもろうて　墓《はか》にまいれば
墓のあたまもとけておる

しゅうりりえんえん　えんえん
井川《いがわ》の神《かみ》さまが　夜《よ》なかに申《もう》される
どういうものか　このごろ息《いき》がつまってきた
わたしにうつる会社《かいしゃ》の炎《ほのお》　毒《どく》ガスの空
去年《きょねん》もばくはつ　ことしもばくはつ
ばくはつたんびに　会社ゆきたちが死《し》ぬ
むかしは　息がらくじゃった

舟《ふね》の衆《し》たちはどうしておるか　墓《はか》には　水はあるじゃろか
杉《すぎ》の木におったものたちに　ぞっくりわたしの水をのませ
町の病人《びょうにん》たちに　この美《よ》か水を　のませてやりたいが
あれたちはもう　めったに寄《よ》らん
むかしむかしありよった　井川の神さまの祭《まつ》りというものが

けれどもまだまだ　わたしはここに　わいておる
すみれが首《くび》をたれ　れんげがねむり
おちゃらと　黒ベコだぬきとガーゴも　たまにはやってくる
むかしの百姓《ひゃくしょう》　むかしの漁師《りょうし》の会社ゆきたちが
べんとうの水をくみにきて　ここの水がやっぱりよか
位《くらい》の高い井川じゃと　いうてくれれば
うれしゅうして（うれしくて）　わいておる

しゅうりりぎんぎん　大《う》まわりの塘《とも》が語《かた》るには
ここには神《かみ》さまがたのおつかいたちが
山から海から　ぜんぶきおった　モタンのモゼ*も
モーマ*もおった
おぎんのけん族《ぞく》《（いちぞく）》が　長い土手《どて》をば　嫁入《よめい》りしよった
白い神さまヘビが　いげいげ《（とげとげ）》やぶに　おら《（れ）》いました
あしの葉っぱの上で　金色のハゼの魚《いお》が
夕やけをながめておった
舟霊《ふなだま》さまは　でてゆく舟《ふね》　もどってくる舟についておって
チイチチ　チイチチ　にぎおうておらいました
なかでもガーゴは　いちばんのおんじょ《（たいしょう）》で　町やら村に
かもうぞー《（かむぞー）》　かもうぞーちゅうて《（というて）》　でてゆきおらいた
大はたらきは　おつかいおぎん
神さまがたが　野あそびされれば　月日貝《つきひがい》やらおこぜの魚《いお》をば

＊モタンのモゼ、モーマ　ガーゴの親類で水俣付近にいる妖怪。

ぞっくりつんで　舟ひきつれてやってきよった

しゅうりりぎんぎん　モーマがないて　すすきがゆれる
三日月《みかづき》さまに雲がかかれば　神さまがたの宵《よい》あそび
とんだりくんだり　ほぐれたり　すすきの原っぱは
めっちゃくちゃ　はあ

大《う》まわりの塘《とも》に　晩《ばん》にはゆくな
神さまがたの土手《どて》じゃから

しゅうりりぎんぎん　すすきがゆれる
ゆけどもゆけども　すすきがゆれる
すすきと思えば　白《しら》さぎ鳥《どり》
それもまぼろし　なぁーんもみえん

なぁーんもみえん
いまは　どろどろへドロの底《そこ》
生きたまんまで　うめられた

耳をすませば　きこえる　きこえる
草のささやき　海のこえ
青い空だけむかしのまんま
心の渚《なぎさ》が　ひろがる　ひろがる

白さぎたちの大《う》まわりの塘《とも》
その鳥たちの眸《め》のような
赤い真珠《しんじゅ》が　ぽっちりひかってうかんだら
それはぐみの実《み》　林のあかり
かわいいおちゃらも　そこらにおった

photo by Ichige Minoru

しゅうりりえんえん
海べに　もひとつ　井川《いがわ》があった
水をくみくみ　ちよちゃんのばばさまが
おつかいおぎんに語《かた》ります

ちよは　みんなの宝《たから》じゃった
あれが生まれたときは　うれしゅうして（うれしくて）
村じゅうみせてあるいた

あらぁ　かわいさ（い）　かわいさ
美《いつく》しか赤ちゃんじゃあ　花んごたるよう（花のようだ）

あれの父親　わたしの息子《むすこ》はいいよった
ほれ　ちよのおちゃら

ほれ　おちゃらのちよちゃん
おっ　笑《わろ》うた笑《わろ》うた

三つになったら
舟霊《ふなだま》さんにあいさつさせて　舟《ふね》にものせよ
そすればしぜんに　魚《いお》つりおぼえる

四つになれば　おしえもせぬのに　貝《かい》をひろうて
はい　ばばしゃん
こんやのおかず　というじゃろう

五つになれば　だんだん畑《ばたけ》についてきて
麦《むぎ》ふみおぼえて　おどりのまねする

六つになったら　なにさせよ
おつかいもできる　魚もいろいろおぼえてくる

十五になれば　花のつぼみも　うす桃色《ももいろ》で
ちよがおどって　唄《うた》えば
舟《ふね》も祭《まつ》りも　さぞさぞ
にぎわうことじゃろう

あのころはよかった。ほんのしばらくのあいだじゃった。
ちよはおっぱいものまずに、小《こう》まか（小さい）手足をもやもやさせて、
背《せ》なかは、弓《ゆみ》のごつ（ように）させて、昼《ひる》も夜も泣《な》きつづけじゃった。
——どうした、ちよちゃん、どうした。
どこが痛《いた》かか（い）、いうてみれ。
ちよは赤子《あかご》で、ものがいえん。

みんな、つろうして《（つらくて）》、赤子といっしょに泣きよった。
六か月たったら、虫のなくような、かすかな声になって、
それでもまだ、泣きつづけじゃった。

あっちの病院《びょういん》、こっちの病院、
医者《いしゃ》さまにも、十人ぐらいみてもろた。
おいのりさんにも、いのってもろた。
井川《いがわ》で水をくみくみ、おぎん、おまえにもたずねてみた。
夜《よ》なかにおまえがあらわれて、首《くび》をふった。
もどってみたら、ちよは、ぶるぶる、ふるえておったが、
目ぇあけたまんま、死《し》んでしもうた。
目ぇつぶれ、目ぇつぶれ、
仏《ほとけ》さんになったけん、目ぇつぶれちゅうても《（といっても）》
つぶらんじゃった。

神《かみ》さま神さま、どうしたわけでございますか。
夜ひるねらずにかん病《びょう》していた、ちよの母さんが、病気《びょうき》になりました。
ちよとそっくり、いや、まだおそろしか。キリでめちゃくちゃさすように、
頭が痛《いた》いと泣《な》きよります。ものもいえず、茶わんもにぎれず、
歩《ある》きもならず、黄色いあぶらを、べっとりながして。空をつかんで、
背《せ》なかでぎりぎりまわります。猫《ねこ》たちもそうやって死《し》にました。
神さまたすけてください、医者《いしゃ》さまのくすりはなんにもききません。
おぎん、たすけてくれい。
いのっておったら、やせおとろえたおまえがあらわれて、しっぽをふった。
嫁《よめ》は、びくん、びくんとふるえて、死んでしもうた。
つづけて、じいさまと、ちよの父親が病気になった。——神さま、
わたしたちは悪《わる》いことは、なんにもしないのに、なして、こういうめに
あうのですか。

わが家《や》ばかりではなか《（ない）》、となりも前も、この村ばかりでなく、
あっちこっちの村は、死人《しにん》がつづいて、大そうどうになった。
学者《がくしゃ》たちが発表《はっぴょう》した。みなまた病《びょう》の原因《げんいん》は、有機水銀《ゆうきすいぎん》である。
チッソ会社《かいしゃ》が、不知火海《しらぬひかい》、みなまた湾《わん》にながした有機水銀が、
魚や貝《かい》にたまり、それをたべた人間《にんげん》が発病《はつびょう》する。海にながされた毒《どく》は、
ほかにも、セレン、タリウム、マンガンなどなど、
ひじょうにたくさんある。

しゅうりりえんえん　しゅうりりえんえん
わたいはみた　カラスたちが空から　岩《いわ》をめがけて
キリキリつきささるように　落《お》ちて死《し》ぬのを
くる日もくる日も　海べで　魚をたべる水鳥《みずどり》たちが　死んでおった
貝《かい》たちが浜《はま》べで　口をひらいて死んでおった

わたいは知っておった　生まれる前に
母さんのおなかの中で死んだ　赤ちゃんたちのことを
赤ちゃんを死なせた　母さんや　ばばさまたちが
神仏《かみほとけ》さまにおがんだあと　おぎんにたずねた　つらいこと
わたいは助《たす》けてあげられない　世界《せかい》でだれもなおせぬ　毒《どく》の病気《びょうき》
わたいはおつかい　悲《かな》しいおつかい

photo by Ichige Minoru

しゅうりりえんえん　思いだす
ちよちゃんのさびしいお葬式《そうしき》　病人《びょうにん》ばかりでひょろひょろと
黒い旗《はた》がいっぽん　ごはんがいちぜん
赤いひがん花が　野原《のはら》にえんえん
ちよちゃんは　もう仏《ほとけ》さま

きつねのわたいも
死《し》んだおちゃらの魂《たましい》を　白いれんげのような鳥にして
ちよちゃんの小《こう》まいお棺《かん》の上に　とまらせて
ちよちゃんと　きつねの子のお葬式《そうしき》
おちゃらも　ちよちゃんとおんなじ毒《どく》で死んだから

今年《ことし》もまた、ひがん花がさいた。もうすぐ、ちよちゃんの命日《めいにち》じゃ。
供養《くよう》をするのは、このばばさまだけ。

みんなみんな、死《し》んでしもうた。
ばばさまだけが、魚のたべよが少のうして《（少なくて）》、生きのこった。
丘《おか》の上に、赤ちゃんの頭ぐらいの石がおいてある。
あれがちよの墓《はか》じゃ。
ばばさまが死ねば、どこかの子どもがころがして、あそぶかもしれんねえ。
石どろぼうがきて、もってゆくかもしれん。

ちよちゃんや、今年まではまいりにゆくぞ。
あいたた、腰《こし》の痛《いと》うして、ようのぼられん。足のもつれて。
あれまあ、カラスどもが、わるさしかけとる。
まあ、だあれもこんよりはよかろ、カラスなりときてくれて。
ちよちゃんほれ、のんでくれい。よか水ぞ、やっとさげてきた。
おっぱいものめずに死《し》んで。

父さんよ、嫁女《よめじょ》よ、のんでくれい。じいさま、のんでくだはり（ください）。
ほんにほんに、苦しみ死《じに》じゃったなあ、みんな。
死んでちっとは、らくになったかい。
みんなのんだか、どれ、ばばさまものもうかい。ああ、よか水じゃ。

来年《らいねん》あたりから、もう、こられんかもしれんねえ。
ほう、石のぐるりに、ひがん花のさいてくれて、美《いっ》くしさよう。

ひがん花みれば、思いだすよ。ちよちゃんの葬式《そうしき》ば。
よか葬式じゃった。白か鳥のきてくれて。
もしかすれば、おぎんの鳥じゃったよ。あれは。
このごろ見らんが、どこにいったろうか。
かわいいおちゃらぎつねを、つれとったが。
あれもひょっとすれば、みなまた病《びょう》になったかもしれん。

みんなして、よか魚《いお》ばっかりあげよったけん。
どこかそのへんに、おりゃあせんかい。花のそばに。

今日の海のまた、とくべつながめのよさよ。極楽《ごくらく》じゃなあ、
こうしておれば。

ほう、うたせ舟《ふね》じゃ、よか舟じゃあ、えびとり舟じゃが。
むかしはよかった、わたしたちも海の上で。
息子《むすこ》が舟こいで、じいさまがかじとって、わたしが飯《まま》たいて。
宝息子《たからむすこ》じゃと、村の衆《し》たちのいいおらした、魚《いお》つり名人《めいじん》で。
かあ《(わ)》いい嫁《よめ》ごにきてもろて。ちよちゃんが生まれて。
あのころ、わが家は花じゃった。

じいさまがいわい《(れ)》た。
よかったよかった、よか赤子《あかご》じゃ。

嫁女《よめじょ》や嫁女や、どんどん生んでくれい。このつぎは男の子ぞ。
一姫《いちひめ》二《に》太郎《たろう》、三太郎、いや、四太郎も五太郎も、どんどん生め。
みんなして、六枚も八枚も、帆《ほ》かけ舟つくって、
沖《おき》にゆこうぞ、魚《いお》とりに。
そういいよったなあ、じいさま。
あの世《よ》でつくって、ゆこうやなあ。
ここのような美《いつく》しか沖に。

しゅうりりえんえん
しゅうりりえんえん　陽《ひ》のひかり
けだかい空を　おがんでおれば
天と海とをつないで
ひかりの滝《たき》がぼうぼうのぼる
しずかにのぼる

ひろい海には　うたせの舟《ふね》が
一そう　二そう　五そう　八そう

ゆっくりゆっくり
陽《ひ》いさまの真下《ました》にちかづけば
ひかりでできた　天の滝
舟たちはそこにきて　帆《ほ》をひろげる
白いおおきい鳥のように　舟がのぼる
ひかりの滝を　りんりんのぼる

しゅうりりえんえん　空からきこえる
ちゃーらら　らーら
ひかりの奥《おく》の舟の上から　ちゃーらら　らーら
ひがん花ひがん花
しゅうりり　えんえん

常世《とこよ》の舟

石牟礼道子

しゅうりりえんえん、という言葉は、もちろん辞典にはありません。狐のおぎんも初めて皆さまの前に出るわけですので、辛い世界から出てくるための呪文というか、祈りを長い間やっていましたら、こういう言葉が出て来ました。

奥深い空にひがん花が一輪浮き出てくる、その花のエネルギーというか、そういう言葉です。本当に苦悩の深いものほど、しゃべらないのだ、空の奥に赤い花のように咲いているだけだとわたしは思うのです。そんな花の祈りが、音楽になる寸前の言葉が、しゅうりりえんえんです。

不知火海の渚を廻ってみれば魚や貝たちだけでなく、潮を吸って生きている樹々や葦の類に、わたしは心うたれます。そのような樹や草の姿は遠い昔、わたしたちが海から生まれた生命であることを思わせます。毒を吸ってはいますが、海は原初そのものです。この海を鏡にして覗いてみれば、実に意味深い社会の姿が写しだされてきます。意味を解きしらせてくれるのは、死者たちや苦悶の極《きわみ》で今も生き残り、生き返ろうとしている人びとです。

狐を登場させましたのは、古老たちや患者さんの坂本嘉吉、トキノご夫妻からチッソが来た頃、山を崩された狐たちが天草から来る舟に頼んで島々に渡ったという話を聞いたことがあったからです。魚や貝などの名を、こちらの云い方で出しました。海と人間たち、狐や狸やガーゴたちとの親密だった世界を描きたかったのです。井川の神様やガーゴたちに加勢してもらって、常世《とこよ》の舟を出させました。

水俣病事件は、今も進行中で終っておりません。一行でも、大人になるまで考え続けられる箇所が、皆さまの胸に残れば喜びです。

新作能　不知火《しらぬひ》（オリジナル版）

役名

不知火《シラヌイ》（シテ）　海霊《ウナダマ》の宮の斎女《サイジョ》、竜神の姫

隠亡《オンボウ》の尉《ジョウ》（ワキ）　じつは末世《マッセ》に顕《アラワ》はれる菩薩《ボサツ》

竜神（ツレ）

常若《トコワカ》（ワキツレ）　竜神の王子《オウジ》

夔《キ》（アイ）　古代中国の楽祖《ガクソ》、じつは木石《ボクセキ》の怪《カイ》

（常若、名ノリの笛と共に揚げ幕より登場）

ワキツレ　これは薩摩《サツマ》の国紫尾《シビ》の胎中《タイチュウ》なる湖《ミズウミ》の、竜神が王子常若《オウジトコワカ》に候《ソウロウ》。われ父の命《メイ》により生類《ショウルイ》の世《ヨ》を遍歴《ヘンレキ》し焉《オワ》りて、海霊《ウナダマ》の宮《ミヤ》なる姉君《アネギミ》、不知《シラヌ》火《イ》の上《ウエ》に逢《ア》は《ワ》む《ン》とて、終《ツイ》の島恋路《コイジ》が浜の薫香殿《クンコウデン》に入《イ》らむ《ン》と存ずる。

（薫香殿、じつは隠亡が小屋）

地謡　紫尾《シビ》の湖《ウミ》の水脈《ミオ》をくぐって肥後薩摩《ヒゴサツマ》堺《ザカイ》の海底《ウナゾコ》にせんせんと湧き出《イ》ずる泉《イズミ》あり。かたは《ワ》らにいと古き門《モン》のゆらめき立てる。海霊《ウナダマ》の宮《ミヤ》なり。この宮《ミヤ》のあたりより春秋《シュンジュウ》めぐりはじめて陸《オカ》に及び、魚《ウロ》くづら花の湧き出《イ》ず如《ゴト》くひろがりゆき仙境《センキョウ》をなす。
頃は陰暦《インレキ》八朔《ハッサク》の夜、幾十条《イクジュウジョウ》もの笛の音《ネ》去りゆくや《ヨ》うにして風やめば、恋路《コイジ》が浜は潮《シオ》満ち来《キ》たり、波《ナミ》の中《ナカ》より光の微塵《ミジン》明滅《メイメツ》しつつ、寄せうつ波《ナミ》を荘厳《ショウゴン》す。
今しも海霊《ウナダマ》の宮《ミヤ》を出《イ》でし不知火《シラヌイ》が、夜光《ヤコウ》の衣《キヌ》のかそかなるをまとひ《イ》て現《アラワ》はれしが、潮《シオ》のしじ間《マ》に立つさまの、夢とうつつのあは《ワ》ひ《イ》といふ《ウ》べしや。

（地謡の終わらぬうちに常若は常座にしつらえた薫香殿に入る）

〈次第〉

（隠亡の尉、常座から立ち顕われる芒の精のよう）

ワキ　わが見し夢の正《マサ》しきに、終《ツイ》の世せまると天《テン》の宣旨《センジ》あり。むべなるかなやその次第をば読みとくに、ここに兇兆《キョウチョウ》の海ありて、かの不知火《シラヌイ》がその沖にて、貴《アテ》なる火をばかかげを《オ》りしこそ深甚《シンジン》のいは《ワ》れなれ。古今《ココン》より何人《ナンビト》もいまだ正躰《ショウタイ》を見ずといふ《ウ》不知火《シラヌイ》が生身《ナマミ》の、ここなるうつつの渚《ナギサ》に現《アラワ》はれくるも、玄妙《ゲンミョウ》なることにあらずや。

（不知火、揚幕より）

シテ 夢ならぬうつつの渚《ナギサ》に、海底《ウナゾコ》より参り候《ソウロウ》。

ワキ 夜目《ヨメ》に影とも光とも、潮《シオ》に濡《ヌ》れたる髪の裳裾《モスソ》めくを曳《ヒ》き、夜光《ヤコウ》の雫《シズク》のあやなるさまの、よくぞ現《アラワ》はれ給《タマ》ひしよ。

シテ なつかしやそのおん声。弟、常若《トコワカ》が生類《ショウルイ》の世《ヨ》を焉《オワ》る満願《マンガン》の夜《ヨ》や、八朔《ハッサク》は満潮《マンチョウ》の夜《ヨル》にて、指折数えて昔恋《コイ》しき恋路《コイジ》が浜にや《ヨ》うや《ヨ》う辿《タド》りつきはべりし。御尉《オンジョウ》さまの一段《イチダン》と神高《カミダコ》う見え給ふ《タモウ》も、気根《キコン》つきたるこの身にはみ灯《アカ》りにて候《ソウロウ》。幼き頃、それ橘《タチバナ》の実ぞ、それ緋扇貝《ヒオウギガイ》ぞと手にとらせて遊《アソ》び下《クダ》されし、かの頃に帰りゆく夢のごとくにて。

ワキ おうおう、橘《タチバナ》の実といへ《エ》ば今宵《コヨイ》はことに反魂香《ハンゴンコウ》とまざりあひ《イ》、よう香る。

シテ さにこそあればこなたへ参りはべりし。なつかしき島の便りの、ひさびさに海底《ウナゾコ》まで香りたれば、玉《タマ》の緒《オ》をたぐるがごとくして参り候《ソウラ》ひし。

ワキ　あやなるその声音《コワネ》の、今宵《コヨイ》はことに切《セツ》なるかな。ただいまそこもとが弟、常若《トコワカ》がため、さらにはそこもとが来《コ》むために反魂香《ハンゴンコウ》を焚《た》きしなり。このような間にも、常若《トコワカ》が魂《タマシイ》の、上品《ジョウボン》の位《クライ》になってこの浜に戻ろうぞ。

地謡　恋路《コイジ》が浜の隠亡《オンボウ》の尉《ジョウ》、まことは末世《マッセ》に顕《アラワ》はれ給《タモウ》ふ救世《クゼ》おん菩薩《ボサツ》申さるるやう。生類《ショウルイ》の世《ヨ》をながらく観照《カンショウ》して、常若《トコワカ》が来《コ》し方《カタ》を見てとり、紫《シ》尾山《ビザン》の父なる竜神より乞《コワ》はれて、とくに秘命《ヒメイ》をさづけしなり。いづれ生類《ショウルイ》の世《ヨ》に悪《ア》しき変動《ヘンドウ》おとづれむ《ン》。生命の命脈《メイミャク》に衰滅《スイメツ》の時期《ジキ》来るはあらがひ難《イガタ》く、ことにもヒトはその魂《タマシイ》を己《オノ》が身命《シンメイ》より抜きとられ、残れる身の、生きてはおれどただうつろなる亡骸《ナキガラ》たるを知らず。かかる者《モノ》たちの指先がもてあそび創り出《イダ》せし毒のさまざまの、産土《ウブスナ》の山河《ヤマカワ》、はてはもの皆の母なる海を妖変《ヨウヘン》させたること、生類《ショウルイ》の世《ヨ》はじまって以来一大変事《イライイチダイヘンジ》、ほとほと救ひ《イ》難《ガタ》し。ここにおいて竜神に命ぜらる。

ワキ　紫尾《シビ》の胎中《タイチュウ》にありて天《テン》の慈雨《ジウ》を乞《コ》ひ《イ》、地中《チチュウ》の水脈《ミオ》より不知火《シラヌイ》の海《ウナ》底《ゾコ》に、命《イノチ》の源《ミナモト》の水を送り来《コ》し飛竜権現《ヒリュウゴンゲン》よ。汝《ナンジ》、生命界《セイメイカイ》を護持する神《しん》族《ぞく》のひとりなれば、汝《ナ》が愛児常若《アイジトコワカ》をしてこの産土《ウブスナ》の地《チ》を、地表《チヒョウ》といは《ワ》ず地中《チチュウ》といは《ワ》ず、その水脈《スイミャク》をなべて毒見し、浚《サラ》へ《エ》、かつはその命脈《メイミャク》をつなぎとめさせよ。はたまた、常若《トコワカ》が姉にして、海霊《ウナダマ》の宮《ミヤ》なる不知火《シラヌイ》に命ぜよ。海霊《ウナダマ》とは生類《ショウルイ》の祖《オヤ》にして、おのづから華やぐものゆゑ《エ》に、世にも貴《アテ》なる魂《タマシイ》といふ《ウ》なり。不知火《シラヌイ》はそを祀《マツ》る斎宮《サイグウ》なれば、己《オノ》が生身《ナマミ》を焚《タ》きて魔界《マカイ》の奥《オク》を照らし、陸《オカ》と海との豊饒《ホウジョウ》の、幽祭《ユウサイ》を司《ツカサド》る海霊《ウナダマ》の宮《ミヤ》の本殿に、み灯《アカ》りを点《テン》ぜよ。不知火《シラヌイ》に久遠《クオン》の命《イノチ》を与へ《エ》られしはその故《ユエ》といへ《エ》ども、生類《ショウルイ》の定命衰滅《ジョウミョウスイメツ》に向へ《エ》ば不知火《シラヌイ》が命《イノチ》もこれに殉《ジュン》ず。姉弟《アネオトウト》、海底《ウナゾコ》と陸《オカ》とにありてこの世の水脈《スイミャク》のゆたかならむ《ン》ことにたづさは《ワ》り、心魂《シンコン》を燃やして命《イノチ》の業《ワザ》をなす。いとけなげなるものよ。こと焉《オワ》らむ《ン》時期《ジキ》到らば汝《ナンジ》ら姉弟《シテイ》を、妹背《イモセ》の仲《ナカ》となさむ《ン》。

地謡　人間の分別《フンベツ》、命《イノチ》の精《ショウ》と共にかく衰《オトロ》へ《エ》ゆくもせむ《ン》方《カタ》なし。忌《イマ》は《ワ》しの穢《エ》土《ド》なるかな。陸《オカ》をめぐれる水脈《スイミャク》は竜神が祷《イノ》りにて天《テン》より賜《タマ》は《ワ》るに、その空《ソラ》さへ《エ》破《ヤブ》れ堕《オ》つる次第となるはおおいなる劫初《ゴウショ》を司《ツカサド》るおん方《カタ》も病まるるならむ《ン》か。天地《アメツチ》の妖変《ヨウヘン》すでに尋常ならず。

ワキ　かくのごとき時、われいと小さなるものの心願《シンガン》を扶《タス》けたし。かの竜神が愛子《マナゴ》常若《トコワカ》、心《ココロ》芳《カンバ》しき者《モノ》にて、身命《シンメイ》をつくして毒水《ドクスイ》の地脈《ジミャク》を浚《サラ》へ《エ》む《ン》とす。かつまた不知火《シラヌイ》も海霊《ウナダマ》の宮《ミヤ》にありて、常若《トコワカ》が泉《イズミ》の、海底《ウナゾコ》に下《クダ》れるを口にすすぎ身にもすすぎ、みづから暗夜《アンヤ》の沖《オキ》をゆききする火先《ホサキ》となりて来《キ》し。

かなしきかなや永《ナガ》き日月《ジツゲツ》にて、劫初《ゴウショ》よりの真水《マミズ》、じょじょにその霊性《レイセイ》を喪《ウシナ》ひ《イ》、生類《ショウルイ》を養《ヤシナ》ふ《ウ》力衰《オトロ》へ《エ》、姉弟《アネオトウト》ともにその身毒《シンドク》きは《ワ》まりて余命《ヨミョウ》のほどもおぼつかなし。せめて今生《コンジョウ》のきは《ワ》に逢《ア》は《ワ》む《ン》と、弟は陸《オカ》の方《カタ》より姉は海底《ウナゾコ》より恋路《コイジ》が浜につきしなり。

地謡　月なき夜《ヨル》といへ《エ》ど仄明《ホノアカ》りする潮《シオ》にして、満天《マンテン》の星くず波《ナミ》に散るは、憂《ウ》き世の苦患《クゲン》も無心《ムシン》となりて上天《ジョウテン》せし魂魄《コンパク》たちなるよ。不知火《シラヌイ》も常若《トコワカ》も人の世のうつせみをも経《ヘ》めぐりていま磯辺《イソベ》の石《イシ》を踏《フ》む。あしのうらかそかに痛き今生《コンジョウ》の名残《ナゴリ》かな。

シテ　名残《ナゴリ》りといへ《エ》ば胸に充《ミ》つ。いつ創《ハジ》まりし海底《ウナゾコ》の春秋《シュンジュウ》や。春の使《ツカ》ひ《イ》する桜鯛《サクラダイ》の群《ムレ》なす虹色《ニジイロ》も冴《サ》えずなりて、砂《スナ》の汚泥《オデイ》に横死《オウシ》するものら累々《ルイルイ》とかさなり、藻《モ》の花苑《ハナゾノ》も瘴気《ショウキ》の沼《ヌマ》となり果《ハ》てし。海霊《ウナダマ》の宮《ミヤ》のあたりは、声なき有様にて春秋《ハルアキ》のしるしも見えず、わが身を焚《タ》きし火の色は、天《テン》なるおん方《カタ》の目には見え給《タマワ》はじ。地上《チジョウ》の瘴気《ショウキ》のいや増《マ》すによって、かのおん方《カタ》の盲《メシイ》ひられ給《タマイ》ひしよな。

このさまかならず海底《ウナゾコ》に及ばむ《ン》と思ひ《イ》を《オ》りしが、命《イノチ》てふ《チョウ》もののむごき惨苦《ザンク》、あは《ワ》れの限りにて言ふ《ウ》に絶へ《タエ》ず。

かのおん方《カタ》の素性《スジョウ》とは、もともと魔界《マカイ》の主《アルジ》にて、供儀《キョウギ》を悦《ヨロコ》ぶ妖魔《ヨウマ》にてありしや。ことの成行《ナリユ》きとはこの不知火《シラヌイ》がわが眸《メ》を焚《タ》きし炎にては、そのや《ヨ》うに読めはべりしよ。かくなる上《ウエ》は母御《ハワゴ》のいます海霊《ウナダマ》の宮《ミヤ》にこもり、かの泉《イズミ》のきは《ワ》より、悪液《アクエキ》となりし海流《カイリュウ》に地上《チジョウ》のものらを引きこみ、雲仙《ウンゼン》のかたは《ワ》らの渦《ウズ》の底《そこ》より煮立《ニタ》てて、妖霊《ヨウレイ》どもを道づれに、わが身もろとも命《イノチ》の命脈《メイミャク》ことごとく枯渇《コカツ》させ、生類《ショウルイ》の世《ヨ》再度《フタタビ》なきや《ヨ》う、海《ウナ》底《ソコ》の業火《ゴウカ》とならむ《ン》。

ワキ　不知火《シラヌイ》がいまは《ワ》の狂乱《キョウラン》もっともなり。海底《ウナゾコ》の世のこれまでありしは、陸《オカ》に先がけてめぐる春秋《シュンジュウ》の豊かなればにて、生類《ショウルイ》の幼命《ヨウミョウ》すべて、もとここより生《ショウ》ぜし。その幼命《ヨウミョウ》ら陸《オカ》に揚がりては草木《クサキ》とも虫《ムシ》とも人の様《サマ》にとも形《カタチ》を変《へん》じ、幾万替《イクマンカワ》りもせし世の幻妙《ゲンミョウ》なりしことよ。はからざりき海霊《ウナダマ》の宮《ミヤ》の命脈衰《メイミャクオトロ》へ《エ》、災《ワザワイ》ひの世来《キ》たる。人の形にはひ《イ》りこみし妖《ヨウ》霊《レイ》ら、人間の魂魄《コンパク》を食《クラ》ひ《イ》破《ヤブ》りしによって、人《ヒト》、己《オノ》が産土《ウブスナ》の国土《コクド》とも知らで、これを損傷し壊死《エシ》させてやまず。

シテ 誰《タ》が創《ツク》り給《タマ》ひ《イ》し地の星ぞ。破《ヤブ》れ墜《オ》つる空《ソラ》より見ればいまだ蒼《アオ》き碧《ミドリ》の宝《ホウ》珠《ジュ》とかや。

ワキ やよこれ聴《キ》き候《ソウラ》へ《エ》。不知火《シラヌイ》を恋路《コイジ》が浜に呼びとりしは、汝《ナ》がかかげ来《コ》しみ灯《アカ》りにて、生類《ショウルイ》のかくなり来《キ》たる行《ユ》く末《スエ》をば、心恋《ココロコイ》しきものらに読みとらせよとの天《テン》の宣旨《センジ》なればなり。汝《ナンジ》よく善悪ともに崩《クズ》れ墜《オ》つる魔界《マカイ》の底《ソコ》をも読みとりしかな。ここにおいて海底《ウナソコ》に薫《カオ》りそめし秘花一輪、その生涯をひと度焉《タビオワ》るべし。父竜神とともに姉弟《アネオトウト》、空《ソラ》と海とを巡《メグ》る生類《ショウルイ》の命脈《メイミヤク》を浄化《ジョウカ》せむ《ン》としてこれに殉《ジュン》ず。常若《トコワカ》すでに上天《ジョウテン》せしが、わが焚《タ》きし反魂香《ハンゴンコウ》に導《ミチビ》かれ、上品《ジョウボン》の世界よりただいま参るによってこれを迎へ《エ》よ。

シテ　あな、そは千万年の念《オモ》ひ《イ》なりし。父母《チチハハ》のおん志を継ぎ、弟が淩《サラ》へ《エ》し水《スイ》脈《ミヤク》をば口にも身にもそそぎて、魚《ウロ》くづらが花苑《ハナゾノ》にも絶《タ》やさざりし。年に一度、八朔《ハッサク》の満潮《マンチョウ》に、不知火《シラヌイ》ここにありとて火炎《ホムラ》をばかかげ来《コ》しは、わが息絶《イキタ》へ《エ》ぬ間《マ》に、常若《トコワカ》に逢《ア》ひ《イ》たきばかりなりしを。

ツレ（竜神、揚げ幕より出て途中で止まる。ひそかに身づくろいしている）

ツレ　岬のかげよりうかがへ《エ》ば、久々に聴《キ》く不知火《シラヌイ》が声の妙《タエ》なる、亡き妻が声音《コワネ》と重なりて憶《オモ》ひ《イ》募るかな。わが祷《イノ》りて乞《コ》ひ《イ》し天《テン》の慈《ジ》雨《ウ》の、妻が永《ナガ》らくいとしみ育てたる海霊《ウナダマ》たちの世界なりしに、人間の業罪累《ゴウザイカサ》なって毒《ドク》変《ヘン》す。これを食《ク》ひ《イ》止めむ《ン》とて親子ともども身命《シンメイ》のかぎり働きたるは、いまだ名乗《ナノ》り給《タマワ》はぬ末世《マッセ》のおん菩薩《ボサツ》より秘命《ヒメイ》を給《タマワ》はりし故《ユエ》に候《ソウロウ》。はたまた海霊《ウナダマ》の宮《ミヤ》にこもりたる妻の魚《ウロ》くずらを従へ《シタガエ》、かのうるは《ワ》しき髪をもて、海底《ウナゾコ》浚《サラ》へ《エ》て祈る勤行《ゴンギョウ》の微妙《ミミョウ》なる音《オン》、伝《ツタワ》はり来《ク》ればなり。

シテ　そのおん声は紫尾山《シビザン》の主《アルジ》たる父君や、慕《シタワ》はしきかな。亡き母君のおん志をうけ給《タマワ》はり、とぎれゆく玉《タマ》の緒《オ》の脈うつ思ひ《イ》に候《ソウロウ》。陸《オカ》と海とに別れておりしも、今くきやかにおん父の息《イキ》、母君の膚《ハダエ》にふるる想ひ《イ》のこみあげまいりし。

ツレ（菩薩の姿となった隠亡の尉に向かってあいさつ）

ツレ　ときじくの香具《カグ》の木《コ》の実《ミ》の島、橘《タチバナ》の香る夜《ヨル》にて候《ソウロウ》。御尉《オンジョウ》の上《ウエ》、まことは末世《マッセ》に顕《アラワ》はれ給《タモウ》ふおん菩薩《ボサツ》。先の頃は、いよいよ終《ツイ》の世の近づきしによって、その因果《インガ》の現《アラワ》はるる毒海《ドクカイ》を浚《サラ》へ《エ》よとの秘命《ヒメイ》をうけ給《タマワ》はり、わが愛子《マナゴ》二人にこのことを成させ申せし。心魂《シンコン》をつくして勤行《ゴンギョウ》仕《ツカマツ》りしは御眼《オンメ》の見給《タマイ》ひたる通りにて、親の眼《マナコ》にこの二人が慕《シタイ》ひあふ《ウ》こと哀《アイ》切《セツ》きは《ワ》まりなし。次の世のあるべきや《ヨ》うなれば、この二人を妹背《イモセ》となし給《タモウ》ふとは、いと畏《オソロシ》きき《ワ》はみに存じ候《ソウロウ》。

（常若、薫香殿の中より出てくる）

ワキツレ　かしこくも召命《ショウメイ》あって参上 仕《ツカマツ》り候《ソウロウ》。

父竜神より、末世《マッセ》のおん菩薩《ボサツ》必ず顕《アラワ》はれ給《タモウ》ふによって姉と共に身を捨てて勤行《ゴンギョウ》せよとの仰せをかしこみ、日夜惜しむなくつとめ参り来《コ》し。姉とはいへ《エ》、貴《アテ》なる君に憧《アクガ》れて、四方《ヨモ》の水脈《スイミャク》を海底《ウナゾコ》まで渫《サラエ》へめぐり、ここの浜に行《ユ》き倒《タオ》れしは竜神が王子常若《オウジトコワカ》、本懐《ホンカイ》なるかな。隠亡《オンボウ》の尉《ジョウ》と名乗《ナノ》るおん方《カタ》の、反魂香《ハンゴンコウ》を薫《クン》ぜられ、この身がもったいなくも上品《ジョウボン》の位《クライ》にするゑられて、慕《シタイ》ひ続けし姉君《アネギミ》と妹背《イモセ》の間《アイダ》になし給《タモウ》ふとは。

ワキ　間《マ》に合《イ》ひたりしよ。煙《ケムリ》の崩《クズ》るるとともに失《ウ》せ果《ハ》てたりと思《イ》ひしに、常《トコ》若《ワカ》とは芳《カンバ》しき名かな、いよいよ匂《ニオ》やかなる若者《ワカモノ》に成りてしよ。危《アヤウ》ふかりし、たった今より不知火《シラヌイ》が、夜光《ヤコウ》の波《ナミ》の誘《イザナ》ふ《ウ》中《ナカ》に散華《サンゲ》してゆく間際《マギワ》なりしぞ。満ち満ちたる潮《シオ》の目の、いま変る。この時の間《マ》こそは、今生《コンジョウ》の替《カワ》り目と思《イ》ひ候《ソウラ》へ《エ》。

地謡　再び来《コ》む《ン》世にはこの穢土《エド》より、幽《カソ》かなる花の蕾《ツボミ》の生ずるならむ《ン》か。悪《アク》液《エキ》の海底《ウナソコ》と地中《チチウ》に沈潜《チンセン》せる姉弟《シテイ》、うぶうぶしき魂魄《コンパク》をもってその種子《シュシ》をば慈《イツク》しみ育て候《ソウラ》へ《エ》。

ワキ　われ非力《ヒリキ》といへ《エ》ども湖中《コチュウ》の水神《スイジン》どもをひき連《ツ》れて二人が力となり、破《ヤブ》れたる空《ソラ》の彼方《カナタ》に飛び入《イ》ってかの妖雲《ヨウウン》を掻《カ》きとらむ《ン》。いざ常若《トコワカ》よ、夢に呼び交《カワ》はせし不知火《シラヌイ》が手をとって、海霊《ウナダマ》の宮《ミヤ》へ《エ》戻るべし。

ワキツレ　さらばこれよりは、消えなむ《ン》とせしかの沖の火を、姉君《アネギミ》とともに掻《カ》き立つる回生《カイセイ》の勤行《ゴンギョウ》にとりかからむ《ン》。天《テン》高く日月《ジツゲツ》のあるかぎり、八《ハッ》朔潮《サクジオ》の火の甦《ヨミガ》へ《エ》らむ《ン》ことを加護し給《タマ》へ《エ》。

ワキ　しかあらば二人が祝婚《シュクコン》に、いにしへ《エ》はもろこしの楽祖《ガクソ》、夔《キ》を呼ばん。いざいざ夔師《キシ》よ、木石《ボクセキ》の怪《カイ》にして魍魎《モウリョウ》共《ドモ》が祖《オヤ》、変化《ヘンゲ》しては窈窕《ヨウチョウ》たる仙《セン》女《ニョ》ともなる蒼《アオ》き顔《カオ》の者《モノ》よ。来《キ》たりて、ここ日の本《モト》は、いにしへ《エ》の香具《カグ》の木《コ》の実《ミ》のかほ《オ》る恋路《コイジ》が浜にて、歌舞音曲《カブオンギョク》を司《ツカサド》り、まだ来《コ》ぬ世をば寿《コトホ》ぎ候《ソウラ》へ《エ》。ここなるはわが秘仏不知火《ヒブツシラヌイ》が賞《メ》ずる花々の浜辺なるによって、いと遠《トオ》き世の木石《ボクセキ》が怪《カイ》たるそこ許《モト》ならでは、一木一草《イチボクイチソウ》も生《オ》ひ《イ》立《タ》つあたは《ワ》ず。まことは音曲《オンギョク》の始祖たる夔師《キシ》よ、来《キ》たりて、いは《ワ》れ深きこの浜の石《イシ》を両の手に取り、撃《ウ》ち合《ワ》はせ撃《ウ》ち合《ワ》はせ、声なき浜をその音《オト》にて荘厳《ショウゴン》し給《タマ》へ《エ》。

アイ　おん前に参り候《ソウロウ》。東《ヒガシ》の洋《ナダ》の彼方より呼ぶ声ありて、永《ナガ》き睡《ネム》りよりさめたるに、木石《ボクセキ》の怪《カイ》よ魍魎《モウリョウ》よと夢の中《ナカ》にて呼ばれし妙音《ミョウオン》、耳許《ミミモト》に残り候《ソウロウ》。われ楽祖《ガクソ》と呼ばるる一足《イッソク》の仙獣《センジウ》なり。かき昏《ク》るる海面《ウナヅラ》の、神雨《ジンウ》とともに参りしなり。

さても匂《ニオ》ひ《イ》濃《コ》き磯《イソ》の石《イシ》なるぞ。手にとり構《カマ》ゆれば創世《ソウセイ》の世のつぶら貝を抱く心地かな。この石《イシ》撃《ウ》ち撃《ウ》ちて歌は《ワ》む《ン》ずる。

ここなる浜に惨死《ザンシ》せし、うるは《ワ》しき、愛らしき猫ども、百獣《ヒャクジウ》どもが舞《マ》ひ《イ》出ずる前にまずは、出《イ》で来《コ》よ。

わが撃《ウ》つ石《イシ》の妙音《ミョウオン》ならば、神猫《シンビョウ》となって舞《マ》ひ《イ》に狂《クル》へ《エ》、胡蝶《コチョウ》となって舞《マ》ひ《イ》に舞《マ》へ《エ》。

いざや橘《たちばな》香る夜《よる》なるぞ。胡蝶《コチョウ》となって華《はな》やかに、舞《マ》ひ《イ》に舞《マ》へ《エ》。

photo by Ichige Minoru

光

青い光を尾引いた芸術といふひとつの光りものが、私を呼ぶのです。夜の中天に一際輝いてゐる星のやうに——。そして私は、夜の底からひとみを上げて深々と吸ひとるやうに双手を上げて、そのひかりものへ伸ばしてみます。然し何とその空間の無限であることでせう。私はよくその無限を思ひ知ります。そして、その限りなさと共に私のあゆみも永劫に連れられてゆくことでせう。

私は、神秘のおきに流れるそのひかりものに届かうとは思はない。又届くものではありません。私は、せい一ぱい背のびすることは出来ても、私の立脚してゐる現実と云ふ土地の引力から一寸も離れることは出来ない。けれど、宵やみの中の光りもの、そのいん〳〵とした声の流れは瞬時も私を誘って止みません。

私はゆく事でせう、声の流れの果てるところまで、永劫の光芒を追ふて、背のびしたり息をついたり、そのひかりものの影をかき抱いて星のめぐりをあてに夜道をゆく旅人のやうに、私は歩みを止めないでせう。芸術とはそんなものではないでせうか。そして、その光りものに呼ばれてから二十年、三十年、遠いものを慕ひつゝ何時かはいのちをけづられ果てゝ夜つゆの中の草むらに、虫たちばかりが奏でゝくれる追悼歌の中に朽ちほろびてゆく芸術の犠牲者たちのうちのひとり、になるでせう。

私は、芸術といふことばを使ひました。この事は恐いことでした。でもこのことは、その永遠の犠牲者たるべき自覚の意識の一歩なのです。今、歩まふ、と思ひ立ったばかりなのです。私は私の歩みの前途に何も期待することが出来ない。たゞ、私にわかってゐることゝ云へば、そのはるかなる光の尾が私を呼ぶことばかりなのです。私はそのあとを辿ってゆくより、私の生命のあり方を知らないと云ふことばかりなのです。

私の歩みの彼方に何らかの形として表はれるものを、抱き得る何物もない。

と云ひましたが、然し、わかるものは、その足跡だけなのです。かすかな足あと——。よち〳〵としてゐるでせう。たど〳〵しい、ちっともまっすぐでない、けれど前を向いてゐるんです。そしてその足あとは極くまれに同じ夜道をゆく旅人しか見出すことの出来ない、にも見落されるやうな——、そして何時か踏み消さるべきうすい足あと、そしてそれでも、旅人たちのゆく道をよりよく踏みかためる為の、いゝえこんな大げさな思ひ上りは生意気だ、——。

私はとにかくその光りものに連れて行ってもらうことに決めました。

その光りものをつかまふとするには私は余りに非力なのです。私は半ばいゝえ完全に、おそろしい。けれど、母に叱られた子が上目を使ひながらそれでもついてゆくやうに、私はゆきませう。私はこのことに於いて幼いのです。それはもう最大限に——。

生まれた幼児が視覚を与へられ、始めてものを見覚へるそれのやうに。

道行

生死のあわいにあればなつかしく候
みなみなまぼろしのえにしなり

おん身の勤行に殉ずるにあらず　ひとえにわたくしのかなしみに殉ずるにあれば道行のえにしはまぼろしふかくして一期の闇のなかなりし
ひともわれもいのちのいまわかくばかり　かなしきゆえにここにして
いまけむり立つ雪炎の海をゆくごとくなれど
われよりふかく死なんとする鳥の眸《め》に遭えり
はたまたその海の割るるときあらわれて地《つち》のひくきところを這う虫に逢えるなり

天

この虫の死にざまに添わんとするときようやくにしてわれもまた
にんげんのいちいんなりしや
かかるいのちのごとくなればこの世とはわが世のみにてわれもおん身もひとりのきわみの
世をあいはてるべく　なつかしきかな
いまひとたびにんげんに生まるるべしや
わが祖《おや》は草の親　四季の風を司どり魚《うお》と村の祭を祀りたまえども生類の邑《むら》はすでになし
ゆめゆめかりそめならず　今生のわかれとは　相みるまなこのふかき雪にて候

天の病む

まったく、空と海の美しさだけからいうと、水俣、この不知火の海というものは、古代ギリシャの海にも匹敵する、いやそれよりは、なんという繊細な海岸線のたたずまいだろう！と、ここを訪れはじめた異国の旅人たちはいいます。

地中海のほとりギリシャ古代国家の遺跡、人類文化を開花に導いた先祖たちの物語を生んだ空の色。

山々の頂きや丘の蔭や、海の中からあらわれて、神々は人に交わり、海辺のちいさな村々から都市へむかってゆき交う道と舟があった。丘も山も海も神格を付与された名前を持ち、それは後世にむかって記されました。かの古代都市はそのようなものに分ちがたく囲繞されていてこそ、あの太陽と共に在ることが出来ました。この原型は、海辺の古代史において洋の東西を問わなかった。そのような都市は自己の命運によって遺跡となり、遺跡の栄光を飾るにふさわしい空が常に高くありました。

永遠なる天。この天をいただくゆえに、わたしたち人類はあの数々の残虐史を含んでいても、歴史の荘厳劇さえ創りだして来たのでした。そしていま、ある時代の終焉を予兆して東

天

洋のはしの列島の南、不知火海の真上の空が澄んでいます。

　夏。

　この紺碧の空と海のかなしさをどうすればよいのか。わたしたちにとって、不知火の海にとっての夏とは、いったいどういう意味のことになり果てたのか。舟の白帆も浮かばぬ夏とは。魚を絶滅させるため、自分たちをほろぼすための舟を、漁夫たちがみずから操ってゆく海とは。冬には冬の海草《うみくさ》、秋の白帆があった。春の魚が居た。

　不知火海にかぎらず、わたしたちの国では、季節というものをさえ、この列島のよき文化を産んだ四季をさえ、殺しました。まだ生き残っているわたしは、この国が含む毒素の中で、なんだかゆるゆると気がふれてしまったことに気づきます。昔は、脳の病いが起きるのは春さきときまっていて、草木の萌え出すのとともにそれは春の先触れでもあったのに。こんなに気分が錯乱して止まぬのは、夏とも秋とも冬とも、もう自分のバランスがすっかりこわれてしまい、ひょっとして自分は愛国者なのかもしれんと思ったりします。

　空はまだたぶん、このようなわたしたちの上で生きています。ものみなの、いのちの母胎にむきあって生きています。わたしたちの海は、まだ育てようとして波を打つ。

　その上に在る天が呻吟せぬことがありましょうか。ことにも可憐な不知火の海の面であるのに。この海のほとりには、まるで発生史の前のままのような素朴な無名神たちと人びとが、よき交わりを持って暮らしていました。それは世に知られる必要もないほどに、透明な天や海に属し、そこに溶解してしまうほどな暮らしでありました。だから、ここらあたりの庶民史など、誰ひとり記そうともしませんでした。

わたしたちの歴史は、その自己運動がもたらすみずからの濁りによって、記されなくとも結構しあわせだった〈告知者〉たちを、この海のほとりによじり出すことになりました。

ちいさな無名の人間たちが、なんとけなげに、圧倒的な運命にむかって闘い、たおれて行ったことでしょう。それは記すに価しました。誌してみれば、それはかのギリシャ悲劇よりもわが上代史よりもなお本質的なものを隠していました。主人公たちは無位無冠のものたちばかりでしたから。血肉の間の、たかだか王位を争うくらいの、血を血で争う権力や階層の交代劇よりは、いじらしいかぎりのことでした。

手に盾ひとつもたぬものたち、剣ひとつ持たぬものたち、権力を持たぬものたち、全く荒野に生まれ落ちたまま、まるで魚の胎からでも生まれ落ちたままのようなものたちが、圧倒的強者に立ちむかうときの姿というものが、どんなに胸打つ姿であることか。しかも死にかけているものたちが。もっとも力弱きものたちが人間の偉大さを荷ってしまう一瞬を、わたしたちはかいま見ました。たぶん根源的な人間の命題のひとつがここには提出されました。未曾有の受難史の果に。

けれどもまだ鎮魂のことばなどはありません。このような残虐劇を通過しなければ、「闘い」とか「普遍」とかが見えない、というのであれば、そんなものは見なくともよいのです。闘いらしきものが見えたのは、人びとの生活史の、ほんの一瞬で、その親代々にさかのぼる全生活、全日常の埋蔵量をどれほどわたしたちは知ることが出来るでしょう。

ここに浮上した患者たちの誰ひとりとして、たとえば左翼流の教科書の、ただの一、二行とて読んで、いくさにのぞんだものはおりません。おそらく本著をはじめへんべんと書かれるであろう報告書より、それはより深い存在です。水俣病事件史など、書けば書くほど軽いものになるのではありますまいか。ともあれわたしたちは「劫《こう》」の一端を負いました。生きていたとき、ほとんど無垢なばかりのちいさな欲望や善意やを持ち、人を信ずること神を信ずるごとく、チッソさえをも信じようとした人たちでした。このような人びとに憐愍《れんいん》の情さえかけられて、チッソの要衝にある人びとは幸いなるかなです。

この闘いの底にある倫理がどこか稚純であるのは、そこらあたりではないでしょうか。古代悲劇が残虐なのは、ひとたび敵になりあえば、自分の子供の肢裂きの肉さえ食べさせられたりする助からなさですから。わたしたちの精神の系譜は、血の中にこのようなものを持ってはいても、そのようなおぞましさを淘汰する努力はして来たにちがいありません。

人びとは、自分が虐殺劇の対象になったとき、殺すものに対して、一種の憐愍を感じていました。極限の悲哀を代償としてのみ生まれる人間へのあわれみが、そうさせたにちがいありません。そのような数々のエピソードを語ろうとすれば、深い身ぶるいが湧いてきます。人びとの、末期のまなこが、ずっとわたしの中にみひらいていて、それはわたしの目になりつつあるのです。歴史の表にあらわれ出る前の聖者とはたぶん、こういうたぐいの人びとだったにちがいありません。

けれども、このような無名の聖者群など、意味づけしようもない時代が来るのでしょう。

なにかまるで、無意志のようにさえ感ぜられる力が、わたくしたちをゆっくりとひとしなみに殺してゆく時代、聖終末、とでもいうべき時代がやってくるのかもしれません。

最後の神である太陽が、みえない永遠というものをゆっくりと灼いています。わたしも、これを読んでくださる人びともやがて死んでしまうから、もう、水俣の悲劇も、日本の悲劇も味わわなくてよいのです。

すこしなにか言っておきたいことがあるような気がして、それは、この事件の経過の中で、「支援者」といわれた人々のことでした。

世の中には、無償のことをだまって、終始一貫、やりおおせる人間たちが、少なからずいるということを知りました。当の患者さんたちにさえ、名前も知られず、顔も知られず、やっている事柄さえ知られずに、いや知らせずに、それこそ、三度のメシを一度にして、ただでさえ貧しい家産を傾けて生命をけずり、ことを成就させるためには何年も何年も、にがい苦悩を語ることなく黙々と献身しつづけた多くの人びとと共にわたしは暮しました。ただ瞠目し、居ずまいを正し、こうべを垂れて過ぎこして来ました。この知られざる献身はいまにつづき、おそらく患者たちの最後の代まであることでしょう。このようなひとびとの在ることはわたくしにとっての荊冠でもあり、未知なるなにかであり、実存そのものでした。そのいちいちを被害民たちは知らずとも、ここに記し、終生胸にきざみ、ゆくときの花輪にいたします。もうあの黒い死旗など、要らなくなりました。

祈るべき天とおもえど天の病む

天の魚

戻りの道をうち忘れてさまようものたちのことを、水俣では「高流浪《たかざれ》きの癖のひっついた」者と申します。

「生れたときから気ちがいでございました」と、『苦海浄土』第一部でゆき女に言わせておきましたが、第三部『天の魚』では、そのように人外の境をゆくものたちが浮上する現世の記となりました。漂着の地は、チッソ本社を含む〝東京〟です。

微かな正気を幻覚の芯にとぼしながら、魂たちはいくつにも分魂し、この国の死都東京を漂い、出自の海の民らしく、不知火のように連りながら明滅するのです。その魂の火がひとつになったかとおもえば、「よか夢、見せてもろうて、ありがとうございました」などと深々、おじぎなんかをいたします。どうやらそれとて、この世の影にほかならぬ自分自身にむけておじぎをするような有様でございまして。

次のようなくだりを叙しているとき、しばらく自分の吐く息に陽がさしている感じがしていました。

——孫であったものたちもやがて年寄りになる。そしておむかえの時期が来る。してみると、畠のぐるりの繁みや、渚をころがりまわっている村々の稚いものたちは、死んでゆく自分の生れ替りではあるまいか。この世はなるほど順々送りじゃねえと自得する。たぶんもの心ついたとき、それは自得されていたことだった。自分は誰の生れ替りだろう……。

年とった彼や彼女たちは、人生の終り頃に、たしかに、もっとも深くなにかに到達する。たぶんそれは自他への無限のいつくしみである。凡庸で、名もないふつうのひとびとの魂が、なんでもなく、この世でいちばんやさしいものになって死ぬ。

天崖のみなもとの藤

海にそそぎ入りながら、満々と光る川がある。

水面から来る風が、うなじにきりきりまつわるように匂ってくる。橋の上からさしのぞいていると、風の子たちの起す渦巻が無数に散らばり、くるくるとさざ波を立てては広い水面の上に消えてゆく。この風のみなもとは、上流の、すがるの滝の奥の山系にちがいない。すがるの滝というのは、阿蘇山系をつくったりこわしたりしていた神さまが、つくりかけの山の縁を、ちょっと踏みこわした跡なんだと、いまも火を噴く神山の村々の老人たちは考える。わが村の山々は、この国が出来あがるずっとずっと前の、神さま方の時代の山であったと。

そこで、そそり立つすがるの滝の天崖のあたりに、神域のしるしの霧がかかり、霧の奥から、遠い世からの藤の花が咲くのだと。すがるの滝にかかる霧が濃い年ほど、原生の山々は潤達なよわいを蓄え、滝の上の藤の花房はいよいよ幽婉だった。

夏の初めになると、滝の下を通りかかる巡礼たちも、しばらくしあわせだった。遠いはるかな世界へ呼びかけるような手もとになって、ちいさな鈴鉦を、ちりん、ちりんと振ると、滝の上の霧がうすれ、燦爛たる夢幻のような藤の花房が懸っていたから。

神々のいとなむ山を越えようとするとき、川もまた、豊後の方や日向の方へ分岐する。山の風の憩んでいる深い淵にゆき逢えば、あの天崖のみなもとの藤の影がうつし出されているのを、幾代もの巡礼たちが、ふかぶかとのぞいて通って行った。

そのような年の、夏の終りの頃には、幾筋もに分岐して流れる川に伴い、野づらに広がる稲の花も、さやさやと香りながらよく睡った。

花を奉るの辞

春風萌すといえども　われら人類の劫塵いまや累《かさ》なりて　三界いわん方なく昏し　まなこを沈めてわずかに日々を忍ぶに　なにに誘なわるるにや　虚空はるかに一連の花　まさに咲《ひら》かんとするを聴く　ひとひらの花弁　彼方に身じろぐを　まぼろしの如くに視れば　常世なる仄明りを　花その懐に抱けり　常世の仄明りとは　この界にあけしことなき闇の謂《いい》にしてわれら世々の悲願をあらわせり　かの一輪を拝受して今日《こんにち》の仏に奉らんとす

花や何　ひとそれぞれの涙のしずくに洗われて咲き出づるなり　花やまた何　亡き人を偲ぶよすがを探さんとするに　声に出せぬ胸底の想いあり　そを取りて花となし　み灯りにせんとや願う　灯らんとして消ゆる言の葉といえども　いずれ冥途の風の中にて　おのおのひとりゆくときの花あかりなるを

この世を有縁という　あるいは無縁ともいう　その境界にありて　ただ夢のごとくなるも
花　かえりみれば　目前の御彌堂におわす仏の御形　かりそめのみ姿なれどもおろそかなら
ず　なんとなれば　亡き人々の思い来たりては離れゆく　虚空の思惟像なればなり　しかる
がゆえにわれら　この空しきを礼拝す　然して空しとは云わず
おん前にありてたゞ遠く念仏したまう人びとをこそ　まことの仏と念《おも》うゆえなればなり
宗祖ご上人のみ心の意を体せば　現世はいよいよ地獄とや云わん　虚無とや云わん　ただ
滅亡の世迫るを共に住むのみか　こゝに於いて　われらなお　地上にひらく一輪の花の力を
念じて合掌す

（熊本無量山真宗寺御遠忌のために）

photo by Ichige Minoru

わが死民

まぼろしとうつつのあわいにめぐり来たった風のぐあいで、そこに閉じこめられていた永劫の景色をかいま見た、とする。

われにもひとにもわからぬ、おのずからなる運命があり、その者は、そこに展いている世界のなかに閉じこめられる。ここからの脱出はむずかしい。

自然と生類との血族血縁によって、水俣の風土は緑濃い精気を放っている。海の潮を吸いながら椿の花などが咲《ひら》くところなのだ。そのような花々をうつすために、空の瑠璃というものが変化《へんげ》するところなのである。

水俣の風土は、ここを逃れ去ることかなわぬという意味において、わたくしには、愛憎ただならぬ占有空間である。ここを犯すものをわたくしはゆるせない。チッソはわたくしの占有領域を犯し去ろうとしたのである。たぶんわたくしは最後の先住民のひとりではあるまいか。ここを脱出できないものたちの、それがたったひとつの生存の意志ないしは、総意というものである。

水俣病をめぐってあらわれている内部の人間たちの諸徴候は、すべてそのような占有領域の中の血族婚姻的情念から生み出されている。患者も、患者たちの中の訴訟派も一任派も未認定患者たちも、それをとり巻く市民の生きざまのいろいろも。

市民といえば景色のいろが急にうらぶれる。

未来永劫の世界であれば、〈村〉のなかの〈群〉のまぼろしが生き死にしているところであらねばならぬ。木の間隠れに、まぼろし世界と通じあっていなければ、ここでは延命できないのだ。

延命とは、どこからか、もはやかりそめのいのちを生きる、ということなのだ。どこから、かりそめに生きることになるのか。日常性が、異相をおびて来たときからである。ひとつの占有空間の中に、絶対領域を、もひとつしつらえたときである。

わたくしは、たしかに、そのようなものをしつらえてしまい、その中に入った、とおもう。そして、ときどき、そこから抜け出す。意識のろくろ首になって。

見渡して〈村〉でないものをわたくしは嫌悪する。町とか、市とか、なかんずく、都市とかを。

必然的に、いたしかたなく、わたくしの現世肯定は、現世否定、現世憎悪に裏打ちされている。そのようにして、わたくしの主観はできあがってしまったのではあるまいか。

「わが」という主観語を、わたくしは客観の総体に重ねてよく使う。わが不知火、わが水俣病、わが詩経、わが死民。

死民とは、市民という概念の対語ではない。

いや、市民、といえば、まぎれもなく近代主義時代に入ってからの概念だから、わが実存の中の先住民たちは、たちまちその質を変えられてしまうのである。まして水俣病の中でいえば〈市民〉はわたくしの占有領域の中には存在しない。いるのは〈村のにんげん〉たちだけである。このにんげんたちへの愛怨は、たぶん運命的なものである。

死民とは生きていようと死んでいようと、わが愛怨のまわりにたちあらわれる水俣病結縁のものたちである。ゆえにこのものたちとのえにしは、一蓮托生にして絶ちがたい。

このような生存世界から剥離し、水俣病事件の総体から剥離してゆくものたちは、未来へゆくあてもないままに、おそらく前世にむけて戻ろうとするのではあるまいか。前世とは、たぶん、罪障を宿している世界ではあるまいか。そこへゆくにももどるにも無明の道であって、煩悩だけが足のないものたちとなり、わたくしの身辺に寄りなずむ。

「一生かかっても、一生かかっても、この病は病み切れんばい」

わたくしの口を借りて、そのものたちはそう呟くのである。

そのようなものたちの影絵の墜ちてくるところにかがまり坐っていて、むなしく掌をひろげているばかり、わたくしの生きている世界は極限的にせまい。

事はじめ・魂入れ

アマゾンの大樹海の中に、まだ実測されたことのない巨大な底のしれぬ陥没があって、これを探険しかけている冒険家の想像によると、この陥没した世界は、のこされた地球上の神秘のひとつであるとのことである。ゆきついてみれば古生代に属しているのではあるまいか、あるいはひょっとして、ロースト・ワールドに達するホールではあるまいかと、誘惑的なことが書いてあった。

地球上の未開世界はいうにおよばず、宇宙のかなたのブラックホールがわたしたちを魅きつけてやまないのは、わたくしどもの生命系が、生まれながらに持ち続けて来た〈種〉としての好奇心のせいにちがいない。

宇宙は緻密にして重みのあるところだの、虚空めいたところだのとまだらになっているそうで、それがそのまま無限をなしているらしいからおもしろい。

わたしどもは生きているかぎりじつに営々と、カニが自分の甲羅にあわせて穴を掘るように、自分に合ったいとなみをするものである。さりながら、その掘ってゆく穴がどこに抜け出るかは予測のつかないところで、アマゾソの大陥没式に、途方もないところに謎めいた痕跡をうがったりもする。生のいとなみの不思議さで、「こと、志に反す」ることも多々しでかすけれども個々の命さえ、おのが生命律の奥深さにつきうごかされているのだから、解きがたい謎を含んだ民族の遺跡が、地上に出現するのはいうまでもない。

ところでなぜ、ブラックホールだの、ロースト・ワールドだのにつなげて考え出したかといえば、わたしどもの意識内部にも、それとそっくりのいとなみを見出しうるからである。

じつをいえばわたしなどは、やむなく現世に出没してはいるが、もともとロースト・ワールドの住民ではあるまいかとの自覚をもっている。水俣周辺の人間たちは、ここから脱出しようと思っている者ほど、失われゆく世界の影を負っていて、不知火海の見かけが、あてどない空にむかって照り映えてやまないのは、そのようなものたちの影を沈めているからにちがいない。

三月末から四月初めにかけて水俣入りしていただいた、初発の「不知火海綜合学術調査団社会学第一班」（団長・色川大吉東京経済大学教授）をお迎えする側からいえば、この調査団は、いまはやりの地球的尺度からいえば、まずはミクロなる世界への永い旅へ、第一歩を印せられたのであった。

色川先生御一行が飛行機ではなく、ユーラシア大陸を踏破したキャンピングカーの「ドサ号」で、「日本列島を太平洋ぞいに南下。只今、日向上陸」という第一報を下さったときは、胸がときめいて嬉しかった。わたしは、生き埋めになっている土俗神たちを呼びおこし、地酒を醸して「魂入れ」の用意をして待っていた。

地

ここらの先住民たちは、むかし小さな神々をこしらえるのが大好きで、ことをはじめるに当っては、船霊さんだの、田の神さんだのをつくって、よく「魂入れ」の儀式をやっていた。自分の好みの神になってもらうためには、手の窪にはいってしまうようなウスやらキネやら、ちょっとした石やらでご神体をこしらえ、お神酒をそそぎあうだけのことであるけれど、それで、自分と出来あがった神々との間に、魂が通いあう、としたのであった。

民衆の心の中にあった名もなき神々を、わが近代化は殺してしまったので、水俣のような事件が起きてしまったのだとわたしは思っている。小さき神々はほろぼされたので、なんとわたしはこの神々の魂を、近代社会科学を専攻していらっしゃる先生方の中に復活せしめようと願ったのである。

宇宙の彼方のブラックホールは極限的引力で、ひと度吸いこまれれば脱出不可能だそうだけれども、わが不知火海は、待ち続けた想いの力によって、調査団の方々をあるべき未来へむけて、暗示的にご案内するかと思われる。もっとも累《かさな》りの深い水圧をくぐってゆきつけば、その底にこそ、次代を呼ぶものたちの声がある筈だから。

不知火海と限らなくとも、この列島をながめれば、わたしどもの意識野にも浮上せず、歴史から陥没したところは、足尾をはじめとして数かぎりない。それをおもえば、いくら世情にうとい詩人風情でも、残された生をお世話になる世の中というものは、ただならず悪化にむかう予感がしきりにする。とどまるところを知らず続出してやまぬ不知火海沿岸の患者たちを見れば、その想いはことに痛切である。

この世の病いが人間にあらわれるのは全病像の一徴候にすぎず、たとえば不知火海ひとつとってみても、この海をめぐって、かつてはいかなる世界があったのか。この国にとって、海にすなどる民とは無意味なる賤民にしかすぎなかったのか。身びいきではなくて、この列島の成り立ちを眺めれば九州は下腹部、不知火海はその羊水であると昔書いたが、太陽を宿して、創世のいのちを生み続けてきた海であったという想いがわたしにはある。この海に連れ添い来たった山脈の彼方を想えば、かなしい日本がみえてくる。

一国の文化というものは、形を生む前にいかなる未生の世界としてあったのだろう。いまならば探れるという想いがある。語らずには死なれぬ世界が、まだ生きのこっているからである。そしてここは、客人《まろうど》たちをことにも大切にするところである。

魚も木も魑魅魍魎たちも、かの影たちも、出遭いを感じてまなこをひらくにちがいない。

郵便はがき

料金受取人払

牛込局承認

3522

差出有効期間
平成18年6月
30日まで

162-8790

東京都新宿区
早稲田鶴巻町五二三番地

（受取人）

株式会社 藤原書店 行

ご購入ありがとうございました。このカードは小社の今後の刊行計画および新刊等のご案内の資料といたします。ご記入のうえ、ご投函ください。

お名前	年齢
ご住所 〒 TEL　E-mail	
ご職業（または学校・学年、できるだけくわしくお書き下さい）	
所属グループ・団体名　連絡先	

本書をお買い求めの書店 市区郡町　書店	■新刊案内のご希望	□ある	□ない
	■図書目録のご希望	□ある	□ない
	■小社主催の催し物案内のご希望	□ある	□ない

書名	読者カード

●本書のご感想および今後の出版へのご意見・ご希望など、お書きください。
（小社PR誌『機』に「読者の声」として掲載させて戴く場合もございます。）

■本書をお求めの動機。広告・書評には新聞・雑誌名もお書き添えください。
□店頭でみて　□広告　□書評・紹介記事　□その他
□小社の案内で　（　）（　）（　）

■ご購読の新聞・雑誌名

■小社の出版案内を送って欲しい友人・知人のお名前・ご住所

お名前　ご住所 〒

□購入申込書（小社刊行物のご注文にご利用ください。その際書店名を必ずご記入ください。）

書名　冊	書名　冊
書名　冊	書名　冊

ご指定書店名　住所

都道府県　市区郡町

精霊樹海

公孫樹、いちょうと読む。位の高い樹の称であるそうな。

大分県日田郡天瀬町高塚の公孫樹の破天荒といおうか、霊異を帯びた奇怪な姿に対面するに及んで、わたしは幾年か前に南太平洋上で、束の間漁船に引き揚げられた、あの古代の幻の怪獣や、最近中国でしきりに発掘され、復元されつつあるという恐竜の姿を思い浮かべた。

樹木図鑑を読み直してみたら、イチョウは中国の原産で「生きた化石」と書いてあっておどろいた。生きた化石とは、樹木通の人には常識かもしれないが知らなかった。であればかの公孫樹は恐竜と同時代の樹で、恐竜とだぶって見えたのも故なき幻覚ではなかった。

さらに嬉しいことに、取材の参考にいただいた「イチョウ談義」という一文の中で(『西日本文化』一三七号掲載)、中村束氏(元北九州教育研究所所長)が次のように書いておられる。

——イチョウが栄えていた時代に全盛を極めていた動物は恐竜である。草食の恐竜がイチョウの種子を食してその繁殖を助けていたということを証明する手だてはないものであろうか——

中村氏は、謎とされて来たイチョウの原産地が探し出された経過や、日本のイチョウに対して欧米の自然科学者らが、わたしどもがあの怪獣に示したような興奮を覚えているらしいことなどを紹介され、さらには、ゲーテのイチョウに寄せた詩が『古事記』や『旧約』の世界と対比されていて、学殖の豊かさとイメージの広がりは、わたしどもをイチョウ学ともいうべき世界に誘ってくれる。

中村氏の提出しておられる疑問が解明されれば、逆に今度は、恐竜との関係において、イチョウがなぜヨーロッパで絶滅し日本では残ったのかもわかって来るだろう。

高塚イチョウの枝の古代生物のような姿からとっさに連想したことは、常世の闇常世の海底《うなぞこ》の流れの中に、しばしの間わたしたちも這入り沈んだということであった。私たちは何時の頃から、なにゆえにこの世ではないもうひとつの、寿《いのち》や魂の国があると観念しはじめたのであろうか。地上のイチョウを海底の常世から眺めれば、それは現世の闇に浮上している煩悩の化石にみえてくる。

前夜宿のメイドさんから、ゆかしい話を三隈川の舟の上で聞いた。

そのひとがいうには、自分の村では旧暦のお盆ともなり、新仏さまがお帰りになる家々があれば、村中がほとんど総出でその家の前庭をめぐり、新仏のために踊って夜を明かすのだと。

今様のやぐらも組まず、スピーカーなど一切使わず、村に伝承されている口説きに合わせて、七種ばかりの踊りを踊る由である。中でも段七（団七か？）踊りというのがあり、二尺ほどの竹の棒の、先を割って音が出るようにしたものというから、ささらのようなものと思われるが、それを二本ずつ持って三人組みとなり、太鼓に合わせて踊るのだという。

地

山深い村の旧暦のお盆といえば月も出る。素足に草履の先が夜露を含んで、踏む足の音がひたひたと土を伝い、人びとの息づかいとともにそのさまは、帰りゆく仏たちにとどいたことだろう。灯りといえばお月さまと盆燈籠だけで、そのような夜明し踊りのかそかな遠景を思い浮べると、この川の上流に古さびた姿を現わした公孫樹は、草木もねむる夜々をゆき来する精霊界の、巨大な道祖神のようにも思えるのであった。

その夜の口説きとはどんなものか、唄って下さるまいかとお願いしたが、彼女は、そらでは唄えないが、村に帰って踊りの中に入り、口説きを唄う役の人が唄い出せば、躰は踊りをすっかり覚えているから、お盆になれば、いつでも帰って踊れるというのであった。

私たちは、魂の古層としか名付けようがない、なつかしい境域をたしかにまだ持っている筈だが、その大切なものをどこかで失ってしまったのだと思っている。けれどもこの人の話を聞けば、昔々に失ってしまったそれが、今も山ふところの涼しい村に床しく残されているのを、耳のひらいてゆく感じで聞くのである。

杉や檜の緑蔭を抜ける度、彼方に村々の在所を示す陽あかりの野辺が見えてくる。わたしは考えていた。死者と生者の逢い逢うたまゆらの時の流れ、あの人が川舟の上で話してくれたような夜の、かそかな闇の奥のことを。

ひびきのよい地名を度々聞いた。花平《はなびら》、女子畑《おなごばた》、求来里《くくり》村など。人の世の時の流れは、大自然の時間帯の中ではまことにはかなくて、新仏さまをもてなす踊りの話にしても、人間たちは自らの無常をよくわきまえていて、死者と生者を順ぐりにつなぐ輪をつくらずにはおれぬ。

山国まわりを始めて改めて気付くけれども、下界では、近代文明、なかんずく都市文明のあり方に象徴されて、そのゆきづまりがさまざまに再検討を促がされている。そのような人間社会の営みとは全く別な時間の中にありながら、九州脊梁山系の襞々や、離島のはしっこの地層に、面《おもて》を持って意味問いたげに現われる岩などがある。日田天ヶ瀬高塚の公孫樹を現代の陽ざしのもとに眺めれば、記録されずに来たジュラ紀の記憶ということも出来る。

沖縄・八重山群島方面で神の役を荷う女たちは、樹の枝や草の冠をかむって、村の人びとの前に出現するが、ここの大イチョウは、破天荒な姿形においてそのまま霊木たりえていた。ひときわ信仰の対象になったと思われるのは、地上に垂れるように伸びた古い枝に、乳房のようについている気根のせいかもしれぬ。別名乳イチョウと云われるゆえんだが、おおきく分枝した根元のすき間には大小の地蔵さまが安置され、テルテル坊主のような、乳首を形どった小さな白い布が、地蔵さまの腕や錫杖に、ぎっしりかけられていた。

最初は、行基伝説への信心や乳の出を祈願する慎ましい信仰から始まったのであろうが、昭和四十年代になって、爆発的ともいえる参詣人が増えに増えて、自家用車の駐車場を広げねば間に合わなくなった、と管理に当っている村の人が云った。

昭和四十年代と云えば、かの高度成長に見合っているわけで、近郷近在はいうに及ばず、九州各県や島根県あたりから、心の飢餓や病い全治の祈願を求めて、陸続と詣でるようになったという。くだんの大イチョウはたちまちのうちに、これら現世利益を願う民間信仰の、発生と定着の集大成を展開して見せるように、その脇の下にさまざまの偶像を、抱えこむことになった。

祈願成就を果した信者たちによって持ち寄られた大小無数の菩薩さま、地蔵さま、観音さま、羅漢さま、小判袋の焼物、めぐみの珠等々、圧倒的多彩さで、公孫樹の枝にも地蔵さま方の首にもぎっしりと祈願の晒し布がかけられ、具体的な願いのすじが書かれていた。胸打たれる痛切な祈願もあれば、地蔵さまが、そっぽをむかれはすまいかと、気を使うような厚かましい願いごともある。

『日本書紀』によれば、

——秋七月《ふみづき》に、東国の不尽河の辺の人、大生部多《おおふべのおほ》、虫祭ることを村里の人に勧めて曰《い》はく、「此は常世の神なり。此の神を祭る者は、富と寿とを致す」といふ。巫覡《かむなき》等、遂に詐《あざむ》きて、神語に託せて曰はく、「常世の神を祭らば、貧しき人は富を致し、老いたる人は還りて少《わか》ゆ」と——

とあって、都鄙の人、常世の虫を取りて清座《しきい》に置きて歌い舞ったと記述してある。揚羽蝶の虫に似たものを取って神にした時代から、人びとは常世というものに憧れていたのである。

偉大な公孫樹はやや疲れているように見えた。人間界の煩悩が、この別格公孫樹の姿を借りて、なまなまと技葉を広げているようにもみえる。わたしは思った。

なにかしらわたしたちの経験したことのない不幸の一大パニックの底流が、依り代の樹を求めて、ここに渦巻き来たっているのではあるまいか。

photo by Miyamoto Shigemi

ゆのつるの記

洞穴へくだるような石段をおり、ゆのつるの共同湯がある。昨夜おそく、連れの娘さん達をさそってみたが、あまり暗くて、底の方から千切れながら、湯気がのぼってくるのを気味悪がって、下り口をのぞいただけで逃げ出されてしまったので、夜が明けぬうちに、ねむっている人々の間を抜け出して、かたんかたん、と杉下駄の音がこもる石段を下って、服を脱いだ。

湯壷は、谿の川幅を半分仕切って、ゆたゆたと熱くあふれていた。川底を囲った深い板壁の外を、明けきらぬ夜気がしめつけていて、たちこめた湯煙を時々割った。その湯煙の底に先客がある。

あばら骨をふたつに折るようにして、かゞみこんでいた老婆が、川の音をくぐらせるようにして、世にも親しい挨拶をくれる。

「おはようござしたなあ、誰も入らんお湯は栄華なもんじゃなあ。おまんさあ、どっちの山越えて来やったと？」

私は湯槽の隣の川をさし、川の下流の彼方をさし、はい、こっちの山越えて、といった。

彼女は、こっそり、とうなづき、両手を拝むような形に湯の湧き口にもってゆき、すくっては肩にかけ、わきの下にかけ、飛び出た下腹部にかけ、押しいたゞいては口をゆすぎ、その穴のような口に指をさしいれて歯ぐきを洗った。

「あゝあゝ、よかお湯じゃ、誰も入らんうちから入れてもろて、この上の栄華はあり申さん……。ほんに、嫁女に来てからなあ、このゆのつるの湯にくることが、あたいのたった一つの望み事でござんした。やっとやっと、三十年ぶりでのぞみが、かない申したど、ねえさん――」

ぼうぼう垂れた白髪からしずくがしたたって、目ばたく度に私たちの間はぼうとへだたる。湯煙のうしろに、あかつきの深い闇がはてしない。

「あたいが嫁に来申したときゃ、十六でごわんした――くどのへぐろも、はたけん泥もくべつのつかん、お蚕さんより頭を上げんような朝晩であり申したが――五人目の子を流産させてから、下りもんがするごとなり申してな。なんのなんの、親の衆やムコの衆に云わいでも、おなごに下りもんがつくとは、あたり前のことじゃ、末の子なんどが学校出たらまつぼり米どもして、死ん前に、熱かゆのつるの湯で煮て戻れば、色目ようして、医者どんにかからるるが、と思うとり申したど。一生に一度は、働いた体は温泉に漬けんなら、墓殿に入れてもらうとき、柔うならんでなあ、おまんさあ。そげん思うて、あたいは、晩の飯からミソ菜をぬいても、まつぼり米ば欠かした事はなかったど。そいが、なかなか銭にならじ――ムコの衆はうわばみの性で、焼酎がなかとでもいうなら、オキの火でも投げやるようなお人でなあ、あたいもこっそりドブロク仕込みにゆく晩、くみ出しにゆく晩、まつぼり米しに行き申した。

裏山のざぼんの根に壷をならべて、一方は深うに、ふんつけふんつけして、ひとい言を云い申した。ほんにほんに、こいだけの粉米で、酒を作るなら、三人子の食いぶちは余いもんじゃ、ざぼんなざぼんで一向銭にならんじ、そう云うて、あたいは我が壷の方にな、ぴかぴかの一等米をさらっと盃で一杯づつ入れ申した。まつぼりを誰にも知られずしとおすのは一生事ごわんど。

年に三度、富山の薬売りどんのきやったとき、その米をば銭にかえてもろて。まつぼいをとがめられやせんじゃったが、家が貧きゅうすれば出さないけんし、子どんが病む、親の衆の葬式もせんならん。戦死の供養もせんならん、嫁女をとる、呉るる、孫が出ける、連れ合うた衆が死ぬ、とても、我が銭にはなり申さんじゃった。そいがやっと今になり申した。望みを立ててから三十年になり申した。

温泉にも来れんず、血の道で死んだ年寄い達の中で、あたいはほんにふがようごわんした。また足腰が立つおかげで、嫁の世話にもならんじ、にぎい飯もたんと作って来申したし、飯たきと、ドブの世話はあたいがするごてなっとるし、こゝにくるまでは、どしてもこしても、一等米をまつぼりせねばと一心でごわした。――あたいの病気は、子宮がだんだんすそに下り申してな、踏んばり仕事に差支えがあって、いけ申さんど。

こげな熱かお湯なら、病気ん根が灼き切るるまで何べんも入って帰らなならん。ここん湯は、噂にきいたよりは、ほんによか風呂ごわんした。おまんさあ、しかしか、子どもも生まんよな体して――、こっちい来て、背中なんどを打たせやんせ。

老女は、するするとすり寄って来て、私の背中に骨の軽い腕をのせた。

板囲いの暗いゆのつるの共同湯に、気分の華やいだ旅人たちはあまり這入らない。朽ちた大形な破れ目は、村の娘達でも居はせぬかと好きものたちのまなざしがのぞくこともある。数少ない昔ながらの湯治宿も、観光客むきのよそおいに変えられてゆく。共同湯は、元湯とも云って、昼間、近郷近在の土方人夫や百姓達や温泉専門の行商の婦人達が野放図な世間話をたのしむ湯壷でもある。

命の終る時が労働の終りである女達が、一生一度の念願をかけて、ふり分けにかついで来た米をかしぎながら、肥後、さつま、の国境の段々畠から寄って来て、三日か四日の湯治を絶えて帰ってゆく。ゆのつるの湯は、命の終りぎわにみた極楽物語として、山ひだの奥深く、次の世代の貧農の嫁女たちに語りつがれることだろう。

古いゆのつるの元湯が、ねばり濃いのは、川苔の中に湧く硫黄泉であるせいばかりではない。耐えることだけを知って、働いてきた女たちの尽きることない怨恨が、歴史をかけてあおみどろに溶け込んでいるからだ。

歴史の中のある日の村を

昨年の秋に脱稿する約束の仕事をふたつほど反古にした。水俣病患者らや支援の若者たちの逮捕事件で中断していたのだが、わたしの心の内部事情も加わって、ここ二年ばかり、時計の針が停止したままの時間の中に閉じこもっているのである。

たとえばあの振り子がひとつの極からひとつの極へ揺れ移る前の、極微の、百万分の一秒くらいの時間があるとする。そういう時間を歴史とか、空間的という風に読み替えてもよいのだけれど、そのような微視的な時間の単位が無限大にひろがりわだかまり、測定不能な奥行きを持ちながら、わたしのテーマの人間たちや万物がその中に居る。時間もまた、もとの姿はアメーバ細胞のごときものではあるまいか。

とはいっても一方では明治百年だ、百年だという時の声もききとめていて、昭和五十年という時間のたがのようなものをにわかに感じたりする。外側をめぐる時間と自分の中につむいでいる刻の間に現出する目盛りのように、たとえば水俣病事件のある部分がまざまざと見えてくる瞬間がある。わたし自身のなま身と、やはりなま身を持ったある事態がそのように遭遇する。こちらはやわなので、もろにぐしゃりと潰れてばかりいて、潰れるはずみにわが身ごと、無限の時間の中に混入してしまうのである。

　このような体験を普遍化しようと思っているらしいのだが、この世の掟のように耳元に流れる外側の時計の音は聞いていても、それは前方へ自分を連れてゆく刻ではやはりない。未来へゆく時間も前世に戻る時間もぜんぶたぐりよせ、わたし自身が、時間細胞の胎内と化しつつある模様である。

　そのような営みの中で、最初の方からやり直しをしている仕事のひとつは、『西南役伝説』と名づけて『苦海浄土』を書くのと並列させて始めたのだったが、遅延に遅延を重ね、水俣病にかかわる年月のあいだに、原テーマの全国高齢者名簿の人びとはほとんど死去された。

　蟹や蝉の抜け殻のような、時間の抜け殻が手もとにたぐられてくる。わたしはその、抜け殻になってくる時間に腹を立てたのであったろう。いちばん先細りになった仕事のところで勢いよく（終）と書いて、しばらくキョトンとしていた。

『伝説』というからには、西南役の経過の個々の事実と合わぬところもあり、伝説化されているゆえに、歴史の真実に触れうる機微をもつ事柄もある。伝説化を探りたいとは最初から思っていて、通常の勉強と、わたし自身が無縁であったことが、そういう衝動になったのかもしれなかった。

　三十歳をすぎ、田舎小学教師のやりくり女房をやっていた。嫁入りしてみてあらためて気づいてみれば、血脈を持った〈家〉と〈村〉が、崩壊しながらそこにはのたうっており、それはわたしの血縁でもあった。マイナスにばかりなる行商などを試みながら、わたしは、近代というものの生まれてくる羊水の中にいる心地がしていた。目前の景色はすでに、列島改造後の諸現象を予告する、産炭地や水俣の風土だった。

この世に正と負があるならば、自分の生い育ったところはすべて負の世界であり無でさえもある。この世界は、歴史の目にも宗教の目にも文学の目にも、よくは見えていないのではないか。表現を持った世界だとは見えていないのではあるまいか。血の中で、それを知っているような気がしきりにしていた。

わたし自身をわたしが生み直せば、負や無を背負った一切世界を生むのとおんなじではないか。あ、これがわたしに読める歴史だと、歴史を読んだことのないわたしは思ったのだった。わたしこそは無そのものだ！　という発見をした。そしたらあの、妣たちの国というのが見えて来はじめたのである。具体的にそれは見えはじめた。極微の世界の中が無限大であることも。近所の小母さんや村々の老婆たちの姿がくっきりと浮上して彼女らはわたしの内部でものをいった。魂ってこんな感じのものかしら、村をつくって来た魂というものは。そう思えていた。

そのころ、谷川健一・雁兄弟にめぐりあっていて、柳田国男という名をしきりにきいていた。けれどもその民俗学の業績にふれるいとまもないまま、水俣の事態にわが身もうちくだかれて、ある日血の知らせのように高群逸枝の著書の前に導かれていたりした。

いったん（終）とした『西南役伝説』の補遺の一・二を書き、煩悩が湧いてきて、補遺の三・四・五と続くあんばいである。補遺の方が本文より長くなるのではありませんか、と仲

人

間たちにからかわれ、恥かしいが、身内だけの雑誌にのせるのだからと自己弁解をしている。無学者なので、手織りで、近代百年をさかのぼる庶民像なり、歴史の中の、ある日の、ちいさな村の様相をかいまみてみたいと思っている。

自我と神との間

いわゆる〈近代的自我〉なるものが、一応の確立期にはいっているかのごとき現代の中で、神などと言いだせば、たぶん若い人びとのみならず、戸惑われるのではあるまいか。じっさいそのようなことを考えるわたし自身、どのような言葉でそれを伝えてよいのやら、戸惑ってしまう。

わたしの思う神とは、ひとつの観念だけれども、天皇は現人神《あらひとがみ》であるなどというふうに、国家体制が創られてゆく過程での、カリスマとしての神ではもちろんない。上古の時代だけでなく、ついこの三、四十年くらい前まで、わたしのまわりに確実に遺存していた自然人というか、自然神の感受性ともいうべきものが思い出されるからである。

人の悲しみを自分の悲しみとして悶える人間、ことにそのような老女のことをわたしの地方では〈悶え神〉というが、同じく人の喜びをわが喜びとする人間のことを〈喜び神さま〉とも称していた。村の共同体でのことほぎ事があると、いちはやくその気分を感じてうたい出し、舞い踊りする女性は今もいるので、その人は〈唄神さま〉とか〈踊り神さま〉といわれる。

そのような神名を与えられるのは、どういうものか女性に多い。〈喧嘩神〉といわれる人もいて敬遠もされ、畏敬される。おおむねそれは男神である。けれどもその中にさえ女性もいるのである。

悶え神という言い方でもわかるように、そのように称せられるものたちは、自分いちにんや、人間のみのことならず、牛・馬・犬・猫・狐・狸の世界や、目に見えぬ精霊たちの世界のこと、天変地異、つまりはこの世の無常の一切について、悶え悲しむばかりの神として在る資質をそのようにいう。

この場合の神格とは、事柄に対して、無力なだけの存在であるという含みがある。つまり無力さの極限によってなにかに関わる存在である。

「悶えてなりと加勢せねば」

という言い方がある。この世には悲しみの種が無限にあるが、ただいちにんの悲しみといえども、それを他者が分け持つことは、つまりそれを救済するなどということは、不可能であるという自他の認識が、そこには深々と横たわっている。もちろんそういう自分のかなしみが根源になっていて、空しい無数の、徒労の体験が、共同墓地のそれのように埋蔵されているのだろう。自分ひとりの埋蔵量だけでなく、御先祖さま方からの、そのような徒労の遺産を引き継いでいるということを、無自覚なまでに深く知っているゆえ、せめて、悶えてなりと加勢する無力な神、というものが生まれずにはいられなかったのかもしれない。

日本民話の典型のひとつに、貧しい善人が、自分よりも哀れな乞食に施しをしたら、その夜、鈴のついた杖を振る音が近づいて来て戸口の前でとまり、何やら重量のある物音がどさりとしたと思ったら、小判の出る小槌だの、米の出る袋だのが置いてあった、貧者はその善根によって富貴な者になったというのがある。それはしかし、わたしにはしっくりこない。自他ともに救われぬ悶え神というのが、たたずんでいるのが本当という気がする。

崩れゆく山村

あるとも思えぬかそけき声というのが、ひと昔前まであった。

草のさやぐ声であったり町の片隅の沼に影さしてひらく、睡蓮の身じろぎなどがそうであった。

歌や句などをつくらぬ人間たちでも、わたしのような細民の子らでも、そういう気配の中にひとり這入りこみ、心がほうとするひとときを持っていた。暮しの過酷さだけでなく、生きることに耐えられぬ日々を慰撫するような、やわらかい空気が、芥子の花びらのふるえるほどな感じで、ときどきやって来ていたのである。あの静寂はいったいどこへ行ったろう。

今日という日を営まねばならないものたちの、一切の思念が生れ出る宇宙的な静寂、東洋の隠者たちの思想がたくされていた空無の世界。わたしなどが草のさやぎのようなものに呼びとめられていたのは、そのような世界からの風の便りを、聴いていたのかもしれない。何とそれらは等しなみに与えられていた、わたしたちへの恩寵であったことか。

ところで、今そのような恩寵は遠のいた。人里はなれて山へゆき、わざわざ樹々や草生《くさふ》の中にはいって、自分をなにかと切り離さなければ天の声、地の声が聴きとれない。たぶんわたしの感受性も退化しつつあるのだろう。町を歩けば、いや村にいてさえ騒音になやまされ、いったい、どこの国を歩いているのだろうと思いつつ地面をみつめて歩く。

　過日、長崎に調べものをしに行って来た。沿線の市街を少なからぬ興味をもって眺めて来たことだった。昔とちがって窓の開かない電車なので、外の音は聞こえないがだいたい様子は判断できる。

　町並みの商店街やビルの造りが、どの都市も同じである。最近まで鄙びた里であったろう田園にも、真四角な建物がポンと置かれ、アニメのコマまわしのように、あとは同じ建物が並ぶことが想像された。

　川という川はいうに及ばず、田んぼを流れる溝川まで改修され、三面コンクリートで縦横に貫かれているのが見てとれる。海はといえば、日本列島をぐるりとコンクリートの型枠で囲い込み、海の方から打ち固めてしまうありさまである。

　ことがらというものは見える形にあらわれる。たぶんこの、ごつごつのっぺらぼうのコンクリート文明が、人間の心のもっとも繊細なところをセメント詰めにしたにちがいない。幅広くなって延びてゆく車道路は、そのような文明の意志を、列島の隅々にまで運ぶベルトコンベアである。

　草深い村々は開発という名の道路に、胴体や手足をぶった切られているのに気づかない。

「もう田舎ではございません。都会並みの立派な道が来ましたし、役場も小学校も近代的になりまして、スーパーマーケットも来とるですよ」

いったい田舎が、都会コンプレックスに陥ったのは、どういういわれからだろうか。ひとつには長い間の、都会からの蔑視がある。たとえば水俣という地域が、いかに喜びをもってチッソを抱きとったか。たんにそれは、都への上昇願望のみならず、都を最善、最美、あるいは徳性のしるしとさえ考えて、自分らのもっとも善き心を捧げたことから、悲劇が始まった。この地もまた列島改造に先立って、供犠とされた自分らの姿に気づかない。

いわゆる「近代的」に様変りした町や村では、人間のたたずまいも変ったのである。まずあらゆる騒音が道の延びてゆく界隈を占有する。若者たちの乗り回すバイクの轟音、商店街の呼びこみスピーカーの、あらんかぎりの呼び声とテーマソング。すぎし昔の祭礼や夜店での、ガマの油売りやバナナのたたき売りの、声色で客を笑わせた愛嬌や芸はもちろんない。

第一次水俣病訴訟派がはじめて熊本入りしたとき目をみはり、「祭りよりも賑いよる」と言ったが、たんなる雑踏の喧噪であるのに興覚めしていたのを思い出す。

あたりが騒音の渦だから、いきおいただの話声が高くなる。バスの停留所で、駅で、大衆食堂で、いやいやカトリック教会が経営するホテルでさえも、集団客の発する一種の衝動をこめた、鬨《とき》の声のような呼び声でわんわん震動する。これをしも大衆のパワーとは言いたくない。そこにあるのは他者を押しのける自己主張だけである。たぶんこれは、あまりに長い抑圧があったので、自由と権利が化けて出たのにちがいない。これでは真の弱者の声は、飽食の大口にのみこまれる。顔をみれば、勢いのついているのはたいてい年配の満艦飾女性集団で、男女混合組は、ゲートボールの会が多い。どこどこ農協御一行様、なになにＫＫ様と書いてあれば年が若くなっていて、昔の壮年団をおもわせる。

中流化というのを考えこんでいるうち、金あまりときて、何とも腹にすえかねる思いだったが、コンクリートベルトの上に湧いた旅行集団を眺めてじつに気落ちした。このような人数で抜け出して来ては、村の内実は空っぽになりつつあるのではなかろうか。

気になることがあって、ここ幾年、川の源流にさかのぼっているけれども、山村の崩壊はむざんである。苔むした墓は、地殻ながらうちこぼたれて倒れ伏し、文字をたどれば、かつてはあった村の心が読めるのが辛い。

このようなことはまるまる昭和の産物なのだろうか。政治の体制次第で民族の心の動向が決まるものなら、人間の本質はまことにもろいものである。この国のひたすらな近代化というのは、大ざっぱにいえば都会化への道だった。その建設のための人的資源を供給しつづけた、おそらく最後の村が死に絶える。この国の骨髄のところが。予兆はわたしにとっては先の戦争であり、引き続いて水俣だった。

しかしここまで崩落した庶民の心性は、もっと以前から民族の運命にすり込まれていた気がする。

後生の桜

鹿児島と熊本県境の水俣寄りに、紫尾《しび》山という美しい山がある。

対岸天草の漁師たちは昔からたいそう目がよくて、紫尾山の稜線にある木々を、海の上から見分けることができる。

たとえば、あの栂《とが》の木を目ざして沖合何里のところ、獅子島と水俣の茂道松の間をつないで、海の上に紫尾山の影のさすあたり、潮の満ち干きと風のぐあいをみて糸をおろせば、不知火海の鯛は、自分の舟のまわりに寄ってくる、と思っている。

魚の種類によって、めざす山や木はまたちがう。紫尾山が従えている矢筈山や群小の山々の形が、目にはみえない海底の地図とともに躰の中におさまれば、まずは一人前の漁師といわれる。そのような海山の略図は共通のものだけれど、ひとりひとりの胸のうちにある細密図は、みなちがうのである。

その地図のどこかが消えはじめたしるしは、口に出すのも大儀でならないが、水俣病の発生だった。政府が原因を発表した昭和三十四（一九五九）年末よりもはるかに溯る昭和七（一九三二）年、チッソが酢酸を大量生産しはじめた頃、きわだった特徴の病人が出はじめていたことが、今日では知られている。

死者たちとともに消えたもののひとつに、水俣の湯堂湾を照らしていた巨きな桜がある。この桜のことは、ひと昔前まで、沖を通る舟人衆《ふなと》なら知らぬ者はなかった。いつもはそれとわからぬ木が、花の時期になると、沖からの遠目にもそれとわかった。丘のあちこちに菜種畑も浮き立って、海は底の方まで春色に染まってくる。

息も絶え絶えの岬の井戸が、辛うじてまだ形をとどめているが、沖を通る舟なら、この井戸と桜を知らぬものはなかった。水道のなかった手漕ぎの舟の時代、いや機械船になってからさえ、舟をあやつる人たちは、

「春ならばなあ、湯堂の桜ばめざしてゆけばわかるが。入り口に、よか井戸水のあるよ」

そう言いあって、ここの岬を頼りにしていたのだった。それに湯堂といえばいまひとつ、小さな湾の潮の底に、一大湧水口があって噴出することで知られていた。人びとはそれを、「紫尾山の水口《みなくち》」という。ことに水の少ない対岸の御所浦島では、

「紫尾山の水口は何千あるか知らんが、湯道湾の噴水が一番ぞ。みすみすあれだけの水を、湾が呑んでしまうちゅうは、何としても惜しゅうしてならん」

というのだった。湾口に出た真水が潮と交じわるので、不知火海最大といわれる魚たちの寄り場なのだという説もある。ともあれ春になれば、その湾には導きの花のように、巨きな桜が照り映えていた。

桜の木のある家の娘が、水俣病で死んだのは昭和三十三(一九五八)年である。熊本大学医

学部の学術患者の写真に、凄絶な美貌の、細くなってしまった手足が、まるで紐をより合わせたようなぐあいに、変型した姿で残されている。母のトキノさんはこういう風に語る。

「きよ子が死ぬ前、桜の咲きましたがなあ。

沖から水汲みにくる舟人さんたちの、いやぁ、海の上から花見させて貰いましたちゅうて、挨拶に来てつくづく見上げて、神さまの精《しょう》じゃこの花はちゅうて、拝んでなあ、お月さまの晩は、この世の桜じゃなかよちゅうて。

ここの庭の端にそれが立っておって、下の道にかぶさっておりましたから、道を通る人は必ず見上げて、ああ、今年もこの花に逢うた。後生《ごしょう》のよかかもしれん、ちゅうて、お礼いわれよりました。

きよ子は、鉢もかなわんようになっとりましたが、庭にすべり出て、あのような手足ででですねえ、花莚になっとる地べたにゆらゆら座ってですねえ。わたしは、ああ、と思いましたが、空いっぱいの花の散りよりまして。

その下で、きよ子は首ももう、動かんで傾いとりましたですけど、動かん首傾けて、地面にこぼれた花びらば拾うとでございます。指がこう、曲っとりますから、拾えません。一枚、一枚、拾うつもりが、地面にこう、にじりつけるとでございます。花もなあ、可哀相に。

きよちゃん、何しよるかい、風邪ひくばいちいいますと、にこーっとしましてなあ、親にだけわかりますけど『美しさよなあ』と、口もかなわんようになっとっていうとですよね。

元気な頃は、花どきになると、舞いよりましたですよ。まあそりゃ、恥かしがりで、人の居らん夜中にですね。庭に出て何の踊りともしれん、自分の舞いばですねえ。

小ぉまい頃から桜の咲けば舞う娘でしたが、人間よりは花が好きで好きで、嫁にもゆかずに、死にまして。

あの娘の桜でしたけん、死んだ後、伐って、つけてやりました。苔の生えて、何百年経っとりましたろう。後生の美しか如《ごつ》、つけてやりました。同じ病にわたしもなって、わたしが死ねばもうどなたも、桜のことは、知りなさいません」

沖を通る人たちも代替わりになり、娘と桜の最後など知るまい。

たくさんのものたちが、こんな風に息絶えた。

人

ぶえんずし

貧乏、ということは、気位が高い人間のことだと思いこんでいたのは、父をみて育ったからだと、わたしは思っている。

まったくこの人は、ほんとうにどん底の人だったけれども、卑屈さのかけらもなく、口惜しまぎれの言説というものも吐いたことのない男だった。口をついて出てくることは、全身これ人間的プライドとでもいうべきものに裏打ちされていた。

思い出してもおかしさがこみあげるが、なにか正論を吐かねばならないようなとき、居ずまいを正してこういう名乗りをあげるのである。

「ようござりやすか。儂《わし》やあ、天領、天領天草の、ただの水呑み百姓の伜、位も肩書もなか、ただの水呑み百姓の伜で、白石亀太郎という男でござりやす」

痩せた反り身になった男が、そう名乗りあげて、ひと膝、ふた膝にじり寄る。すると相手はもう気を呑まれて、両手をあげ、

「わかった、わかり申した。白石さん、儂が悪かった、先はもういうて下はりますな」ということになってしまう。

この天領天草の、天領というのをどういう意味あいで使っていたのか今もってわからない。幕藩体制下の、どこの藩にも属さない幕府直轄の支配地を天領と言うが、幕府直轄の地の百姓だから位が高い、と言っていたとも思えない。でないと、弱者たちへの無限抱擁ともいうべき心やりが解せないのである。喧嘩の仲裁にも頼まれてよく行った。

死なれて二十年近くなるが、あらためて感嘆するのは、わたしの祖母、すなわち、父には姑に当る人への心づくしである。そうするのが当り前と思ってわたしは育ったが、あたりを見まわすと、ほとんど例がない。

この祖母は母の親なのだが、母が十歳の時分に盲目となって発狂した。わたしが物心ついたときは、町中を彷徨する哀れな姿だった。町や村の厄介者、いわんや、考えようでは家の荷物であったろうに、父がこの祖母に対する物腰、言葉遣いは、もっとも畏敬する人に接するようにものやさしく、丁重であった。本性を失った狂女は娘の婿に、少し遠慮したようないんぎんさで、応じていたようである。

人並みを越えた剛直さと、愛する者には笑みくずれてしまうような、情の厚い父だったが、この人はまた何でも創意工夫して実践する人でもあった。廃材を使って家を造りあげるかと思えば、食べごしらえや、繕いもの、洗濯にまでも手を出して、工夫をこらす。女房の領分に手を出す、ということでもなくて、「物事の根本はなにか」と常々口にしていたように、「物事の根元」のところから考えを組み立て、おのが手で、うつつに見える形にしてみなければやまないたちだったのだろう。

没落して差し押さえに逢い、わたしの雛人形まで持ってゆかれて、父にはこたえているらしかった。歳時記風な家のまつりごとをじつにきちんとする人で、節句を前に腕を組んで考えこんでいる風だったが、ある日喜色を浮かべてこう言った。

「よかよか、作ってくりゅうぞ。お内裏さまをばな」

わたしが小学一年のときである。家が他村に移る年だった。下絵を描いてみせたので、お内裏さまが一対ということがわかった。反物紙と言っていたが、今でいえばボール紙だった。それを絵の素描どおりに切り抜いてうすい綿をのせ、端裂《はぎれ》を当てがってくるんでゆくのである。顔は白い生絹《すずし》の布、髪は黒繻子の半衿のお古を切ってくるむ。さらに衿元をいろいろ重ねてやって、袖やら袴やらを型どおりにつないで台紙に張ってゆくのだけれども、女雛の衣裳は花模様をと母も手を出し、わたしも手を出して、押し絵のお内裏さまが出来あがった。

出来た出来たと親たちが喜ぶのをみて、子ども心にその雛は、持ってゆかれたのとは段ちがいに素朴すぎる気がしたが、親のせつない心はよくわかり、前のがよかったと思いかけて申しわけなかった。

三月の節句のたびに、父母の手作りの雛はふえ、つまり弟妹たちもふえたわけだったが、あの雛たちはどうなったことだろう。戦時中のどさくさでなくなったか、しばらくは桃の節句がくるたびに押し入れから出し入れしていたが、鼠にでもかじられたのかもしれない。お雛さまがなくなっても、三色菱餅だけは母が元気なあいだは搗いていた。

十三ぐらいになってから、父が包丁のとぎ方とともに手づから教えたのは鯖の「ぶえんずし」である。三枚に下ろしたとき、身の割れない平鯖を使わなくてはならないといい、この時の振り塩は必ず焼かないといけない。塩を焼くのは、魚の生臭みをよりよく抜くためだ、と言った。

料理人でもない人が、こういうたぐいのことをよく言った。非常にひらめきのある人だった。それとも、「天草の男衆たちは料理がみんな上手ばい。物事のあるときはみんな寄って、美しゅうに盛りつけて、女衆にご馳走しなはるよ」と母がおっとりしてよろこんでいたから、男衆仲間の言い伝えがあったのだろうか。

「ぶえんずし」とは、無塩魚のすしの意だと、南九州沿岸部のものならすぐわかる。すしに無塩の魚とは異なことと思われそうでややこしい。

わけはこうである。鮮魚などの流通機構が今のように発達していなかった昔、青魚類のまんびき（しいら）や鯖やブリ、まして鰯は、まっしろけになるくらいな塩を振りこんで、山間地などに運んでいた。とれたての無塩の魚の刺身などごく限られた海辺の者しか食べられなかった。海辺の者だとて小鯵などは、骨ごと背切りにして、畠から取ってきた青唐がらしを歯の先でちびちび噛み合わせて肴にするとか、びくびくしているのを鍋にほうり込んで食べるのが、手間もかからずうまくもあるので、すしなどに手間ひまかけるのは、舟おろしや祭のときか、町のヒマ人の仕事だと思われていた。

父はヒマ人ではなかったが、念者で、手間ひまかけるのが好きだった。

厚手のフライ鍋で炒った焼き塩で三枚に下ろした鯖をしめ、酢と昆布でしめる時間は、魚の厚みによるから一概にはいえない。酢で肉の表面が白くなったのをそぎ切りしてみると、切り口の外側がぐるりと薄く固まって、中の身が刺身の色を残して玉虫色になった頃あいが、酒の肴にもすしにもよいのだと教えられた。〆鯖好きに食べさせてみると、やはり食べ頃をわかっていらっしゃる。

「ぶえんずし」と我が家では言っていたが、薩摩の方では「かきまぜ」というらしい。すし飯の中にしめた鯖を刺身よりややうすくそいで混ぜこむのである。季節の薬味を入れるのも楽しみだが、このすしというと、顔がほころぶのがまわりにいて、ことに老い先短い叔母が畠から帰っていればよろこぶだろうと、丼に布巾をかけて持ってゆくときなど、ある感慨があり、いわくいいがたい。

盲目の祖母がきれいに座って、父の作ったすしを、こぼさずに上手に食べていたのを思い出すからである。

亡き母が、最後にごはんらしいものを食べたのも、妹が作ったこのすしだった。その時は鯖ではなくて鰺のすしだった。

第II部　石牟礼道子を語る

photo by Ichige Minoru

石牟礼道子の世界

【『苦海浄土』を読む】

渡辺京二

作品の誕生と不幸な読まれ方

はじめに私的な回想を書きつけておきたい。「あとがき」にもあるように、本書（『苦海浄土――わが水俣病』）の原型をなす『海と空のあいだに』は、昭和四十年十二月から翌四十一年いっぱい、私が編集していた雑誌『熊本風土記』に連載された。『熊本風土記』の創刊当時、私はいわゆる「サークル村」の才女たちの一人として、彼女の評判は聞き知っていたけれど、まだつきあいらしいつきあいはなかった。その彼女が、見ず知らずといっていい私の雑誌に連載を書いてくれることになったのは、ひとつは谷川雁氏の紹介と、もうひとつは、三十八年に雑誌『現代の記録』を水俣の仲間たちと創刊して、あとが続かずにいた彼女にとって、ちょうど手頃な発表機関が必要であったからにちがいない。

『海と空のあいだに』は、いってみれば編集者としての私に対する彼女の贈り物であった。第一回の山中九平少年のくだりを受けとったとき、私はこれが容易ならざる作品であることを直感した。時に休載することもあったが、原稿はほぼ順調に一回三～四十枚の分量で送られて来た。すなわち、作品はほぼノートの形ですでに書き上げられていて、彼女は締切りごとにそれに手を加え原稿化しているのだと私は推察した。私は編集者として、この作品の成立に協力するようなことは何ひとつしなかった。私のしたことはせいぜい誤字を訂正するくらいであったが、それでも自分がひとつの作品の誕生に立ち合っているのだという興奮があったのは、人に先んじて「ゆき女聞き書」や「天の魚」の章を原稿の形、ゲラの形で読み、まだ誰も味わっていない感動を味わい知る特権にめぐまれたからだろう。

　当時、彼女はまだ完全にひとりの主婦として暮していた。四十年の秋、はじめて水俣の彼女の家を訪れた時、私は彼女の「書斎」なるものに深い印象を受けた。むろん、それは書斎などであるはずがなかった。畳一枚を縦に半分に切ったくらいの広さの、板敷きの出っぱりで、貧弱な書棚が窓からの光をほとんどさえぎっていた。それは、いってみれば、年端も行かぬ文章好きの少女が、家の中の使われていない片隅を、家人から許されて自分のささやかな城にしたてて心慰めている、とでもいうような風情だった。座れば体ははみだすにちがいなく、採光の悪さは確実に眼をそこなうにちがいない。しかし、家の立場からみれば、それは、いい年をして文学や詩歌と縁を切ろうとしない主婦に対して許しうる、最大限の譲歩ででもあったろう。『苦海浄土』はこのような〝仕事部屋〟で書かれたのである。

　私は、苦しい条件のもとで書かれた名作、などといううろんな話をしているのではない。どんな条件で書かれようと駄作は駄作であり、傑作は傑作である。こういう話を書きつけるのは、そのつつましい仕事部屋（部屋ではなく単なる出っぱりなのだが、仮にこういっておく）が私にあたえた、ある可憐ともいじらしいともいうべき印象を私がいまなお忘れかねるからであり、さらにはまた、主婦である彼女に、そうまでして文章を書くことに執しなければならなかった衝動、いいかえれば不幸な意識が存在していたことに注意してほしいからである。

　「ゆき女聞き書」と「天の魚」の章を読んだ時、私はすでにこの作品が傑作であることを確信していた。また、絶対にジャーナリズム上で評判をとると予想した。目が開いていれば誰にでもわかることである。はたして、本書が講談社から発行されると、世評はにわかに高く、その年のうちに第一回大宅壮一賞の対象となった。彼女はそれを固辞したが、そのことがまたジャーナリズムの派手な話題となった。しかも、時は折から公害論議の花ざかりである。『苦海浄土』はたちまち、公害企業告発とか、環境汚染反対とか、住民運動とかという社会的な流行語と結びつけられ、あれよあれよという間に彼女は水俣病について社会的な発言を行なう名士のひとりに仕立てられてしまった。『苦海浄土』がジャーナリズムの上で評価されるだろうことを疑わなかった私にしても、こればかりは予想の外に出ることであった。

　彼女は、自分でもどうにもならぬ義務感から、本書の第七章にあるように、昭和四十三年はじめに水俣病対策市民会議を結成し、その後運動が拡がるにつれ、彼女なりの責任を果そうとして来た。本書が発行された四十四年一月以降の経過について略述すれば、この年四月、厚生省の補償斡旋をめぐって、患者互助会は一任派と訴訟派に分裂、六月には二十九世帯が熊本地裁にチッソをあいてどって総額十五億九千万円余の損害賠償を提起した。それにともなって全国各地に「水俣病を告発する会」が生れ、厚生省補償処理阻止、東京―水俣巡礼団、株主総会のりこみなどが行なわれ、また四十六年夏から、いわゆる新認定規準によって、これまで放置されていた潜在患者が続々と認定されはじめ、その年の末には新認定患者はチッソに対する自主交渉を開始した。この自主交渉は一年後の現在なおえんえんと続けられており、一方、裁判はこの秋やっと結審を迎え、来年（四十八年）の春には判決が言い渡されるものと予想されている。

石牟礼氏はこのような事態の展開に、つとめてよくつき合って来たといってよい。それは彼女の責任であったわけであるが、そういう経過の中で、彼女にある運動のイメージがまとわりつき、彼女の著作自体、公害告発とか被害者の怨念とかいう観念で色づけして受けとられるようになったのは、やむをえない結果であった。

しかし、それは著者にとってもこの本にとっても不幸なことであった。そういう社会的風潮や運動とたまたま時期的に合致したために、このすぐれた作品は、粗忽な人びとから公害の悲惨を描破したルポルタージュであるとか、患者を代弁して企業を告発した怨念の書であるとか、見当ちがいな賞讃を受けるようになった。告発とか怨念とかいう言葉を多用できるのは、むろん文学的に粗雑きわまる感性である。それは文句なしにいやな言葉であり、そういう評語がこの作品について口にされるのを見るとき、その誕生に立ち合ったものとして、私はやりきれない思いにかられる。本書が文庫という形で新しい読者に接するこの機会に、私は、本書がまず何よりも作品として、粗雑な観念で要約されることを拒む自律的な文学作品として読まれるべきであることを強調しておきたい。

不幸な意識が生んだ一篇の私小説

実をいえば『苦海浄土』は聞き書なぞではないし、ルポルタージュですらない。ジャンルのことをいっているのではない。作品成立の本質的な内因をいっているのであって、それでは何かといえば、石牟礼道子の私小説である。

磯田光一氏はある対談の中で、『苦海浄土』を一応いい作品だと認めた上で、自分がもし患者だったら、変な女が聞き書などをとりに来たら家に入れずに追い返すだろうという趣旨の発言をしていた。私もまったく同感なのであるが、『苦海浄土』がそういうプロセスで出来上った聞き書でないことは、磯田氏の能力をもってすれば読みとることは困難ではないはずである。

私のたしかめたところでは、石牟礼氏はこの作品を書くために、患者の家にしげしげと通うことなどしていない。これが聞き書だと信じこんでいる人にはおどろくべきことかも知れないが、彼女は一度か二度しかそれぞれの家を訪ねなかったそうである。「そんなに行けるものじゃありません」と彼女はいう。むろん、ノートとかテープコーダーなぞは持って行くわけがない。彼女が患者たちとどのようにして接触して行ったかということは、江津野埜太郎家を訪なうくだりを読んでみるとわかる。彼女は「あねさん」として、彼らと接しているのである。これは何も取材のテクニックの話ではない。存在としての彼女がそういうものであって、そういうふれあいの中で、書くべきものがおのずと彼女の中にふくらんで来たことをいうのである。

彼女は最終列車に乗りそこねて駅の待合室で夜明しすることがよくあるらしいが、そういう時ともすれば浮浪者然とした男が寄って来て「ねえさん、独りな？」と声をかけるそうである。「きっと精薄か何かに見えるのね」と彼女は嘆いてみせるが、彼女にはそういう独自なパースナリティがある。

「死旗」のなかの仙助老人と村のかみさんたちの対話を読んでみるとよい。

〈爺やん、爺やん、さあ起きなっせ、こげな道ばたにつっこけて。あんた病院行て診てもらわんば、つまらんようになるばい。百までも生きる命が八十までも保てんが。二十年も損するが。

なんばいうか。水俣病のなんの、そげんした病気は先祖代々きいたこともなか。俺が体は、今どきの軍隊のごつ、ゴミもクズもと兵隊にとるときとちごうた頃に、えらばれていくさに行って、善行功賞もろうてきた体ぞ。医者どんのなんの見苦しゅうしてかからるるか。〉

といったふうに続けられる対話が、まさか現実の対話の記録であるとは誰も思うまい。これは明らかに、彼女が自分の見たわずかの事実から自由に幻想をふくらませたものである。しかし、それならば、坂上ユキ女の、そして江津野老人の独白は、それとはちがって聞きとりノートにもとづいて再構成されたものなのだろうか。つまり文飾は当然あるにせよ、この二人はいずれもこれに近いような独白を実際彼女に語り聞かせたのであろうか。

以前は私はそうだと考えていた。ところがあることから私はおそるべき事実に気づいた。仮にE家としておくが、その家のことを書いた彼女の短文について私はいくつか質問をした。事実を知りたかったからであるが、例によってあいまいきわまる彼女の答をつきつめて行くと、そのE家の老婆は彼女が書いているような言葉を語ってはいないということが明らかになった。瞬間的にひらめいた疑惑は私をほとんど驚愕させた。「じゃあ、あなたは『苦海浄土』でも……」。すると彼女はいたずらを見つけられた女の子みたいな顔になった。しかし、すぐこう言った。「だって、あの人が心の中で言っていることを文字にすると、ああなるんだもの」。

この言葉に『苦海浄土』の方法的秘密のすべてが語られている。

それにしても何という強烈な自信であろう。誤解のないように願いたいが、私は何も『苦海浄土』が事実にもとづかず、頭の中ででっちあげられた空想的な作品だなどといっているのではない。それがどのように膨大な事実のデテイルをふまえて書かれた作品であるかは、一読してみれば明らかである。ただ私は、それが一般に考えられているように、患者たちが実際に語ったことをもとにして、それに文飾なりアクセントなりをほどこして文章化するという、いわゆる聞き書の手法で書かれた作品ではないということを、はっきりさせておきたいのにすぎない。本書発刊の直後、彼女は「みんな私の本のことを聞き書だと思ってるのね」と笑っていたが、その時私は彼女の言葉の意味がよくわかっていなかったわけである。

患者の言い表わしていない思いを言葉として書く資格を持っているというのは、実におそるべき自信である。石牟礼道子巫女説などはこういうところから出て来るのかも知れない。この自信、というより彼らの沈黙へかぎりなく近づきたいという使命感なのかも知れないが、それはどこから生れるのであろう。彼女は水俣市立病院に坂上ユキを見舞った時、半開きの個室のドアから、死にかけている老漁師釜鶴松の姿をかいま見、深い印象を受ける。「彼はいかにもいとわしく恐しいものをみるように、見えない目でわたくしを見た」と彼女は感じた。

〈この日はことにわたくしは自分が人間であることの嫌悪感に、耐えがたかった。釜鶴松のかなしげな山羊のような、魚のような瞳と流木じみた姿態と、決して往生できない魂魄は、この日から全部わたくしの中に移り住んだ。〉

こういう文章はふつうわが国の批評界では、ヒューマニズムの表明というふうに理解される。この世界に一人でも餓えている者がいるあいだは自分は幸福にはなれない、というリゴリズムである。この文をそういうふうに読むかぎり、つまり悲惨な患者の絶望を忘れ去ることはできないという良心の発動と読むかぎり、『苦海浄土』の世界を理解する途はひらけない。そうではなくて、彼女はこの時釜鶴松に文字どおり乗り移られたのである。彼女は釜鶴松になったのである。なぜそういうことが起りうるのか。そこに彼女の属している世界と彼女自身の資質がある。

近代日本文学史上、初めて描かれた世界

彼女には釜鶴松の苦痛はわからない。彼の末期の眼に世界がどんなふうに映っているかということもわからない。ただ彼女は自分が釜鶴松とおなじ世界の住人であり、この世の森羅万象に対してかつてひらかれていた感覚は、彼のものも自分のものも同質だということを知っている。ここに彼女が彼から乗り移られる根拠がある。それはどういう世界、どういう感覚であろうか。いうま

でもなく坂上ユキや江津野の爺さまや仙助老人たちが住んでいた世界であり、持っていた感覚である。

即物的にいえば、それは「こそばゆいまぶたのようなさざ波の上に、小さな舟や鰯籠《いわしかご》などを浮かべ」た湯堂湾であり、「ゴリが、椿の花や、舟釘の形をして累々と沈んでいる」井戸をひっそりと抱いた村であり、「みしみしと無数の泡のように虫や貝たちのめざめる音が重なりあって拡ってゆく」渚であり、「茫々とともったように暮れ」て行く南国の冬の空である。山には山の精が、野には野の精がいるような自然世界である。この世界は誰の目にもおなじように見えているはずだというのは、平均化されて異質なものへの触知感を失ってしまった近代人の錯覚で、ここに露われているような自然への感覚は、近代の日本の作家や詩人たちがもうもつことができなくなった種類に属する。

〈海の中にも名所のあっとばい。「茶碗が鼻」に「はだか瀬」に「くろの瀬戸」「ししの島」。

　ぐるっとまわればうちたちのなれた鼻でも、夏に入りかけの海は磯の香りのむんむんする。会社の匂いとはちがうばい。

　海の水も流れよる。ふじ壺じゃの、いそぎんちゃくじゃの、海松じゃの、水のそろそろと流れてゆく先ざきに、いっぱい花をつけてゆれよるるよ。

　わけても魚どんがうつくしか。いそぎんちゃくは菊の花の満開のごたる。海松は海の中の崖のとっかかりに、枝ぶりのよかとの段々をつくっとる。

　ひじきは雪やなぎの花の枝のごとしとる。藻は竹の林のごたる。

　海の底の景色も陸《おか》の上とおんなじに、春も秋も夏も冬もあっとばい。うちゃ、きっと海の底には龍宮のあるとおもうとる。〉

こういう表現はおそらく日本の近代文学の上にはじめて現れた性質のものである。というのは、海の中の景色を花にたとえるという単純な比喩をこれまでのわが国の詩人が思いつかなかったなどという意味ではもちろんなく、ここでとらえられているようなある存在感は、近代的な文学的感性では触知できないものであり、ひたすら近代への上昇をめざして来た知識人の所産であるわが近代文学が、うち捨ててかえりみなかったものだという意味である。この数行はもちろん石牟礼氏の個的な才能と感受性が産んだものにはちがいないけれども、その彼女の個的な感性にはあるたしかな共同的な基礎があって、そのような共同的な基礎はこれまでわが国の文学の歴史でほとんど詩的表現をあたえられることもなかったし、さらには、近代市民社会の諸個人、すなわちわれわれにはとっくに忘れ去られていた。

その世界は生きとし生けるものが照応し交感していた世界であって、そこでは人間は他の生命といりまじったひとつの存在にすぎなかった。むろん人は狩をし漁をする。しかし、狩るものと狩られるもの、漁るものと漁られるものとの関係は次のようであった。

〈タコ奴《め》はほんにもぞかとばい。

壺ば揚ぐるでしょうが。足ばちゃんと壺の底に踏んばって上目使うて、いつまでも出てこん。こら、おまや、舟にあがったら出ておるもんじゃ、早う出てけえ。出てこんかい、ちゅうてもなかなか出てこん。……出たが最後、その逃げ足の早さ早さ……やっと籠におさめてまた舟をやりおる。また籠を出てきよって籠の屋根にかしこまって坐っとる。こら、おまやもううち家《げ》の舟にあがってからはうち家《げ》の者じゃけん、ちゃあんと入っとれちゅうと、よそむくような目つきして、すねてあまえるとじゃけん。

わが食う魚《いお》にも海のものには煩悩のわく。〉

その世界で人びとはどのように暮らしていたかといえば、それは、江津野老人の酔い語りの中でいわれているような、「魚は天のくれらすもんでござす。天のくれらすもんをただで、わが要ると思うしことってその日を暮す。これより上の栄華のどけにゆけばあろうかい」といったありようの生活であった。

このような世界、いわば近代以前の自然と意識が統一された世界は、石牟礼氏が作家として外からのぞきこんだ世界ではなく、彼女自身生れた時から属している世界、いいかえれば彼女の存在そのものであった。釜鶴松が彼女の中に移り住むことができたのは、彼女が彼とこういう存在感と官能とを共有していたからである。

「あの人が心の中で言っていることを文字にすると、ああなるんだ」という彼女の、一見不逞ともみえる確信の根はここにある。彼女は対象を何度もよく観察し、それになじんでいるからこういえるのではない。それが自分のなかから充ちあふれてくるものであるから、そういえるのである。彼女は彼らに成り変ることができる。なぜならばそこにはたしかな共同的な感性の根があるからだ。彼女は自称「とんとん村」に住みついた一詩人として、いつかはこのような人間の官能の共同的なありかたと、そのような官能でとらえられた未分化な世界とを描いてみたいという野心を持っていたにちがいない。ところが、彼女がそれを描くときは、それが、チッソ資本が不知火海に排出した有機水銀によって、徹底的に破壊されつくされる、まさにその時に当っていた。いや、この破壊がなければ、彼女の詩人の魂は内部からはじけなかったのかも知れない。自分が本質的に所属し、心から愛惜しているものが、このように醜悪で劇的な形相をとって崩壊して行くのを見るのは、おそろしいことであった。

彼女の表現に一種凄惨の色がただようのは当然である。使われぬままに港で朽ちて行く漁船の群とか、夜カリリ、カリリと釣糸や網を喰い切る鼠たちなどという、不気味な形象が、彼女の文章のあいまに現れる。手をこまねき息を詰めるほかない崩壊感である。この作品で描かれる崩壊以前の世界があまりにも美しくあまりにも牧歌的であるのは、これが崩壊するひとつの世界へのパセティックな挽歌だからである。

しかし、もともとそれは、有機水銀汚染が起らなくても、遠からず崩壊すべき世界だったのではなかろうか。石牟礼氏は近代主義的な知性と近代産業文明を本能的に嫌悪する。しかし、それはたんに嫌悪してもどうにもならないものであり、それへの反措定として「自然に還れ」みたいな単純な反近代主義を対置してみてもしようのないことである。彼女はそういうふうにとれる不用意な言葉をエッセイなどに書きつけているけれども、世上流行のエコロジー的反文明論や感傷的な土着主義・辺境主義などが、そういう彼女の言葉にとびついて、「水俣よいとこ」みたいなことを言い出すと、彼女が描いている水俣の風土が美しいだけに、どうしようもなくなるわけである。

いったい、前近代的な部落社会がそれほど牧歌的なものであるかどうか。彼女自身ちゃんと書いている、「隣で夕餉の鰯をどのくらい焼いたか、豆腐を何丁買うたか、死者の家に葬式の旗や花輪が何本立ったか、互いの段当割はいくらか、などといったことが、地域社会を結びつけているわが農漁村共同体」と。それは、部落に代々きまったキツネモチの家柄があり、その家のものがよくできた畑の前を通って「ああよく出来ているな」と羨望を起しただけで、その当人は意識もせぬのに、その家のキツネは相手の家の者にとりついて、とりつかれたほうでは、病人をうち叩いて時には死に至らしめるような、そういう暗部を抱えた社会である。生きとし生けるもののあいだに交感が存在する美しい世界は、また同時にそのような魑魅魍魎《ちみもうりょう》の跋扈《ばっこ》する世界でもある。そのことを石牟礼氏は誰よりもよく知っている。それなのに、彼女の描く前近代的な世界は、なぜかくも美しいのか。それは、彼女が記録作家ではなく、一個の幻想的詩人だからである。

患者とその家族に自分の同族を見る

私は先にこの作品は石牟礼道子の私小説であり、それを生んだのは彼女の不幸な意識だと書いた。それはどういう意味だろうか。彼女には『愛情論』という自伝風なエッセイがあり（「サークル村」三十四年十二月、三十五年三月）、それに書かれた幼時の追憶は『わが不知火』（「朝日ジャーナル」四十三年度連載）などでも繰り返し語られている。これらのエッセイで、彼女は幼い時に見てしまった、ひき裂けたこの世の形相を何とかして読むものに伝えようとし、それがけっして伝わるはずもないことに絶望しているかのようである。

〈気狂いのばばしゃんの守りは私がやっていました。そのばばしゃんは私の守りだったのです。ふたりはたいがい一緒で、祖母はわたしを膝に抱いて髪のしらみの卵を、手さぐりで（めくらでしたから）とってふつふつ噛んでつぶすのです。こんどはわたしが後にまわり、白髪のまげを作って、ペンペン草などたくさんさしてやるといったぐあいでした。〉『愛情論』

こういう数行を読むと彼女がいかにすさまじい文章上の技巧家であるかわかるが、私がいいたいのはそのことではない。読者はこの構図を本書のどこかで読まれたはずである。そうである。「山中九平少年」の章の冒頭、朽ちかけた公民館の中で、孫をあてがわれて、うつろな意識のなかで耳をほら貝のように不知火に向けながら、股の間にはってきた舟虫を杖の先でつぶしそこねている老人の姿である。少なくとも私には、この老人と孫の構図は、ばばしゃんと「私」の構図のひき写しのように見える。

父の酒乱が始って、母は弟を抱いて外に逃げる。父はまだ幼い娘に盃をつきつけて「お前、このおとっちゃんに、つきあうか」と目をむく。

〈「フン」、と私は盃を両手でとりました。酔っているので手許のおぼつかない父が、うまく注げなくてこぼし、へっへっと泣いていいます。

「もったいなかばい、おとっちゃん」

「なにお、生意気いうな」

奇妙な父娘の盃のやりとりがはじまり、身体に火がついていました。男と女、ぽんたさん、逃げている母と弟、憎くて、ぐらしかおとっちゃん、地ごく極楽はおとろしか〉『愛情論』

気狂いの祖母は冬の夜、ひとりで遠出をする。彼女が探しに出ると、祖母は降りやんだ雪の中に立っている。「世界の暗い隅々と照応して、雪をかぶった髪が青白く炎立っていて、私はおごそかな気持になり、その手にすがりつきました」。祖母はミッチンかいと言いながら彼女を抱きしめる。「じぶんの体があんまり小さくて、ばばしゃんぜんぶの気持ちが、冷たい雪の外がわにはみ出すのが申しわけない気がしました」。

これはひとつのひき裂かれ崩壊する世界である。石牟礼氏が『苦海浄土』で、崩壊しひき裂かれる患者とその家族たちの意識を、忠実な聞き書などによらずとも、自分の想像力の射程内にとらえることができるという方法論を示しえたのは、その分裂と崩壊が彼女の幼時に体験したそれとまったく相似であったからである。『愛情論』で語られているような家庭的な不幸は、近代資本主義がわが国をとらえた明治以来、幾千万というわが国の下層民たちが経験して来たことであった。だが『愛情論』の筆者が語ろうとしているのは、家庭の経済的な没落や父の酒乱や祖母の狂気という現象的な悲惨ではなく、そういう悲惨な現象の底でひきさかれている人びとの魂であった。一人の人間の魂がぜったいに相手の魂と出会うことはないようにつくられているこの世、言葉という言葉が自分の何ものをも表現せず、相手に何ものも伝えずに消えて行くこの世、自分がどこかでそれと剥離していて、とうていその中にふさわしい居場所などありそうもないこの世、幼女の眼に映ったのはそういう世界だった。

『愛情論』のテーマは男と女が永遠に出会わない切なさであるが、それは近代的な自覚にうながされたノラの嘆きなどとはまったくちがったもので、その根底には人と人とが出会うことができない原罪感がくろぐろとわだかまっている。わが国の近代批評の世界では、人と人が通じ合わぬのはあたりまえであり、そういうことを今さらしく嘆くのは甘っちょろい素人で、人の世とはそういうものと手軽に覚悟をきめることが深刻な認識だというふうに相場がきまっているが、彼女がそういうふうに落着くことができないのは、その原罪感があまりにも深く、その飢えがあまりにも激しいからである。

〈荒けずりな山道を萩のうねりがつつみ、うねりの奥まる泉には野ぶどうのつるがたれ、野ぶどうでうすく染った唇と舌をひらいて、ひとりの童女が泉をのぞいていました。泉の中の肩の後は夕陽がひかり、ひかりの線は肩をつつみ、肩の上はやわらかく重く、心の一番奥の奥までさするように降りてくる身ぶるいでした〉

（『愛情論』）

こういう文章に筆者の強烈なナルシシズムを見出すことはやさしい。しかし、ここで筆者がキャンバスに塗ろうとした色は、やはり何にもたとえようのない孤独だといってよい。そして、泉をのぞきこむ童女の孤独は、彼女が存在のある原型にふれておののいていることから生れている。この一瞬は彼女に何かを思い出させる。その何かとは、この世の生成以前の姿といってもよく、そういう一種の非存在、存在以前の存在への幻視は、いうまでもなく自分の存在がどこかで欠損しているという感覚の裏返しなのである。「生れる以前に聞いた人語を思い出そうとつとめます。のどまできているもどかしさ」「ずいぶん、わたしはつんぼかもしれぬ」「きれぎれな人語、伝わらない、つながらない……」。こういう嘆きを書きつける時、彼女の眼には、そこでは一切の分裂がありえない原初的な世界がかすかに見えているのにちがいない。

人語が伝わらないゆえに、人と人がつながるかすかな回路は、狂気の老女と幼女とが雪明りの中で抱きあうという形でしか存在しえない。しかも、その時幼女は「じぶんの体があんまり小さくて、ばばしゃんぜんぶの気持が、冷たい雪の外がわにはみだすのが申しわけない」というふうに感じるのである。こういう原罪感は、石牟礼氏の文学の秘密の核心を語るものである。『愛情論』の中では、ぽんたという娼婦が彼女の同級生の兄に刺殺される挿話が語られているが、彼女はその兄が「ぽんたを刺した瞬間が切ない」のであり、「ぽんたのそのときの気持を味わいたい」と感じる。いうまでもなくこれは変形されたナルシシズムであるけれども、そのナルシシズムの底には、まだ見たことのないこの世へのうずくようなかわきが存在しているのである。

『苦海浄土』は、そのような彼女の生得の欲求が見出した、ひとつの極限的な世界である。彼女は患者とその家族たちに自分の同族を発見したのである。なぜなら、水俣病患者とその家族たちは、たんに病苦や経済的没落だけではなく、人と人とのつながりを切り落されることの苦痛によって苦しんだ人びとであったからである。彼女はこれらの同族をうたうことによって自己表現の手がかりをつかんだのであって、私が『苦海浄土』を彼女の不幸な意識が生んだ一篇の私小説だというのもそのためにほかならぬ。事実、彼女は「ゆき女聞き書」において、あてどのない彼女自身の愛の行方を語っているのであり、「天の魚」において語られる江津野老人の流浪する意識は、そのまま彼女のものなのである。江津野老人の回想には、からゆきさんに売られていく娘に、自分の母が結局は生かされることはありえない教訓をくどくどと説きかせるくだりがあるが、この哀切きわまりない挿話のたぐいの出来ごとは、それこそ彼女にとって幼時の日常であった。「ゆき女聞き書」では「うちぼんのうの深かけん」と語られ、「天の魚」では「魂の深か子」といわれる、そのぼんのうや魂の深さこそ彼女の一生の主題であり、患者とその家族たちは、そのような「深さ」を強いられる運命にあるために、彼女の同族なのである。

「ゆき女聞き書」や「天の魚」で描かれる自然や海上生活があまりにも美しいのは、そのためである。この世の苦悩と分裂の深さは、彼らに幻視者の眼をあたえる。苦海が浄土となる逆説はそこに成立する。おそらく彼女はこのふたつの章において、彼らの眼に映る自然がどのように美しくありえ、彼らがいとなむ海上生活がどのような至福でありうるかということ以外は、一切描くまいとしているのだ。

現実から拒まれた人間が幻想せざるをえぬ美

このような選択が絶望の上にのみ成り立つことができることをいう必要があるだろうか。ところが松原新一氏は、『苦海浄土』と井上光晴氏の『階級』とをくらべ、『苦海浄土』はユマニスト的なことばで統一された作品で、「崩壊して行く人間」という視点を欠いているために「階級の晦暗」に目がとどいておらず、その点で『階級』に及ばぬところがあると批評している。すなわち松原氏は、石牟礼氏が水俣漁民を美しい人格として描いているのに、井上氏は筑豊下層民の人格的崩壊まで見とどけているといいたいので、これは批評家としておどろくべき皮相な観察といってよい。また松原氏は『苦海浄土』にあっては、あの〈人間〉の破壊とは、つづめていえば〈肉体〉への加虐としてとらえられている」と評しているが、どう読めばこういう結論が出て来るのか、私はほとんど怪訝《けげん》の念に包まれずにはいられない。

なるほど『苦海浄土』は、『階級』のように対象の精神的荒廃を直接描き出す方法をとってはいない。石牟礼氏自身が知悉している患者同士肉親同士の相剋や部落共同体の醜悪を、じかになまなましく描くことをしていない。しかし、地獄は地獄としてしか表現できないというのは、およそ問題にもならぬ初歩的な文学的無知である。『苦海浄土』は患者とその家族たちが陥ちこんだ奈落――人間の声が聞きとれず、この世とのつながりが切れてしまった無間地獄を描き出しているのであり、そのことを可能にさせたのは、彼女自身が陥ちこんでいる深い奈落であったのである。松原氏は『階級』の視点の深さの例として、たとえば「精神病院の患者を相手に白痴の姉に売春させて金を稼ごうとする男」といったふうな、「被抑圧者同士のエゴイズムの衝突」の描写をあげているが、そういうものはそれだけとしては単なる風俗にすぎない。そういうものを事象として描いているから視点が深く、そういうものを捨象しているから視点が浅いというのでは、およそこの世に文芸批評なるものの存在の理由はなくなる。『苦海浄土』を統一する視点は松原氏がいうような分裂を知らぬ「ユマニスト」のそれではなく、この世界からどうしても意識が反りかえってしまう幻視者の眼であり、そこでは独特な方法でわが国の下層民を見舞う意識の内的崩壊が語られており、『階級』と『苦海浄土』とのどちらがよく彼ら下層民の「階級の晦暗」にとどくかは、松原氏のような粗忽な断案を許すわけにはゆかぬのである。

しかし、『苦海浄土』を、水俣病という肉体的な「加虐」に苦しみながら、なおかつ人間としての尊厳と美しさを失わない被害者の物語であるとするような読みかたは、松原氏だけではなく世間には意外に多いのかも知れぬ。それは、彼ら水俣漁民の魂の美しさと、彼らの所有する自然の美しさ以外何ものも描くまいという作者の決心が、どういう精神の暗所から発しているか、考えてみようとせぬからである。石牟礼氏が患者とその家族たちとともに立っている場所は、この世の生存の構造とどうしても適合することのできなくなった人間、いわば人外の境に追放された人間の領域であり、一度そういう位相に置かれた人間は幻想の小島にむけてあてどない船出を試みるしか、ほかにすることもないといってよい。人びとはなぜ、「ゆき女聞き書」や「天の魚」における海上生活の描写が、きわめて幻想的であることに気づかぬのであろう。このような美しさは、けっして現実そのものの美しさではなく、現実から拒まれた人間が必然的に幻想せざるをえぬ美しさにほかならない。「わたくしの生きている世界は極限的にせまい」と彼女は書く（『わが死民』）。『苦海浄土』一篇を支配しているのは、この世から追放されたものの、破滅と滅亡へ向って落下して行く、めくるめくような墜落の感覚といってよい。

しかし、そういう世界はもともと詩の対象ではありえても、散文の対象にはなりにくい性質をもっている。石牟礼氏にはうたおうとする根強い傾向があり、それが空転する場合、文章はひとりよがりな観念語でみたされ、散文として成立不可能になってしまう。彼女の世界が散文として定着するためには、対象に対する確実な眼と堅固な文体が必要である。『苦海浄土』が感傷的な詩的散文に堕していないのは、その条件がみたされているからである。昂揚した部分では彼女の文章はあるリズムを持ち、しばしば詩に近づくが、なおそこには散文として守るべき抑制がかろうじて保たれている。彼女の文章家としての才能が十二分に発揮されているのは、いうまでもなくあの絶妙な語りの部分においてであり、そこでは現実の水俣弁は詩的洗練をへて「道子弁」ともいうべき一種の表現に到達している。さらに見逃されてならぬのは、この人のユーモアの才能である。例をひけぬのが残念だが、彼女の民話風なユーモアの感覚は、どれだけこの作品にふくらみをもたらしているか知れない。「天の魚」と「ゆき女聞き書」は、才能と対象とがまれな一致を見出すことのできた幸福な例であり、石牟礼氏にとっても今後ふたたび到達することがかならずしも容易ではない、高い達成を示す作品だと思う。

＊
＊
＊

〈医術〉としての作品

【『天の魚』を読む】

見田宗介

ひとつのつながりをえらぶものの孤立

『天の魚』の序詩となった詩経は、『流民の都』におさめられたいくつかの文章からもしられるように、石牟礼道子がながいあいだにすこしずつ発酵させてきた、彼女の仕事と存在の基底音のごときものである。それは「死んだひとびとへむけて綴るじゃがたら文。なによりも、じぶんの闇の中へ入ってゆくための、じぶんのためにだけ誦唱する詩経」であった。

おん身の勤行に殉ずるにあらず　ひとえにわたくしのかなしみに殉ずるにあれば　道行のえにしはまぼろしふかくして一期の闇のなかなりし
　かかるいのちのごとくなればこの世とはわが世のみにて　われもおん身も　ひとりのきわみの世をあいはてるべく　なつかしきかな

このような石牟礼道子の孤独は、いうまでもなく、近代的自我の孤独とおなじものではない。それは反対に、今はみえない生類の邑《むら》のはてしない豊饒とつながるがゆえに、わたしたちの世界の中でこのような魂の背負わざるをえない孤独であるように思う。

「水俣死民と呟いてみて胸にきざすのは、自分に課する孤立だった。」彼女はこのように書く。

「あのひとたちの死にぎわのまぼろしを、ぜんぶ見終えるために生者たちから、孤立しなければ、したい、とわたくしはおもう。」

それはひとつのつながりをえらぶものの孤立だ。

主体ののりうつり

この本の「鳩」の章には、彼女と患者さんたちが東京で出会うほとんどただひとりのふしぎになつかしい人間のかげがでてくる。親も兄弟も友人とも上司とも縁が切れてしまっているにちがいないと彼女がおもうこの青年は、ただ冬の皇居前広場のベンチに腰をかけ、「不思議な、世にも恍惚としたまなざしの光で、無数の鳩たちをよびよせていた。」彼と「水俣からやってきたものたちの距離は至近にあるごとくして、なおかつ彼岸の彼方とこちらにあった。水俣のものたちが深々とのぞきこんでいる心の底の破魔鏡に、彼と鳩たちがぽっかりとあらわれて、そこに写っている顔は、どこかで逢った自分の顔のように気にかかることはたしかだった。」こんなふうに、彼女は書いている。

無知に耽溺《たんでき》するものは
あやめもわかぬ闇をゆく
明知に自足するものは、しかし
いっそう深い闇をゆく

古代インドの哲学書はこのようにいう。

「鳩」の青年が東京でみた「あとにも先にもたったひとめで、なつかしい人間だった」のは、いっそう深い孤独のうちにある東京の市民たちのあいだで、わずかにこの青年のうちに、彼女たちの存在の位相のとおい鏡像のようなものをかいまみたからではなかっただろうか。

本源的に孤独なものたちがそのあかるい表層のつながりのうちにみずからの孤独をしらず、孤独でないものが孤立のうちにしか生きられないという奇妙な世界に、たぶんわたしたちは生きているのだ。

『苦海浄土』がけっして正確なインタビューなどにもとづく聞き書きの類ではないことは、渡辺京二があきらかにしているとおりである。

「『だって、あの人が心の中で言っていることを文字にすると、ああなるんだもの』この言葉に『苦海浄土』の方法的秘密のすべてが語られている。」(『苦海浄土』文庫版解説)

『天の魚』もまた同様であるはずである。自分らが言いたくてことばにならないことを、よくもここまで道子さんはことばにしてくれる、ということを田上義春さんから、わたしじしんもきいたことがある。

それは渡辺のいうとおり、彼女の資質であるばかりでなく、彼女の属している世界の資質によるものである。

この本の「舟非人《ふなかんじん》」の章の中では、作者の口を借りて江郷下の母女が語っているかとおもうと、またその母女の口を借りて「権堂の爺さま」が語りだしたりする。「花非人《はなかんじん》」の章の中でも、作者の口を借りて智子ちゃんの母親が語り、この母親の口を借りて溝口の家の母女が語りだし、この母女のまた中にいる狂死した八つの娘が語り出す。主体ののりうつりは幾重にも自在におこる。

「舟非人」の江郷下の母女は、死んで解剖され繃帯でつないであるだけの和子ちゃんを背負い、タクシーの運転手も汽車の乗客も気味悪がりおそろしがるので、たったひとりで汽車道のうえを歩いて帰る。それは死者たちの魂をうちすてることのできない人間の、現世で背負わねばならない孤独だ。

だから大乗も小乗もない。ただ小乗のはてにしか大乗はなく、また小乗をゆけばかならず大乗にしかならないところに、その孤立はある。

共同心性の二重化と個体の分裂

吉本隆明の『共同幻想論』の中に、柳田国男の『遠野物語拾遺』の中から、つぎのような二つのいいつたえがとりあげられている。

一、村の馬頭観音の像を近所の子供たちがもちだし投げたりころばしたりまたがったりして遊んでいた。それを別当がとがめると、すぐにその晩から別当は病気になった。巫女に聞いてみると、せっかく観音さまが子供たちと面白く遊んでいるのをお節介したから気に障ったのだというので詫び言をしてやっと病気がよくなった。

二、遠野のあるお堂の古ぼけた仏像を子供たちが馬にして遊んでいるのを、近所の者が神仏を粗末にすると叱りとばした。するとこの男はその晩から熱を出して病んだ。枕神がたってせっかく子供たちと面白くあそんでいたのに、なまじ咎《とが》めだてするのは気に食わぬというので、巫女をたのんでこれから気をつけると約束すると病気はよくなった。

吉本はこれを独自の〈対幻想〉論の方向において分析しているけれども、ここではいくらかちがった角度からこのはなしをかんがえてみたいと思う。

これらのいいつたえの中で、なぜ別当は病気になったのか。そしてなぜわび言をすると病気がよくなったのか。またなぜ近所の者は熱をだして病んだのか。そしてなぜその非を悔いるとよくなったのか。つまりこれらの民譚はなぜこのように展開するのか。

これは第一にこれらの民譚を成立せしめた水準における村民たちの共同心性が、二重化された構造をもつということ、そしてその二つの層が、たがいに逆立していること、つまり共同心性がみずからのうちに葛藤を内在することを示す。それは共同心性が、そのいわば〈原層〉にたいして逆立するようなかたちで、〈規範〉としての第二次的な共同心性を表層に存立せしめるからであろう。〈原層〉としての共同態の感性において、神仏（＝自然、動物！）と人間たちとは、共生し、たがいに「面白く」あそびたわむれているものである。けれどもその解体に拮抗するべき〈規範〉として存立する第二次の共同意識にとっては、「神仏」はひとつの疎遠な権威であるべきものであり、粗末にしてはならないものである。それは歴史化された共同態の秩序として、村人たちの日常の生活意識を支配し、共同心性の表層をおおいつくしている。この疎遠な権威としての第二次的な「神仏」を投射する規範意識が、やがてたとえば天皇制国家あるいは「市民社会」の秩序などを存立せしめるものとして展開し転態をとげてゆくものの、とおい萌芽であることはいうまでもない。

　この二重化は、じつは村人たちの個体の内部にも亀裂をもたらし、意識と無意識（昼間の意識と夜の「夢枕」）、言語性の水準と身体性の水準（「とがめだて」と「発病」、「叱責」と「発熱」）の分裂、矛盾をひきおこす。このなかで「巫女」の心性は、共同心性の原層に憑《つ》かれるがゆえに、共同心性の表層にたいして逆立するものとして、村人たちの日常意識からははずれた特異な個体性としてあらわれる。

　すなわち共同心性の歴史的な変質の過程のある時期に、共同心性はそれじたいの原層を、共同体の内または外の、ある特異な個体の心性として外化し、自己自身からひきはがしてしまう。

　このとき共同心性は、たとえば「政治」と「文学」とに向って自己を分裂し、原的に共同的なるものが、ぎゃくに孤独のきわみのいとなみにおいてのみ存立するというようなあり方への転位をとげる。

「政治」でもなく「文学」でもなく

「文学」について本書につぎのようなエピソードがある。川本輝夫の逮捕に抗議する文書に賛同をうるために著者が電話をかけると、ある「著名氏」は、石牟礼さんはそんなことをするよりも「作品」を書くべきであり、「多勢の人間の、役にも立たない抗議文書より、ひとりの人間の思いをこらした文学が、どんなに効果を発するか」とさとす。それは彼女の資質を愛惜するたくさんの人びとの気持だと思う。彼女はそのことばが胸に応えすぎたと書いて、その朝のごはんのときの川本輝夫のネコの話などを、だってあんまりと泣きじゃくる女の子みたいに書いている。

　「文学」しかないだろうことは彼女にもわかりすぎているから、この話はこたえたのである。けれどもその「文学」とは何なのだろうか。プルーストのようにコルク張りの部屋にこもって「不滅の作品」を書きあげることが、石牟礼道子の文学だろうか。

『苦海浄土』が、公害の悲惨を描破したルポルタージュであるとか、「患者を代弁して企業を告発した怨念の書」であるなどというものではなく、それがまず自律的な文学作品として読まれるべきものであるという渡辺京二の主張は、文句なく正しいのみならず、的確に時宜をえた発言であった。この前提のうえで、石牟礼の「文学作品」が、近代主義的な個体の自己表現としての「文学」とは逆立する位相をこそ本質とすることをとらえなければ、政治主義的な矮小《わいしょう》化とはべつの方向にこれらの作品を、いわば文学主義的に矮小化することになるだろう。

インディオたちはどのような近代芸術も到達することのできない大胆さと繊細さをもって絵画を描き、ひとりひとりの歌をもち踊りの型とヴァリエーションをもつ。けれどもそこに「芸術」というものはない。あるのはただ〈医術〉だけだとル・クレジオはいう。それらの歌も踊りも絵画も、身体や魂や世界をいやす〈医術〉に他ならない。そうであればこそインディオたちは、ひとつひとつの線にも音声にも脚のしぐさにも、霊感にみちた集中をもって瞬時の推敲を重ねるのである。

「水俣病」が日本資本主義総体の病いにほかならぬかぎりにおいて、そして〈生類の邑〉の解体が近代世界総体の病いであるというかぎりにおいて、石牟礼道子の作品は、ひとつの〈医術〉であることを本質とするようにわたしは思う。

「朝はたとえば、なまことりの話から始まるのです。」ということばでしずかに語りだされている「まぼろしの舟のために」というようなアピールのビラが、「政治」の文体とはおよそ異質の文体をもつことによって、わたしのような極端に政治ぎらいの人間まで運動の方にいざなう力をもったことは事実だ（力であって、「効果」ではない）。けれどもそれらが力をもったのは、「政治」のことばでないと同時に、「文学作品」であることを志向する意識ともまた、異質のものであったからである。

政治がその根源においてもはや「政治」であることをやめ、文学がその根源においてもはや「文学」であることをやめるところに、石牟礼道子の作品はその根をおいているのだとわたしは思う。それは「政治」や「文学」という文明史のさまざまな活動領野が、それぞれの波がしらとして立ちあらわれてはまたそこに姿を没する、あの〈発祥の海〉からのことづてなのだ。

だからそれらは個別水俣病闘争を超え、あるいは公害闘争の総体を超えて、わたしたちの世界があの〈生類のみやこ〉を恋うて病みつづけるかぎり、アクチュアルなものでありつづけるだろう。

「現実の『水俣』はいよいよその全貌を巨大にしながら、丸ごと残りました。帰郷したひとびとには、より崩壊する日常とのたたかいが残されました。」

このように本書の初版のあとがきに記されていることは、そのままこんにちわたしたちじしんの情況にほかならないからである。

生命界のみなもとへ

【『椿の海の記』を読む】

大岡 信

時間とともに腐敗していくものへの親しみ

財団法人水俣病センター相思社（水俣市袋仏石三四）が企画製作した芥川仁写真集『水俣　厳存する風景』（文・柳田耕一）が一九八〇年十月に刊行される（本書が刊行されるころは、この写真集も世に出ているはずである）。写真をとった芥川仁氏は一九四七年愛媛県生まれの写真家で、夜間中学の問題や宮崎県土呂久鉱毒問題などを写真家として追求している間に水俣病の問題と出会い、これに没頭して一年半の間に二万カットを撮ってきたのだという。

写真集に文章を書いている柳田耕一氏は相思社が一九七四年に設立された時から運営の中心にあって働きつづけてきた人である。

柳田氏がある日私の家にやってきた。芥川氏の写真による水俣の写真集の出版を企画しているが、それの宣伝パンフレットに推薦文を書いてくれというのが用件だった。柳田さんとは彼が水俣に定住しにゆく前に私の所へ見えて以来の知合いである。私は柳田さんの携行した芥川氏撮影の写真を見て、黒白のどの画面にも漂っている港町の静けさにうたれた。なまじな色では言い表せない悲しみや疲労が、画面に写る人々の生活に流れているのを感じるのだが、写真の与える感触はどれも穏かだった。油照りの凪ぎのうなづらに、かすかにうごく風の気配のようなものだけが、どの画面からも立ちのぼっているのが感じられた。それを言葉でとらえるのは容易なことでないと感じられた。実際、私は短い文章を書くのにひどく時間がかかり、水俣で待っている柳田さんらをはらはらいらいらさせた。

パンフレットが出来上って送られてきた。石牟礼道子さんの「まぼろしの方から見る現世」と題する写真集推薦文が、写真家塩田武史氏の推薦文とともにのっていて、私は石牟礼さんのその文章にうたれた。以下がその全文である。


「見なれている人たちや風景が、写真の中によみがえる。

櫨の木のある岬をわたしは知っている。

木の根の襞や皮目に、春夏秋冬、いかような形と色の落葉が吹き寄せられているか想像することが出来る。その木に来る鳥や、鳥の落とした糞やが日に浮かぶ。

ぐるりで畑を耕やしたり、肥桶を荷いあげたりする人々がいる。かたわらの藪で茱萸の実が熟れ、芒の穂が流れた年月がたどられる。櫨の下の畠が、からいもや麦粟から、みかんの畠になってゆき、その木は海の光にむかって立ち、つまりは櫨の歴史は人の世を呼吸し、その酸鼻をも呼吸して、少なくとも人間よりは長生きしているのだと思うとき、芥川仁さんの撮った櫨の木が、生命の根を逆さにして、游がせるような形になって、海底の木々のように繁茂する。

まぼろしの方から見る現世の方が、より生命的であることに、或る日突然驚愕することがある。

この写真集はそのような導き方をする。」


石牟礼さんの文章を読んでいるといつも感じるある種の驚きがある。物象把握の確かさをこれほどに保ちながら、しかも物象の世界からこれほど遠いところまで人を連れ出してしまう文章は、現在他に見出し難いという驚きである。画家クレーの言うような、見えないものを見えるようにするという力だけではなく、もう一方で、見えているものを見えなくしてしまう力もまた、石牟礼道子の内面には強力に渦巻いているように思われる。見えなくされたものは、いつか再び見えるようにされるだろうが、その時すでに別のものに変容しているだろう。遍歴、輪廻の世界に住む一人の漂客という自覚の強さが、石牟礼道子の物を見る眼差しをいつも何層かの多重構造にしている。時間というものへのこれほどにも強いこだわりと関心を持つ作者も稀れだが、また時間とともに破壊され、浸食され、腐敗し、消え去ってゆくものへのこれほどにも強い親しみをもって共に漂っていく用意のある作者も稀れだろう。そこからこの人独特の、めりはりのきいた、美しい抑揚をもった文章が湧きあがってくる。写実性と抒情性の類例少ない合体がそこにはある。『椿の海の記』(朝日新聞社)が刊行された一九七六年十一月三十日という日付のころ、私はたまたま中国への三週間の旅行中だった。帰国してすぐに読んだものの中にこの本があった。当時私は朝日新聞に「文芸時評」を書いていたが、二年間にわたるその仕事の最後の月にこの本を見出し得たのは、私の幸運ともいうべきものだった。

中国へ行って、宿舎で見る新聞一面最上部に毎日大きな活字でしるされている暦日が、一方は西暦だが、もう一方は私たち日本人がふつう「旧暦」と呼んでいるもので、それを中国では「農暦」と呼んでいることを知った。農業が生活の根幹を占めているという事実認識が、暦の呼び名ひとつにも現れているのを感じた。日本では「旧」とそれを呼びはじめた時から、それはもう見捨てられる宿命にあったことを、あらためて思わされもした。

私は一九七六年十二月の文芸時評を、そういう感想から書きはじめ、『椿の海の記』のことをそれに続けて書いた。今、この本の解説を書くのに、そのことに触れずに書くのが甚だ難しいのを感じる。以下、その時の時評の該当の部分を引かせていただく。

「故郷」という言葉のもつ最もほのぐらいもの

《化学肥料も補助的には使うけれど、有機肥料が主体だから、とりわけ自然界の時のめぐりに対して敏感に調和していかねばならないのが、中国における自然な生活感情のありかたであるはずだった。

そういうささやかな発見から私が得たひとつの感想をしるせば、次のようなことがある。つまり、中国人にとっては、多くの日本人がいま感じているような、故郷喪失感とでもいうべき一種の不安は、たぶんほとんど理解できないのではないか、ということである。

日本の現代文学作品には、全体としてこの故郷喪失感が深くしみこんでいるということを、私は北京でも蘇州でも上海でも、折にふれて今さらのように思わざるを得なかった。日本と中国の間で、文学や芸術の交流ということが今後さかんになる場合、中国の人々はこういう点についてどの程度まで理解するだろうか、という問いが、胸中を去来して離れなかった。

そういう旅から帰って読んだ雑誌や本の中で、私に感銘深かったのが、石牟礼道子の幼年期の回想『椿の海の記』であった。偶然この本がこの時期に刊行されたからであるとはいえ、何がしか意味深く感じられないではなかった。

石牟礼氏はいうまでもなく『苦海浄土』の作者としてつとに知られた水俣在住の詩人・作家である。しかし、この新作には、昭和のはじめごろの、急速に没落してゆく作者の家の暮らしと、周囲の人間関係を中心にして、「ほのぐらい生命界と吸引しあっている」魂のまどろみと半醒の時代がじつにこまやかな筆づかいで書かれている。水俣病を生みだす日本窒素肥料株式会社の姿も、新参のめずらしい会社というかたちで後景にちらちらしはじめているが、もちろんだれひとりそこから吐き出される毒の存在に気づいてはいない。

「天草から流れ出るタイプにもいろいろあって、祖父や父のような石工の系統は、石のめききなどに目を細め、地蔵さまや石塔や獅子像や、つまり石の彫刻などをつくり出すことに、生涯を投入してもまだ飽きたりず、石を素材にする道路工事や拓きの事業などはことのついでの気まぐれというべきで、事業費の収支決算についてはまったく無知というか、無能というか、云ってみれば美的生涯を破産させることになる。(中略)天草を出て渡り歩く石工にはこのタイプの名人気質が多く、現世の功利にたけているものはこのタイプからは出てこない。」

作者の祖父松太郎はこのタイプの典型というべき人物で、その娘むこたる亀太郎すなわち作者の父は、祖父が一代で財産を蕩尽してしまったあと、苦闘の連続となる。しかし、それぞれの男が自分の生涯を存分に生きていて、後年の石牟礼道子を形づくっているある強くてしなやかなものが、文章の彼方に透けて見える思いがする。

石牟礼氏がこの中でとりわけ丹念に書いているのは、祖父松太郎の妻である「おもかさま」とよばれる人のことで、彼女はこの物語では最初から盲目の狂女の姿で登場している。近隣の人々から「神経殿」とよばれているこの祖母や、今は松太郎と一緒に住んで、人々からは「けだもん」とか「畜生」とかよばれることもある祖父の妾のやさしい「おきや」おばさん、また家のすぐ近くにあった「末広」という淫売宿に売られてきた天草の娘たち、彼女らの髪を結う髪結いの「沢元さん」など、ここには悲しみを体いっぱいにかかえこんだ女たちが描かれている。

しかし童女である作者は、女たちの一言半句、また小さな身ぶりを、驚くべき鮮明さで記憶しつつも、なおかつ、それら人間世界のすべてを包んで互いに流通させあっている不思議な「気配」に身を浸し、「えたいの知れぬ恍惚」に身をゆだねている。「そのようなものたちをつくり出してくる生命界のみなもとを思っただけでも、言葉でこの世をあらわすことは、千年たっても万年たっても出来そうになかった。」

たしかに、この作者の言葉や文章は、しばしば、うららかな春の中空に響く不思議に澄んだ調べのようにも思え、またなまなましく同時に気違い地中の呼び声のような感じもする。しかしこの声がいったん耳にきこえはじめれば、「故郷」という言葉のもつ最もほのぐらい、ささやきと暗喩にみた内容が、ここに語られていることを感じずにはいられないのである。》

生まれついての詩人

『椿の海の記』の各章を形づくるエピソードは、もはや取り返しのつかない過去の生活の驚嘆すべき甦りにほかならない。石牟礼道子は、蜜蜂が花の露の一粒一粒から、あんなにも美しく甘い蜜の輝きとねばりを造りだすように、日常茶飯の記憶の堆積から、長い歳月をかけて、ゆっくりとこれらの物語を醸成した。登場する人物たちの一人一人は、完全に作者の内面に取りこまれている。しかも驚くべきことに、彼らのだれ一人として、作者の主観によって都合いい形に単純化されたり粉飾されたりしてはいない。水俣の地に根を張って生きている男や女は随所にその根を見せ、また天草や長島の方からこの地に流れ寄った男や女は、その漂流の姿のままに哀しく、あるいは儚く、描き分けられ、一人ずつのかけがえない命を燃やして生きている。

こういう実在感をもって人物を描き分けてゆくために費された作者内面の準備期間は、ずっと遡れば、おそらく彼女が物心つく以前から続いていたということになるだろう。その意味で、石牟礼さんは生まれついての詩人、生まれついての語り手だった。

物を書くということの中には、成人してからある時気がついて「さあ、始めるぞ」と力んでみてももう始まらないほどの、どうしようもなく本人の自覚以前から始まっていた観察の蓄積作業、経験の蒸溜作用というものがある。石牟礼道子という存在自身が、そのことを証言している。

幾重にも折り畳まれた複雑な思い

どのエピソードにも面白くてやがて哀しい生類の命の遍歴が語られているが、「ぽんた」という「十六女郎」の儚くもあわれな短い一生を鮮烈に語った一章など、樋口一葉の『にごりえ』なども思い合わされて忘れられない。そこで描かれる作者の父亀太郎の姿は、痩せっぽちの呑んだくれであるこの人の中に、熱い清らかな血と深い情愛と真直ぐな気っぷがふつふつとたぎっていることを、実に印象的に物語る。そういう描写の中に、作者自身の背景をなす世界がありありと透けて見える。

人間だけではない。物もまた、それぞれの存在の仕方において、ある奥深い世界を語る。たとえば座礁した石積船――

「完璧な船であった時分よりも、むしろ廃船となってからの方が、竜骨は、それ自体の志のようなもので生きていた。舳先の頂点から船底にむけて、なだらかにかこいこむ曲線のあたりに、あごひげのような、陰毛のような海草をいつも下げていた。春は青海苔やあおさの類をつけ、夏のはじめになると、藻の類やひじきをぶら下げていたりする。それらの海草は、干潮のあともたっぷりと潮を含み、近寄って見あげれば、微かな身ぶるいのような風が来て、キラ、キラ、と、雫をふりこぼすようにして霧が散る。それは天を見あげている寡黙な竜骨が、まだ充分に生きていて樹芯を反らし、絞り出している潮でもあった。竜骨は、そのような姿をして、つとめを終えてからも干潟の上に坐りつづけ、くる年ごとに少しずつ沈んでいた。牡蠣殻やヒトデや藤壺などを、いくつもいくつも自分の躰にくっつけて、ちいさな物語を編むように、それらを養っていた。」（「岩どの提燈」）

さながら一節の散文詩と言っていい。しかし、ここにあるのは、生気にみちた写実的描写であって、それ以上でも以下でもない。それがつまり「詩」の実質であった。

この廃船は、若かりし日の白石亀太郎とその娘道子が、浜辺に来れば必ずその下で立ちどまり、しばしたゆたうことにしていた親しい海辺の仲間なのだが、この船の下で父と娘はこんな会話をかわす。

『ひとりで徒然なかかなあ、こん船』

と娘はいう。

『うーん、ひとりじゃが』

そういって彼は煙管をとり出す。

『徒然なかかもしれんばってん、びなは這うてくるし、蟹《がね》は這うてくるし、星さまは毎晩流れ申さるし』

竜骨にくっついているヒトデをぽいと煙管の雁首ではねおとす。

『潮の来れば、さぶーん、さぶーんちゅうて、波と遊んでおればよかばってん、にんげんの辛苦ちゅうもんは……』

亀太郎はまたあばら骨をふくらましてひと呼吸すると、

『こういう船のごつ、いさぎようはなか』

という。」（「岩どの提燈」）

会話のさりげない一言半句が、常にその人間の生き方全体を背後に浮かびあがらせてくるというのが、『椿の海の記』の文章の美質であり、特徴である。

『椿の海の記』は自伝形式の長篇小説の第一部だという。「死におくれして」（『草のことづて』所収）という文章で、この本の由来について石牟礼さんは次のように書いている。

「いまちょうど、いわば自伝的形式に託した長篇小説の第一部を、書き直し書き直しして、なんとか脱稿直前に来たところで、『椿の海の記』と題しているのだが、はじめ気を楽にして、たのしく書きあげたいと思ってとりかかったのだった。水俣病をテーマにした四部作のうち第三部を書いてみて、あまりに苦しいので、たのしいことを間にはさんで気力と体力をつけ、残りをなんとか書きあげて死にたいと思い、好きな音楽でも演奏するつもりではじめたのである。ところが、書き進んで仕上げにはいってみて、たのしいこともあるにはあるけれど、生易しくはない。

時代の設定は昭和初期の水俣の、満州事変の起きる直前の三、四年、わたしの二歳くらいから五歳までくらい。ごくごくものごころつきはじめの短い期間の世界で、俗にいう幼児体験をもとにしているのである。なぜそういう世界を描きたかったのかというと、この国がまだ、今のように軽々しい物質至上的な近代化とか、合理化とか、はては水俣病に象徴されるように、人のいのちさえも金もうけのためなら、殺しても罪障を感じないで、経済の繁栄のためなら、世の中の多少のひずみは仕方がないと考える種類の人間が増えてくる以前の、心優しかった時代の山川や海の、いわば精神性を保っていたふるさとを、描いてみたかったのだとおもう。」

「古きうつくしき水俣」を書こうとした石牟礼道子がこの本で喚び出した人々は、逆説的なことに「主人公」と作者自身が言う「めくらで気のふれていたわたしの祖母」おもかさまをはじめ、世間一般の判断基準でいえば不幸の淵を這いずりまわっているような人々が多い。作者自身それにふれて言っている言葉を引けば、「ここに出てくる人間たちの姿は、神秘的なうつくしい風土とさまざまな精霊たちに抱かれてはいるけれど、いわば現世の焦熱地獄にもいるわけで、しあわせならざる運命の糸に操られながら死んでゆく。ひとりひとりの一生をみていると、まことに愚かなようでいて、けなげというか、よくよく耐えて命が終るまで、つらいこの世を生きているなと、わたしとしてはひときわ哀憐の情が湧く。小説書きがゆとりを持って人物つくりをやっているかのように聞えるだろうけれども、個々の分身たちをそこにつくり出しているものは、もとのわたしなので、なんのことはない自分の苦しみをかかえきれないで、登場人物たちに、分担してもらっているあんばいである」(「死におくれて」)。

『椿の海の記』を読めば、石牟礼さんのこういう言葉の中に籠められている、幾重にも折り畳まれた複雑な思いが、私たちをうたずにはおかないのを感じる。そういう作者の精神世界の多層性が、たとえば小文の最初に引いた「まぼろしの方から見る現世」のような短文にもありありと見られるのだ。

ある至福の世界の予感

幼年期への凝視を通じて、悉皆の生命界のみなもとを、みずからの世界の最も根本的な組成を、窮め尽くそうという『椿の海の記』のモチーフは、石牟礼道子を作家たらしめた最重要のモチーフだった。そのことは初期散文を集めた『潮の日録』の中の、たとえば「おもかさま幻想」(一九五九)や「愛情論初稿」(一九五八—五九)のような、まぎれもなく『椿の海の記』の原型といっていい文章を見れば明らかである。

「ばばしゃまは雪のふる晩はとくに外に出たがり、疲れはてた母たちが寝ると、私はばばしゃまを探しに出ます。珍しくもない気狂いなので、からかう人もなくなった夜ふけにばばしゃまはふりやんだ雪の中にその夜は立っていました。夜の隅々と照応しているように、雪をかぶった髪が青白く炎立って幽かに光っていて、私はおごそかな気持ちになり、そっとその手にすがりました。長い間立っているように思いました。私はこわごわもう一ぺん、その手をぐいと引きます。しばらくしてばばしゃまは、ミッチンかいとしゃがれ声でいいます。遠い遠い風雪の中から伝わってくるようなそのしゃがれ声は、優しさのかぎりでした。ばばしゃまツメタカ。するとばばしゃまはにぎりしめていたもう片方の太い青竹を放して、ミッチンかい、ミッチンかいといいながら私の手を囲い、合間、合間にいつものように男と女は別々《べーっべっ》、男と女は別々《べーっべっ》といって、雪の上にペッと痰を吐きました。ばばしゃまの手は底熱く、その底熱いものから伝わるものが、私の背すじを貫くのでした。

（「愛情論初稿」）

第三者の容喙を許さない厳然たる肉親の世界がここにはある。それは、現世的な意味では不幸の限りといった関係において結ばれた肉親の間に生じた、ある至福の世界の予感であり、描写である。石牟礼道子の内面に生きつづけるのは、こういう世界の神秘を人生の最も早い時期の記憶として持ってしまった人の、重層的でしかあり得ない眼差しであり視野である。

水俣病患者たちと石牟礼道子との間にある強固な、肉親的なつながりの根源にあるものもこれと別のものではなかった。そのことをありありと語っているのが、『椿の海の記』という小説である。

＊

＊

＊

石牟礼道子の時空

【『あやとりの記』『おえん遊行』を読む】

渡辺京二

石牟礼文学を論じたまともな文学評論はない

今月は石牟礼道子さんの文学世界について話をさせていただきます。

この真宗寺というお寺は石牟礼さんとは深いご縁を持っておられます。今年（一九八四年）の春、このお寺では宗祖親鸞上人の御遠忌という大きな行事をなさいましたが、その際住職が読みあげる表白《ひょうばく》というものがある。むろん住職自身が草すべきものでありますが、それを何と、ここのご住職の佐藤秀人先生は石牟礼さんに依嘱された。その結果『花を奉るの辞』という形破りの表白が出来上ったことは皆さんご承知の通りであります。

『花を奉るの辞』については、教団（真宗大谷派）のある先生から〝異安心〟という評があったと聞いていますが、佐藤先生はこれこそ真宗寺の求める仏法の詩的表現だと感動なさいました。儀式の中心である表白の文章を、ご自身で書かれるのではなく、また教団の名のある先生に依頼されるのでもなく、教団外の石牟礼さんに頼まれたということに、佐藤先生の真宗寺と石牟礼さんの深いえにしは示されていると思います。

実は今日の話は、私がこのお寺でやらせていただいている「日本近代史講義」の百回目なのです。百回記念として、ふだんみえていない方々もお誘いして賑やかにやろうということでしたので、それなら今日限りの聴衆もいらっしゃることだし、特別な題目を選ぶ必要がある。真宗寺でお話しするのにもっとも適切な題目をあれこれ考えた末、お寺とご縁の深い石牟礼さんの文学世界についてお話ししてみようと思い立った次第です。

さて、石牟礼道子さんは今日すでに有名な方です。一般的な知名度という点では、文学者の中でも相当に高いほうです。『苦海浄土』によって地位を確立なさってもう十五、六年たっているわけですし、著書も十数冊あります。ここのご住職はときどき、「石牟礼さんをもっと世に出さにゃあならん」とおっしゃるのですが、私はその度に「もう出ておられます」とお答えするのです。すると同席している仏青の諸君が、どっと笑います。

しかし、ご住職がそうおっしゃるのは、石牟礼さんの作品の本質というか、もっともよいところというか、それがまだ世に伝わっていないというお気持がおありだからではありますまいか。実は私も、石牟礼道子という一個の文学者の有名になったありかたに、たいそう不本意なものを感じないではおれないのです。

石牟礼さんはいわば水俣病問題、チッソ告発のジャンヌ・ダルクとして社会的に有名になられました。いわゆる出世作の『苦海浄土』にしても、公害の悲惨さを描き、資本と行政の非道を告発した記録文学と受けとられた。今でも彼女の肩書きにルポルタージュ作家と銘うたれる場合が少なくありません。つまり石牟礼さんは純粋な文学者として有名になっているのではなく、水俣病患者の代弁者、あるいは公害や環境破壊についての批判的発言者、さらには日本近代の病いについて託宣をくだす民衆の語り部といった扱いにおいて、社会的に有名になっているのです。これはとくに、新聞やテレビが彼女をとりあげる場合について言えることです。

彼女には熱烈なファンが多く、崇拝者といってよい一群があります。しかしその大部分は市民運動の活動家だったり、新聞記者を始めとするジャーナリストだったり、社会科学系の大学教授だったりです。そういう人びとの賞賛は彼女の文学作品の本質に対して向けられているのではなく、彼女の民衆の語り部的な位相からの近代・現代批判に捧げられております。つまり彼女は、左翼ないし市民主義的反体制主義者からすると、神聖なる民衆の声をとりつぐ霊能者のように見えるらしいのです。

石牟礼さんの心酔者たちはふたつの点で石牟礼さんの仕事を評価しているのだと思います。ひとつは環境破壊という突出面をもつ近代文明の批判者という点です。近代の病いや歪みを予言者的姿勢で告知する人だということです。もうひとつは、天皇制を基軸として形成されてきた日本近代のありかた、つねに底辺の民を犠牲に供してゆくようなありかたへの告発者という点です。棄民という言葉があって、上野英信さんが愛用しておられましたが、水俣病を棄民の一様相としてとらえるのが石牟礼道子のすごさだというわけですね。

私はこういうとらえ方には、それなりの根拠はあると思うのです。石牟礼さんは事実そういう発言をされていますし、棄民という言葉もよくお使いになります。彼女の評論風な文章には、左翼市民主義者やラジカルエコロジストがなじみやすい論理や発想がみられることは事実ですし、彼女の左翼ジャーナリズムでの人気は、そういう両者の共通点に支えられていると思います。

一方文学者の世界、いわゆる文壇や文芸専門誌の世界では、石牟礼道子は左翼的な記録文学作家、社会派ルポルタージュ作家というふうに思われていて、純粋な小説家ないし詩人とは認められていない。最近ではさすがに、石牟礼道子の作品を文学として評価しようとする動きが出て来てはおりますが、大勢としては、石牟礼道子？　ああ水俣病を告発した記録作家だね、『サークル村』出身の聞き書作家で、上野英信や森崎和江の仲間だろう、わかった、わかった、もういいよ、といった感じで受けとられています。

だから、石牟礼道子の文学を論じたまともな文学評論はまったくありません。もちろん彼女についてはこれまで相当量の論評や賛辞が書かれてはいますが、そのなかにはちゃんとした第一級の文学者によるものはほとんどないと言ってよろしい。これまで書かれた「石牟礼道子論」なるものは少数の例外を除いて、言っちゃ悪いが、情けなくなるようなものばかりです。鶴見俊輔さんが『椿の海の記』について書かれたものはさすがに優れておりますけれども、文学作品としての批評ではありません。

まあ、文壇から黙殺されたからといって、どうということはないわけですが、石牟礼さんの業績を社会派記録文学というふうに片づけたり、彼女の新聞・テレビなどでの社会的発言だけをもてはやすような現状は、はなはだ不当であり困ったものだと言わざるをえません。

近代日本文学史上、真にユーニークな作家

文学者の作風を形容するのに、よくユーニークという言葉が安易に使われます。ユーニークというのは唯一のという合意のある言葉で、そうそう安直に使える言葉ではないのですが、私は石牟礼道子という人のことを、現代日本文学できわめてユーニークな作家だと考えています。現代どころか、近代日本文学の歴史を通じて、彼女のような作家は皆無であって、語義どおりユーニークな存在だと思っているのです。彼女の作品はこれまで日本近代文学が創り出すことのなかった性質のもので、その歴史にまったく新しい一ページを開いたと言ってよろしい。

そういう彼女の文学者としてのユーニークな地位は、百年も経てば必ずや明らかになるにちがいありません。ですから、今日彼女の作品の文学的な真価が十分認められていないからといって、別に悲しむこともないのかも知れない。今日もてはやされている作家の大部分は百年たてば忘れ去られるのに対して、彼女の作品は後世に残ります。彼女の作品が純粋な文学作品としてなかなか認められないのも、日本近代文学が描いてきた世界とは異質な、

あえていえばそれよりひと廻りもふた廻りも広大で、しかも深く根源的な世界を表現しようとしているからであって、このような表現の拡張と深化の意義は、日本近代文学という枠組にとらわれた眼には見えにくいのです。

石牟礼道子という作家の本質は、近代日本文学がこれまで描こうとしなかった、いやむしろ描くことができなかった世界を、初めて表現にもたらしたところにあります。そのことを皆さんに納得していただければ、今日の話の目的は達せられるのですが、そのことを言うまえに、ぜひひとつ断わりをつけておかねばなりません。

近代文学というのはもとより個人の内面を成立の本質的契機としております。要するにそれは個性としての私の表現なのです。近代文学を特徴づけるこうした個性とか私とか内面といった概念は、今日様ざまな角度から批判にさらされておりますが、古代歌謡以来の文学の歴史が個の自覚的な表現としての近代文学にまで展開してきたプロセスは、それなりに重いものがあって、その道程を無視した文学のありかたは考えられません。近代的な個というものの虚構性を批判することは必要だけれども、個としての内面的な衝迫と追求のない文学はやはり文学たりえないというのが、今日われわれが立たざるをえない地点だと思います。

石牟礼さんの文学は日本近代文学ときわめて異質な面をもつと同時に、表現が自己という個のかかえた問題から発しているという点で、まぎれもなく近代文学の本質とつながっております。いわゆる出世作の『苦海浄土』からしてそうであって、あれは単に水俣病患者の苦境を、正義派ジャーナリストのような眼で外から描いた作品ではありません。もともと彼女自身にこの世とはどうしてもそり反ってしまうような苦しみがあって、その苦しみと患者の苦患がおなじ色合い、おなじ音色となってとも鳴りするところに成り立った作品なのです。だからこそ、すぐれた文学作品としか呼びようがないのです。

私が文庫版『苦海浄土』の解説で、この作品を石牟礼道子の「私小説」と呼んだのはそういう意味においてですが、世の中には単純なお方がずいぶんいらっしゃって、私小説だなどとはとんでもない、石牟礼道子は自分の自我を語ったのではなく、日本の近代社会の暗部を告発したのだ、などと噛みついてこられるのには笑ってしまいました。しかし、あれが石牟礼さんの心の暗部なしには絶対に成り立たなかった作品だということに関しては、むろん私のほうが正しいのです。

以上のことを認めた上で、なおかつ、石牟礼さんの文学のどこが日本近代文学とは異質なのかということが、今日の話の本題となります。うまく話せるかどうか自信がありませんが、まず農民文学の歴史の中で、石牟礼さんの作品がどういう位置を占めるか、その辺からはいってゆきたいと思います。

ワールドではなくコスモスとして

石牟礼さんの作品を農民文学という狭い枠に閉じこめることができぬのはもちろんのことですが、『椿の海の記』を始めとして彼女の小説やエッセイには、農作業や作物の話がよく出て来ます。彼女の生家は石屋さんで農家ではないけれども、家業が破産なさったあとは、水俣の町はずれの半農村地帯で、田や畑を作っていらっしゃった。つまり南九州の崩壊しつつある村の内実をよく知っていらっしゃるわけで、彼女の作品には村の習俗とか、農作業のこまごまとしたこととか、田園の風景とかが重要な意味を担って登場してまいります。ですから、彼女の文学自体は農民文学というジャンルに収まるものではないけれども、日本近代文学の歴史において農村が描かれてきた系譜の中に、彼女の作品を一応置いてみて比較することができるのです。

日本近代文学史上、農民が初めて本格的に描かれたのは、いうまでもなく長塚節の『土』においてです。この『土』という小説は明治四十三年に発表されていますが、これはちょうど自然主義の全盛期にあたります。自然主義は人間の醜悪かつ悲惨な現実を赤裸々に暴露することをモットーにしました。長塚節はご承知のように「アララギ」派の歌人で、べつに自然主義的な信念のもち主ではないのだけれど、『土』が自然主義という流派の一作品のようにみなされたのは、要するにそれが描いた農村の現実なるものが、慰めのない暗いきびしいものだったからです。

『土』はすぐれた作品ではありますが、何を描いているかといえば、農作業のつらさと農家の貧しさなのですね。その点では描写は迫真的です。むろん自然描写も出て来ますが、しかしその自然というのは、農民の労働をいっそう苦しくする苛酷な条件として表現されています。例えば冬は木枯しが吹きすさび、つらい畑仕事をいっそうつらくする。梅雨時は梅雨時、夏は夏で、自然は人間に敵対する。たんに農作業をつらくするだけではない。嵐を吹かせたり、大水を出したりして、農民の苦労の結晶を一瞬のうちに水の泡にする。

『土』に描かれた農民は、ぎりぎり生存可能な状態で、虫のように土を這っている人間です。教養も慰さめも理想もなく、ただ本能にうながされて盲目的に生きてゆく人間です。長塚節はご承知のように茨城県の地主であって、小作農民に対して同情をもっておりました。しかし、その同情の眼をもってまわりの農民を見ると、土を這う哀れな虫のように見えたのです。人間はこうまでして生きてゆかねばならないのだなあ、農民は社会の一番しんどい働き場所を受けもって、一生働きに働いて死んでゆくのだ、よろこびといっても精々盆踊りくらいなんだ――『土』という小説はこういうメッセージをわれわれに伝えているのです。

肝心なのは、ここで造型されている農民像は、本人たちとは関わりなく、学校出の知識人によってとらえられた農民像、つまり近代的な個の意識によって作りだされおしつけられたイメージだということです。長塚節は在村地主でありますから、農民生活の外面的な事実はよく知っているけれども、農民の内的な世界は知らない。それとは全く切れてしまった近代人なのです。実は農民には彼などのうかがうことのできぬゆたかな世界体験があるのに、そこへ眼をとどかせる方法を彼は全く失ってしまっているのです。

農民文学史のおさらいをやっているわけにもゆきませんから、もう一例、島木健作の場合をとりあげてみましょう。彼は昭和十二年に『生活の探求』という小説を発表し、当時はやりの転向文学ということもあって、ベストセラーになりました。都会で共産主義運動をやっていた青年が転向して、故郷の農村へ帰って自分の足許を見直すというテーマの小説です。

これはなかなかおもしろい問題を含む小説ですけれども、農村との関連だけにしぼってお話ししますと、農民生活を『土』のように悲惨なものとして描くことはしておりませんけれども、村の現実をいろんな古い因習にからまれて、矛盾を抱えこんだものととらえています。つまり島木健作にとって農民生活とは、何よりもまず改善すべきもの、変革すべきものであるわけです。つまりこの小説の主人公は共産主義は捨てたものの、社会の改善という見地から農民生活を見てゆくことはやめていないのです。

もちろん、農村の現状を改善するのは必要かつ結構なことでありますけれども、一個の文学作品としていえば、農民の生活を近代知識人の目で外からのぞきこんでいる点では『土』と全く変りません。

こういう社会派文学的な農村のとらえ方をした作品は、いくらでも例をあげることができます。戦後、農村は農地改革という激動に見舞われて、大きく変ったわけですけれども、和田伝の『鰯雲』という小説は、そういう変動を地主一家の解体というかたちで描いたものです。この人は自分自身、地主として農村に腰を据えて作品を書いていて、農民の心情や生活実体はよく知っている。しかしそれを描く視点はやはり知識人のものです。

一方、こういう社会派とは別に、農民のもつしたたかな土俗性、それにもとづいて繰りひろげられる哀歓をユーモアたっぷりに描くやり方があります。その一例は伊藤永之介ですが、こういう土俗派の場合、俺は百姓のしたたかさもずるさも、その真にある悲しみも、さらには村落の仕組もよく知っているぞというのが自慢なのです。たしかにそのまなざしは外から注がれているのではなく、逆に農村自体の内部から都会の知識人に向けて、村とはこういうものなのだぞと教える趣きのものです。しかしこの場合でも、造型される農民像はあくまでも、近代知性によって外から把握されたものにすぎません。

つまり、日本の近代文学者というのは、農民を始めとする前近代の民の精神世界から完全に離脱することによって、知識や学問や芸術の世界の住人となることができたのでありますから、農民を描こうとするとき、彼らがどういう精神世界に生きているか、まったくわからない。だから外形を描くしかないわけで、労働の苛酷さとか、貧しさとか、村内部での因習とか、そんなことしか物語れないのです。農民の内面、つまり心理や感情を描く場合にも、単純さ素朴さ、その反面としてのずるさやしたたかさといった、社会的類型としての性格しか描けない。

逆に彼らが何を描かないか、いや何を描けないかというと、まず彼らは農民の信仰が描けない。信仰と結びついた年中行事や民間伝承の世界が語れない。第一、そういうことをよく知らないし、知っていても侮蔑しております。さらに農作業の感覚、農作業を通じてひろがるコスモスの感覚がまったくわからない。従って自然の四季の様相や、人間とともに生きる種々の生きものたちのありかたが、農民の意識のうちにどのような宇宙となって存在しているかということに至っては、理解どころか感受さえできないのです。

ところが石牟礼さんの農村あるいは農民の描きかたは、そうした日本近代文学の描いた農民や農村とは全く異質なのです。それとはまったく逆といってもよろしい。彼女の作品には、農民生活の貧しさとか、農作業の苦しさとか、村落内の生活の窮屈さなどはほとんど出てまいりません。話のつながりで、いくらかは出て来るにしても、主要な意味は担っていないのです。むろん彼女はそういったことを熟知しているわけですし、自分の幼い頃のわが家の貧しさも卒直に語られています。また日本資本主義の出現のかげで、農民たちが流民化してゆくあり様も、ヴィヴィッドに描かれています。しかしそれは、農民生活自体を悲惨とする捉えかたではありません。

それでは何が描かれているかというと、まずこまごまとした農事が語られております。田作り、畑打ちはいうまでもなく、室内の作業から料理に至るまで、農民生活に付属する一切の仕事が、ときには自然主義的細密描写を思わせる仕方で描かれています。それから農村の自然、野や川や森や山、その四季の移り変りの諸相が描かれています。さらに、農村の土俗的な信仰、井戸には井戸の神が居り、山には様ざまな精霊が往き来するようなアニミスティックな世界が語られています。

そんなことなら、これまでの農民文学だって描いて来たんじゃないかとお思いかも知れませんが、その描きかたが全く違うのです。農事といっても、彼女はそれを労働とは捉えておりません。自然あるいは大地との対話とみなしておられる。彼女は農作業のつらさはもちろんよく知っている。だが、そのつらい労働を人間はなぜ何千年も続けてこられたのか。食うためであるというのは、およそ人間を馬鹿にした考えかたで、そんな考えかたは人間の労働を経済行為としか捉えられない憐れな近代の固定観念にすぎない。食うという行為はそのままもっと広くて深い生命活動の一環であります。石牟礼さんの作品は、農にまつわる様ざまな作業を、よろこびにみちた生命活動として描いているのです。

彼女は労働を対象から決して分離させません。作業は生きたものに関わり、そのもの＝対象の生命を実現する行為です。ですから彼女は農作業を描いているのではなく、人間が農作業という形で、物象つまり土や作物のゆたかな内実と関わってゆく経験を描いているのです。『椿の海の記』のテーマのひとつは、この土と作物といってよろしい。土や作物がこんなに肉感的にゆたかに描かれたことが、これまでの農民文学にあったでしょうか。

つまり石牟礼文学においては、農民は農業といういとなみを通じて、何よりもまず森羅万象、つまり世界を経験しているのです。そういう角度から経験された世界の内実を復元しているのが石牟礼道子の文学なのです。農民が農業労働を通して経験する世界とはどういうものであるのか。それが知識人たちには全く思いもつかぬようなゆたかさと深さをもった世界であるということを、石牟礼道子はこの国の文学史上初めて明らかにしたのです。

ここで私は、世界といってもふたつあるということを申しあげておかねばなりません。ふつう世界というのは、世界地図上に表示された諸国の全体像のことです。世界情勢などというときの世界は、この意味の世界です。幕末の日本人が、世界は五大洲から成り立っており、日本はアジアの東端に位置する小国にすぎないとさとったという場合の世界も、この意味の世界であって、仮にそれをワールドと呼んでおきましょう。ワールド的世界は言うまでもなく文字＝知識によって構成され知覚されるものです。知覚といっても二次的擬似的な知覚にすぎません。

ところが私たちはこういう意味の世界には実際のところ住んでいないし、それを本当の意味で経験することもないのです。私たちが住んで経験している世界は、水平に拡がる並列的な多様性ではなく、生きている自己を中心として構成される同心円的な統合です。大地に立つ自分をとりまき、自分の心音となって鼓動する万象、つまり家族・交友といった限られた人びと、建物や町並、そして吹く風、香る花々、とりわけ樹木たち、遠くに望む山脈、空にきらめく星辰、そのような具体的で統合された森羅万象の世界を私たちは自分の生きる世界と感受しているのです。そのような世界を仮にコスモスと呼んでおきましょう。

私は先に、農事、自然、信仰といったふうに、石牟礼文学の描写対象をあげておきましたが、それはひと言でいって日本の農民が感受し、その中で生きて来たコスモスそのものにほかなりません。石牟礼さんの自然描写の美しさには定評がありますが、日本の近代文学者には、彼女に優るとも劣らない自然描写の妙手は少なくはないのです。しかし彼女の自然描写が独特の美しさをもつのは、知識と自我意識によって自然と分離する以前の、前近代の民のコスモス感覚が輝いているからではないでしょうか。おなじことは信仰についてもいえます。いわゆる民間信仰については、民俗学の立場からのゆたかな業績があるわけですが、そういう学者さんは民間信仰に同情は持っていても、それに本心から共感する感覚はお持ちだったかどうか。石牟礼さんの作品では、村の信仰は外からでなく内から描かれているのです。私は柳田國男さんが石牟礼さんの作品を読まれたら、何とおっしゃっただろうと、つい想像してしまいます。

近代との遭遇によるコスモスからの流浪

私はこれまで農民という角度から、石牟礼さんの作品を考えてまいりましたが、そういう枠はそろそろとりはずすことにしましょう。何も農民と限ることはないのでして、彼女の作品に即して言いますなら漁民の存在も大きいし、その他いろいろな職業の村人が出てまいります。一言でいうなら前近代の民ということになりますが、彼女の真意からすれば、彼らはすべて文字以前の世界に生きる人びとと定義してよろしい。

文字以前といっても文盲という意味ではありません。少くとも建て前としては小学校は出ているわけですから、まるまる読み書きが出来ないのではない。しかし多少なりと読み書きが出来ても、彼らは本質的に文字と縁のない生活を送っています。というのは、文字によって構築された世界、書物から始まってビューロクラティクな制度・組織・機関に至る抽象化された知識の世界と無縁であり、それから疎外された存在だということです。逆にいえば、彼らの住んでいるのは物象と音声の世界です。声音《こわね》としてのことばは物象から遊離していないだけではありません。彼らはことばでは表現できない事象とのゆたかな関わりを日々生きています。文字以前、ことば以前であるからこそ、コスモスのゆたかな原初のひびきと色が感受できるのでしょう。

石牟礼さんの作品は何よりもまず、こうした前近代の民の感受しているコスモスの実相を表出したものとして読まれるべきだと思います。文字以前の世界に彼女が強いこだわりを見せる事実に、この際思いを致していただきたい。

しかしなぜ彼女は、わが国の近代文学史上初めて前近代の民のコスモスを表出する作家になりえたのでしょうか。農村に育った文学者はいくらでもいます。彼らのことごとくが近代的な知識人への上昇の過程で、そういうコスモスへの感受性を喪ってしまったのに対して、ひとり彼女のみがその表現者になりえたのはなぜなのでしょうか。この問に答えるには、彼女のいわば独学的な文学素養の形成のされかたを明らかにする必要があるのかも知れません。しかし決定的なのは次のことだと思います。

前近代的な文字以前の世界に生きる人びとといっても、現実には彼らは近代に生きているのです。正確にいうと近代の周辺に生きているわけですが、実は石牟礼さんのテーマは、そういう人びとが生きている精霊的な世界それ自体にあるのではなく、そういうコスモスが近代と遭遇することによって生じる魂の流浪こそ、彼女の深層のテーマをなしているのです。最初に断わっておきましたが、彼女は前近代的な文字なき民の一員ではないのです。その代弁者でさえないと私は思います。その層からどうしようもなく超出する自我において、彼女の文学の核がはぐくまれたことを忘れてはなりません。ただ彼女は、コスモスから剥離する自分の意識が生む孤絶感を、個的自我に即して表出するという、数多の近代文学者がたどった道をたどらずに、逆にその孤絶感を、近代と遭遇することによってあてどない魂の流浪に旅立った前近代の民の嘆きと重ね合せたのです。それがふたつの処女作、『苦海浄土』と『西南役伝説』の意味であったと私は思います。文字なき民のコスモスは、このような重ね合せのなかから発見された、いやあえていうなら創造されたのです。

異次元宇宙を創造した『あやとりの記』

　最近石牟礼さんは『あやとりの記』(福音館書店、一九八三年)『おえん遊行』(筑摩書房、一九八四年)と、二冊単行本を出されました。雑誌に発表されたのは後者の方が先だったのですが、手入れにてまどった関係で、出版はあとさきになったわけです。この二冊を手がかりに、今日の論題をもう少し深めてみましょう。

　『あやとりの記』は福音館の『こどもの館』という月刊誌に連載されましたので、文体もです・ます調で、メルヒェン風な仕立てになっております。宮沢賢治を思わせるところもかなりあります。みっちんという五歳くらいの少女が主人公で、母親ははるのさん、祖母さんがおもかさまという狂女でありますから、『椿の海の記』を読まれた方はこれが作者の自画像だとすぐわかります。

　物語はみっちんとおもかさまのコンビが、野山で遭遇するさまざまな出来事を通じて展開してゆきます。母親はまったく出て来ません。これはみっちんが野や山や海が大好きな女の子で、あるときはおもかさまに連れられて、あるときはひとりで、野や山や海の不思議と出逢ってゆくという話の進行になっておりますから、みっちんの家のことはほとんど語られないのです。そのかわり、岩殿《いわどん》、仙造、ヒロム兄《あに》やん、犬《いん》の仔せっちゃんなど、非常に魅力的な人物が出てまいります。

　岩殿というのは村の死人焼き場にひとりで棲んでいる隠亡さんで、焼き上った死人の膝の皿を、真夜中に焼酎のみのみかじっていると噂されているような老人です。片足の仙造爺さんはいつも萩麿という馬を連れていて、職業は馬車ひきであるらしいのですが、それよりも春蘭やもっこく蘭を採りにいつも山中に入っていて、猿どもを引き連れて沢渡りをするという噂です。この二人は実に生彩ある個性として描かれていますが、大事なのはこの二人が山や海の秘密に通じているということで、彼らはいわばみっちんの冥府くだりにおけるヴェリギリウス役を勤めているのです。

　犬の仔せっちゃんというのは女乞食です。懐にいつも犬の仔を入れているのでこの名があります。昔日本の町や村には名物の乞食が居たものですが、彼女もそうした名物のひとりなのです。ぽんぽんしゃら殿というのは気のふれた女で、からだ中に細長い布切れをまといつけて、それをひらひらさせながら歌ったり踊ったりしながら徘徊しています。大男のヒロム兄やんは気がふれているわけではありませんが、かなり頭の弱いしかし善良この上もない青年です。時にはチンドン屋の旗持ちなどもしますが、ふだんは山中を放浪しているのでみっちんのよき顔馴染です。

こう見て来ると、彼らはみなふつうの意味の村人ではありません。いずれも村社会の周辺に位置していて、半ば異界に入りこんでいる存在です。しかし村人たちはこういう異人たちに対して、畏敬と愛情をもって接しています。荒神の熊ん蜂殿という仇名の婆さまが出て来て、これは虫の居所が悪いと辛辣な言葉でずくりとひと刺しし、やられた相手が三日寝こんだという逸話の持ち主なのですが、この婆さまは作中に登場する唯一のふつうの村人ではあるけれども、この世の奥にある異界への感受力という点では、岩殿や仙造におさおさ劣るものではありません。

しかしこの物語のほんとうの主人公は、あえていえば彼らではありません。彼らが折にふれてその存在と触れあっているようなこの世の奥の異形のものたちこそ、この一見牧歌的童話風な物語の真の主人公なのです。

異形のものたちとはもちろん、何よりもまず山の様ざまな精たちであり、さらに狐や狸たちであります。狐や狸は怪異を現わすけものとして、民話的ないし怪談的な想像力を代表する存在でありますけれども、ここに登場する彼らはもっと濃厚な農民的想像力で裏打ちされています。たとえば大寺《うでら》のおんじょという古狸は、畳三十枚ほどのうーぎんたまの持ち主で、麦や粟の収納《しの》に使う筵がないときは、濁酒を一升さげてゆけば、うーぎんたまを筵がわりに貸してくれるのです。また、しゅり神山の黒べこという狸は作物荒しをする困りものですが、「三光鳥や　西むいた」と唱えると、美しい鳥にあこがれてどんどん西の方へ行ってしまうという変な狸です。

狐では宇土んすぐりわらというのが際立っています。名前通りふだんは水俣よりずっと北の宇土に住んでいるのでしょうが、船頭さんを化かして舟に乗り大廻《うまわ》りの塘《とも》にやって来ます。すぐりわらというのは稲の茎についた籾《もみ》や葉や泥を落して藁を選びそろえる仕事のことですが、この狐はそのすぐりわらの名人で、一晩のうち人間なら二、三十人分の藁をすぐりあげてしまいます。しかもけちんぼの分限者《ぶげんしゃ》の田んぼであれば、籾の部分だけ「あの太か尻尾で、しゅっしゅら、しゅっしゅら飛ばせて」貧乏百姓の田んぼに移してしまうのです。

しかし、この世の奥にひしめく異形の群の例として狐や狸をもち出すのでは皮相にすぎるでしょう。この世ともうひとつの世をつなぐのは、あるいは巨きな木の洞《うろ》であったり、ぼうぼうと雪の降りこめる空間であったり、「あのひとたち」によって美しくしつらえられた藪くらの穴であったりするのですが、そういう通路にはいりこめば、あらゆるものが日頃とは異なった姿となって舞い始めるのです。たとえば猫貝という「猫がおはじきをして遊ぶのにちょうどよいようなかわいらしい貝」は、「えっしゅら　しゅっしゅら」と唄いながら、姫《ひめい》が浦まで家移りをしますし、それを見た椪山のどんぐりの冠舟はつられて、なりそこないの風笛のような声を出し始めます。

きゃあがら（貝殻）　きゃあがら
きゃあがら帆
姫《ひめい》が浦まで
きゃあがら帆

そう歌いながらどんぐりの冠舟たちは、「しんしんと透きとおっている夜空に」漕ぎ出して行くというのです。

こういったものたちに、みっちんの唱えごとに応じて岩蔭から現われ、芒の穂やよめなの花首をちょん切って綿をすぐりとる蟹たちなどを加えると、この世の奥に在る風景はさながらメルヒェンの色を呈してまいります。しかしそれはメルヒェンの世界とは、実はよほど違う世界なのです。

「あのひとたち」とか「あの衆《し》たち」と呼ばれる精霊的なもののうちには、「もたんのもぜ」を代表とするようなガーゴがいます。ガーゴというのは怪物です。また「迫《せこ》んたぁま」というのは、山奥でいろいろな声や音を聞かせるあやかしです。また「髪長まんば」という、西風に乗って長い髪を先にして飛んでくる姥がいます。三尺ばかりの身長で、機織りをする女怪だということです。さらには、彼岸のときに入れ替る「山の衆たち」「川の衆たち」がいます。これは民俗学的にいえば河童に類する存在でしょう。

むろん山の神がいます。山に遊びに行って木登りばかりしているみっちんは、つねづね「山の神さまに気に入られて、山童《やまわろ》にしてしまわれたらどうするか」と叱られています。山の神さまは日をきめて山の木々の数を「算用《さんにょう》」するのだそうで、その日に人間が山にはいると「算用」の数に入れられて木にされてしまいます。

山の神に対応するのは海神さまです。仙造は山中で「あの衆《し》たち」のんべ《ヽヽ》酒をうっかり飲んでしまうのですが、その際馬の萩麿にわるさをされて、萩麿は病みついてしまいます。そこで仙造と岩殿が萩麿を連れて願かけに行く先が、岬の突端に鎮座する竜神さまなのです。山の神は姫神ですが、竜神は男なので姫神の怒りをなだめてくれるのだそうです。

さて「あの衆たち」の正体ですが、この場合は彼岸に山入りして山の精となったもと川の精たちのようです。河童《かわわろ》と馬の関係は柳田國男の『河童駒引』（『山島民譚集』所収）以来おなじみの話題ですけれども、石牟礼さんの「あの衆たち」は民俗学の対象たる民譚の世界を下敷きにしながら、ずっと道子風に色変えされているように思うのです。

というのは、ヒロム兄やんが山中で一位の木を切り倒したとき手伝いをしてくれたという「あの衆たち」は、身の丈二尺ばかりの「影のような衆たち」だったといいますが、彼らは加勢しながら何とこういう唄を歌うのです。

ごーいた　ごいた
今日の雪の日
鋸《のこ》曳く者はよ
なんの首曳く
親の首
ごーいた　ごいた

いくらなんでも、みなしごのヒロム兄やんにあてつけるにはひどい唄だとみっちんは憤慨するのですが、実は作者はこういう唄によって、善良きわまるヒロム兄やんの内奥に、この世に在ることの罪業感を塗りこめているのです。『あやとりの記』がフォークロアの世界を下敷きにしながら、それを一歩も二歩も抜け出した世界、石牟礼道子独特の異次元宇宙の創造となっていることを忘れてはなりません。ちなみに、作中に出て来る民謡風の唄はみんな作者の創作であります。

この作品に溢れかえっている異形のものたちが、作者自身の特異な想像力の所産であるのは、実は冒頭の「三日月まんじゃらげ」と題する章からして明らかでありました。雪に降りこめられた洞《うろ》のような町角で、祖母と孫は「客人」の通過する気配をまざまざと感じるのですが、作者はそのときおもかさまとみっちんの魂が入れ替ったと語るばかりでなく、「雪を被《かつ》いているものたち」のすべてが、自分の形から脱け出し、入れ替りながらそれぞれの物語を囁きあっていたと書いています。客人つまりそれぞれのものたちとは何でありましょう。実にそれは電信柱、橙《だいだい》の木、塵箱、電線の上の燕、台所の漬物石、マッチの空箱、馬糞、大根やからいもの尻尾、その他もろもろのものたちであります。

人間であることの羞かしさ

「ものたちの賑いの時間」と作者は称《よ》んでいます。また「大地の深いところで演奏されている生命のシンフォニーが、降る雪に呼吸を合わせて、静かに地表にせり上ってくる、そういう時間」とも書いています。仙造爺さんの馬車から転り落ちた青蘭の蕾が誘い出した異次元の時間・空間は「八千万億那由他劫」の世界です。みっちんはおもかさまが口にしたその言葉を「はっせんまんのく、泣いたの子ぅ」と聞いてしまいます。

映画のように場面は変って家の中です。やはり先の続きの雪の夜なのです。おもかさまの傍らで睡りに入ろうとしているみっちんの、夢ともうつつともつかぬ意識の中に、先に述べたような猫貝の家移りやら、どんぐりの冠舟の漕ぎ出しやらが現われるのですが、遠くでは八千万億年むかしの火山の噴火の音がしています。この音はおもかさまとみっちんの二人だけに聞えるのです。つまり「青みどろの世界の中で、昔と今が、いつのまにか入れ替わりはじめてい」るのです。われわれは初めて知ることが出来ます。この物語を支配しているのは近代的な不可逆の直線的時間ではなく、循環し交錯し重合する多次元的な時間なのだと。また、近代的に整序された均質空間ではなく、様ざまな異質な空間がくびれた通路でつながりあう多次元空間なのだと。

「天と地との、空と海との、この世と前《さき》の世の入れ替わり」が続くうちに、闇の中から一輪の白い水蓮が浮き上り、その葉に裸のやせた赤ちゃんが乗っています。みっちんはそれが生れる前の自分であるように感じます。ここではもちろん、先の「はっせんまんのく、泣いたの子ぅ」が利いております。すなわち作者はこの赤児のイメージで、人の存在の絶対的なわびしさを語ろうとしているのです。そのわびしさは、みっちんが川添いの藪くらの中で、いろいろなものたちの声を聞きながら味わったという「なんだか世界と自分が完璧になったような、とてももの寂しいような気持」と別なものではありません。

みっちんは水蓮の葉や草の葉先で、今にもこぼれ落ちそうな露の玉を見ると、「生まれない前のわたしかもしれん」と思って、息が止まりそうになることがあります。そして「なんとその自分に逢いたいことか」と考えてしまいます。それはどうしてなのでしょうか。

みっちんは「迫《せこ》んたぁま」についておもかさまに聞いたことがあります。婆《はば》さまの答は「この世に居りきらん魂じゃ」というのでした。恥かしいのでこの世に居れずに、形を持たぬ魂だけになっているというのです。「迫《せこ》んたぁま」は水俣の民話の世界の一員に違いありませんが、この解釈はおもかさまの独創、つまり作者の独創です。つまり、この世に居るというのは、作者によればそれほど羞かしいことなのです。

「この世に居ることが辛くて、顔を隠し、肩を隠し、躰を片側隠し、とうとう消えて魂だけになり、空に浮き出ている一本咲きの彼岸花のような、美しい声だけになっている」迫《せこ》んたぁまは唄います。

ひとつ　ひがん花
とん　とん
こっちを向けば　恥ばかり
あっちを向けば　夢ばかり
とん　とん

みっちんは迫《せこ》んたぁまになりたくて身の細るような思いがします。しかし、そのためには「もっともっと、せつない目に逢わなければならないのではないか」。みっちんは犬の仔せっちゃんが町の悪童たちにいじめられている光景を思い出します。「いやだいやだ、目というものがあるのはいやだ。いろいろ見えてしまうからいやだ」。「生まれない前のわたし」に逢いたいというのは目のあることの恥、つまり存在の原罪感を知らぬ自分に帰りたいということでしょうか。それとも、そういう原罪感の源にさかのぼりたいということなのでしょうか。そこのところは作者に聞いてみなければわかりませんが、人間であることが羞かしいというこの原罪感は、ものたちすべてが生命の祭りにさんざめいているよろこびの世界の底にはりつめられたかなしみとして、石牟礼道子の文学宇宙の最深の音色を表わしているのです。浜辺で様ざまなものたちの気配をひきつれて舞っているぽんぽんしゃら殿の歌う唄に耳をとめて下さい。彼女は「人のゆくのは　かなしやなあ／鳥のゆくのは　かなしやなあ／雲の茜の　かなしやなあ」と歌っているのです。

『あやとりの記』が作者の幼少時の牧歌的な記憶をちりばめたたんなるメルヒェンではなく、南九州の土俗信仰を生かした民話風な物語ですらなく、現実世界の奥のまた奥のところに忽然と出現する異界の物語、言い換えれば、世界が現実の窮屈な枠組を脱け出してよろこばしい変貌を遂げる奇蹟劇であることを、以上のくだくだしい説明で何とかお伝えできたでしょうか。つまりこの物語はわれわれが日頃接している野や山や川や森には、もうひとつの隠れた相貌があると告げているのです。それは啓示と予感にみちたゆたかな生命相でありますけれども、そのような未分化な生命の源泉へ主人公を導いてゆくのが、かなしみのはりつめた現世からの剥離感であることを見落してはならぬと思います。

石牟礼文学の最高傑作

今日の話の出だしに戻りますならば、この作品を貫いている異界への感受性は、前近代の民が幾代にもわたって蓄えてきた文字以前の豊穣なコスモス体験を受け継ぐなかで培われたものであります。それを踏まえることなくしては、この作品は成り立たなかったということができます。しかしそれと同時にこれが、そのような民俗的感覚を、作者の個としての存在感覚によって昇華し変形することによって創造された高次に個性的な作品であることを忘れてはなりますまい。つまり『あやとりの記』は、日本の近代文学者が全く感知できなかった前近代の民の世界感覚をみごとに表出した作品であるとともに、そのような共同的感覚から脱け出た近代的個の存在感覚を刻印された作品であることを私は確認しておきたいのです。

私はまだ『あやとりの記』を全面的に論じきれてはおりません。私の考えでは、これは石牟礼さんがこれまで書かれた作品のうちで最高のものです。完璧な仕上りといってよく、しかも包含するものが非常に深い。この作品の真の主人公は「あの衆たち」、つまりこの世の奥にうごめく異形のものたちだと申しあげましたが、これは文芸批評につきものの誇張でありまして、作品の魅力は岩殿、仙造、ヒロム兄やん、犬の仔せっちゃんなどの登場人物が生彩を放っていることにあります。私はこれまでの日本近代文学には、社会底辺あるいは周縁の人物たちにこんなふうな光の当てかたをした作品はなかったと思うのです。

その描写の魅力をうかがうために、ひとつだけ情景を取り出してみましょう。みっちんは火葬場の岩殿に興味をもっていて、その日もまわりの松の幹にかくれて様子をうかがっているのですが、岩殿はそれを知っていて木苺の蔓をさし出したりして少女を釣り出そうとします。みっちんがなかなか出て来ないので、岩殿は「大《う》寺《でら》のおんじょ」の唄を歌い出します。これは七十八行にわたる即興の物語詩で、大変面白いものですが、爺さまの唄い踊る姿につられて、みっちんは思わず「おんじょの舟をば／曳いてくる／ほっほっ」と、唄の最後のフレーズを口真似しながら跳び出してしまうのです。

この情景はぜひご自分でお読みいただきたい。そうすれば、こんな情景はいまだかつて日本近代文学で描かれたことがなかったという事実を、心からご承認いただけるものと思います。

現実と非現実の二重映し――『おえん遊行』

さてそろそろ、『おえん遊行』のほうへ話を移さねばなりません。これは必ずしも成功した作品ではないと思いますが、石牟礼さんの作品宇宙の特質がとてもよく出ている物語だと思います。舞台になっているのは竜王島という仮空の島で、これはどうも天草、それも上島下島という本島ではなくて、それにくっついている小さな島であるらしい。時代は江戸時代であるようです。らしいとか、ようだとは、われながら情けない言い方ですが、この小説の時間と空間はそういう言い方しかできないほど非現実的なのです。

竜王島は今いいましたように天草の小さな島で、近くには姫島、先島というおなじような小さな島がありまして、これらの島々はいわば親戚の間柄で、何かにつけて往来があると述べられています。しかし私には、この島はどうも非現実的な幻の孤島であるように思えてなりません。

といいますのは、この島は台風に襲われて舟を全部さらわれてしまい、ほとんど一年余り外界との交通が杜絶してしまうのです。いくら島に舟が一艘もなくなったからといって、姫島なんぞは目の前のところにあるのですから、親戚づきあいしているのなら向うから様子を見にやって来そうなものですが、それが全然訪ねて来ない。姫島の方も舟を全部さらわれたのだと作者は言うかも知れませんが、そんなにうまく問屋はおろすものではありません。日常の交通は全く絶えているくせに、旅芸人夫婦が舟で訪ねて来たりする。全く話の通じない設定になっております。

またこの島には、アコウの巨木を中心とする集落がひとつあるだけのようです。なぜならこの木の枝につないでいた舟が嵐で持ってゆかれて、それで島には舟がなくなったというのですから。事実、作中に出てくるのはひとつきりの集落です。ところが最後近くの秋祭りのところで、本舟を作れなかったかわりに小さな祭舟が、村の数だけ波に浮かんでいたと書かれている。そんな村のことは聞かなかったし、これまでの話とも矛盾するわけです。

それやこれや併せると、私はこの島が一応現実の空間のようにしつらえられてはいるが、実は非現実の幻の島であるような気がしてならないのです。嵐による舟の喪失というのも、非現実的な孤絶感をただよわすための設定であるように思えます。天草という現実空間を透かして出現するのは非現実の孤島です。アコウの巨木を中心とした小さな集落がぽつんと海上に浮かんでいる印象なのです。ちょうど星の王子様が住んでいるのが、バオバブの木が一本だけ生えている小さなプラネットであったように。

おなじことは時間についてもいえます。時代が江戸時代に設定されているのは、踏絵をさせるために役人が来島したり、流人が配属されたりしている点から明らかですが、どうも江戸時代のいつごろのことやらわからない。雲仙で切支丹を処刑した話がまるで昨日のことのように語られていますが、天草に京坂地方から流民が流されて来たのは享和三（一八〇三）年以降です。それはいいとして、どうも私には、一応設定された江戸時代という現実の時間を透して現われるのは、非現実の時間であるように思える。というよりここには歴史的時間が存在せず、永遠の共時的な生の相がそれこそアコウの恐竜めいた根のごとく露出しているだけのように思えるのです。

以上のことを私は非難しているのではありません。むしろ、そうした現実の時空と非現実の時空が二重映しになった構造に、この作品の特異性と実験的な意欲を認めたいと思っているのです。ただ、そういう二重構造の構築が必ずしもうまく行っておらず、現実としては非現実的すぎ、非現実としては現実すぎる半端さを感じざるをえないことも、最初に申しあげておさます。

この小説は、夏の台風の襲来で痛めつけられた竜王島が、その上蝗の大群に襲われ、さらにひでりが続くという惨状の中で、村人たちが必死に雨乞いを行い、その甲斐あって雨に恵まれて冬を越し、また春・夏と季節がめぐって秋の竜神祭りをいとなむという、一年あまりの時の経過を追って組み立てられております。といっても筋らしい筋はほとんどなく、旅芸人がやってくるといった小さな出来事がいくつか語られているだけです。

主人公のおえんは気のふれた女乞食で、懐に「にゃあま」という精霊を抱いていつもそれと対話しています。このにゃあまはあるときはまだ目の見えぬ小鳥であったり、猫の子であったり、あるいは御嶽さんのお守りであったりするのですが、それはいわば形しろで元来は形のないものであるらしい。このにゃあまとの対話はむろんおえん自身と、にゃあまになり変ったおえんとの間で、ひとり芝居の形で行われるのです。ちなみにこの物語が月刊誌『潮』に連載されたときの表題は『にゃあま』となっておりました。

おえんはどういうわけでこの島にやって来たのかよくわからないのですが、以前はおえん御前と呼ばれていたとあり、乞食とはいい条、振舞が優雅でものやさしい、一言でいうときわめて上品な狂女に描かれています。この女には、おもか様の面影が宿っているように思われます。

島人たちはこの無害な狂女に好意以上の畏敬めいた感情を持っています。というのは、この女が、島人が風害と蝗害で苦しんでいる時に、貝や流木を拾い集めて家々の戸口に置いてゆくようなやさしい心の持ち主だからでありますが、より根本には、彼女の狂った言動、とくに彼女とにゃあまとの問答に、島人たちがひそかに暗示や啓示を読みとっているからであります。

この物語にはおえんの他に、台風の時に流れついた唖娘や、京都出身の流人のゴリガンの虎が出て来ます。唖娘は阿茶様と名づけられて、寺で養われるようになり、いつのまにかおえんとよい組合せとなって島人の心を慰めます。ゴリガンの虎というのはこの島に預けられた流人で、島抜けを失敗して磔にかけられ、物語の現時点では、故人として人びとの思い出話に登場するだけです。

島人たちは虎が在島した頃から、なみなみならぬ好意を寄せていました。この男はお人好しの淋しがり屋で、ある年の雨乞い行列の際、許されて鉦を打って舞った時の楽しげな様子を人びとはまだ憶えていて、今でもゴリガンが海から舟でやって来るような気持でいるのです。作者はゴリガンの虎が島へ流されて来た当座、島人は「一日に幾度か話に出さねばもの足りぬくらいだった」と述べています。

作者は島に棲む者たちの人なつかしい心を説きたいので、この人がなつかしい恋しいという情は、この国の基層に生きる庶民たちの最も核心的な心性として、つねづね作者によって強調されているところなのです。島人がおえんや阿茶様やゴリガンの虎に情をかけるのは、こういったいわば世外の人びとのうちに、人恋しさの切ない悶えを見とっているからです。彼らはそういう悶えのゆえにこそ、狂気になったり罪を犯したりものを言わなくなったりしたのだと、島人には感じられるのでしょう。むろん彼らは、そういう世外の人びとと呼応するおなじ悶えを自分のうちに抱いているのです。

島人のそういう情愛は、この島にどこからか降ってわいた一匹の牛に対してさえも噴きこぼれます。おえんさまがアコウの木の下の渚で、この牛と話しこんでいるのを人びとは発見するのですが、さてこれがどこからやって来たのかがわからない。海を渡って来たにしては手綱が濡れて居りません。とにかくお寺で飼うことになりますが、この牝牛はえらい年寄りのようでそのうち死んでしまいます。人びとはこれが都にいるというゴリガンの虎の老母だったような気がして、心が悶えてならぬのです。

悶え神の物語

この物語の第三章には『悶え神』というタイトルがついています。悶え神さんというのは水俣あたりで、他人の不幸はもとより、この世の切ないありようを見聞きすると、身を揉んで悶えるような仏性の人のことを言うのでして、私はこの物語はひと口で言って悶え神の物語であるような気がしてなりません。

この物語では渚にあるアコウの巨木が大きな意味を持っていて、おそらく蔭の主人公といってよいかと思うのですが、ひでり続きに苦しむ島人は雨乞いのために、この木をあぶり焼きするのです。つまりこの木には竜神が鎮座しているわけで、雨を催促する意味で木をあぶるのです。なりものを催促して木を叩いたりする習俗にみられるように、神や精霊に強要する行為はかって全国に行われていた民俗でありまして、島人が海から来る客人や寄りものを待ち望む心理と併せて、この作品には民俗学的知見と通じる面が濃厚にあるように思うのですが、今私の言いたいのはそのことではありません。

島人は自分たちがあぶり焼いたアコウの木を見て、神が自分たちに代って苦しみ悶えてくれているように感じます。大事なのはここのところです。つまり竜神は島人の苦しみをわが苦しみとして悶える神なのであります。そしてまた、アコウの木をあぶり焼く島人は、そのことによってわが身をあぶり焼いているのです。

この物語は火の物語であります。『あやとりの記』は深い闇を含みながら、さんさんと明るい光の物語でありますが、『おえん遊行』は全体が闇に沈んだ世界の物語のように感じられます。そしてその闇の中から、火が燃えあがるのです。物語の冒頭に、深夜おえんが対岸の山火事を見ている場面が置かれているのは意味深いことです。なぜなら、この物語は夜の闇の中で島全体が燃え上るところで終るのですから。

島はおえんと庄屋のつけ火で燃え上るのですが、これにはやや説明が要ります。退屈なさらぬようになるべく簡略に説明しましょう。

島に役人がやって来て踏絵が行われます。この場面はなかなか面白く書けています。役人が「その方の姓名は」と訊くと、その姓名がわからない。庄屋がやきもきして「名じゃ名じゃ」と教えると、男は定吉と答えます。役人は「さっきのも定吉じゃったが、また定吉か」と、うんざり顔で在所を訊くと、今度はその在所がわからない。「所じゃ」と役人が言い直すと、「ところは親のところで」と来る。まことに石牟礼道子式問答なのであります。そこで庄屋が「おまいげは、べんど山じゃ」と助け舟を出す。役人はべんど山をどう字で書けばよいかわからない。べんど山はべんど山だと無理矢理納得して、「さっさの定吉の所はどこぞ」と訊くと「さっきのは、牛の通るの定吉で」という庄屋の返事。牛の通るとは、人を愚弄するつもりか。役人はもう筆を投げたい気分なのです。そこにおえんが登場する。

　こういう官吏と庶民の喰い違いを描くのは石牟礼さんの独壇場で、『西南役伝説』などの初期の作品にはその種のユーモアがみち溢れています。さて、登場したおえんは踏絵を見ると、いとしやなあ、こういう所に打捨てられてとそれを抱きあげて、口説《くぜつ》とも唄ともつかぬ文句を唱えて舞い始めるのです。結局、踏絵を踏むことは踏むのですが、役人たちが収まりません。切支丹とも思われぬが、いくら気がふれているといっても怪しき挙動をする奴ということで、もとゴリガンの虎が住んでいた小屋に押し籠めになってしまいます。

　おえんが閉じこめられた小屋はそのうちに姿なきものの集合所になります。おえんがゴリガンの虎やら、別な島でお仕置になった乙松やらいろいろな霊を呼び集めているのです。そしてそこには、この島の主《ぬし》といってよいような狐のお千が通い、嵐で片眼になったトンビの次郎が棲みついているだけではなく、様ざまな形なきものの気配が寄りついているというのです。ここで『あやとりの記』のぽんぽんしゃら殿が、浜辺で遊びながらひき連れていたのが様ざまな気配だったことを思い出して下さい。

　庄屋はおえんの小屋を見廻りに行くうちに、すっかりこの怪しい気配にひきこまれてしまいます。何しろおえんが、よう来られましたと、庄屋を亡霊のひとりであるかのように招じあげ、ありもせぬ酒甕から妙な手つきで酒を汲んですすめるので、最初はぞっと総毛立っていた庄屋も、度を重ねるごとに、自分がこの異界の立ち合い人であるかのような幻覚にとらわれてしまうのです。

　アコウの木をめぐって竜王の祭りが行われた夜、おえんと庄屋が放った火によって島は燃え上ります。二人がなぜ火を放ったのか作者は説明していません。神事のなかで、作者は島の女たちに「くるしみの荷を／下してもろうて／さきの世の／海辺に舞わん」と唱えさせていますから、あるいはこの火は苦しみから人びとを解き放ち浄化する火なのかも知れません。あるいはこの火は、人びとのあまりにも深い情愛と積み重なった苦しみが、悶えとなって燃え上った炎なのかも知れません。

　しかし、その苦しみとはいったい何なのでしょうか。むろん作品の中では、風害、虫害、ひでりといった農村につきものの苦難が語られています。疱瘡にかかった病人を舟に入れて海へ流す「生精霊」のならわしも書かれていますし、日頃米などたべられなかった老婆の死に際に、耳許で振って聞かすという「振り米」の話も出て来ます。年貢の重さも、刑罰の苛酷さも語られています。ですが、この物語で語られている人びとの悶えとは、そういった類の、従来さんざん誇張して述べられて来た江戸期農民の苦しみに関するものなのでしょうか。そんなことなら、それは社会問題にすぎません。第一、柳田國男さんは、いわゆる振り米などは話にすぎぬと言っています。また作者自身、自然災害や年貢の苦しみについては、形通りの述べかたをしているだけで、特に力を入れているとも思われません。

一方作者は、農や漁に生きるものの生活のゆたかさのびやかさも描いています。島には牛は庄屋の牛しかいないのですが、そいつが段々畑のてっぺんで、青空に向って首をのばして啼くと、それを聞いた島人は「自分では意識もできぬほどの深い罪を許されるような、心の隅々までなごやかな気分になる」のです。

この罪とは何でしょうか。むろん、疱瘡にかかった病人を生きたまま舟で流してしまうのは、共同体のやむをえぬ自衛とはいえ、けっして心から消えることのない罪でしょう。ひとりの人間を狂わせたり、失語に陥らせたりするこの世の仕組み、というより人間の仕組みは、自他ともに免れぬ根本的な罪でありましょう。しかしあまりリゴリスティックに考えずとも、人が齢《よわい》を重ねるというのは担う荷が重くなるということである。そしてなぜ生きることが重荷になるかといえば、人には情愛つまり煩悩があるからだというしかない。しかし煩悩はまた生きるよろこびの源でもあります。『苦海浄土』中の一人物が、自分は煩悩が深いからまた生れ替って来ると語っていたのを思い出して下さい。

竜王島の島人はまことに情愛の深い人びとであります。というのはこの人びとは、すぐいろんなものに感染するのです。憑依されると言ってもいい。島に傀儡《くぐつ》芝居がやって来て、姫人形が口上を述べると、島人はあわて座り直して、人形にお辞儀をします。つまり彼らはもうかぶれているわけで、人形と人との敷居はなくなってしまっているのです。この人びとは形なきものの気配にもすぐかぶれてしまいます。ましてや、人のよろこび悲しみにはすぐにかぶれるのです。かぶれるというのは、相手が人間であろうとけものであろうと物象であろうと、自他の区別がなくなるということです。そして、このようにもろもろのものに彼らをかぶれさせるのは、彼らの心の中で切なく悶えている情愛なのです。その情愛の探さゆえにこの世は、そして人間の存在はかなしいのです。

先に『あやとりの記』を論じました際に、私は生命に関する原罪感ということを申しました。これはこの世に対する先天的な欠損感と言ってもよろしい。『おえん遊行』を読むと、『あやとりの記』で表出された作者の原罪感・欠損感が、実は近代以前の、いわば中世的な伝統につながっていることを、否応なく悟らされます。作者の近代的な個に刻印された存在のかなしみの根は、前近代の過去の闇に深くおりているのです。

作者は『おえん遊行』の「あとがき」で、『椿の海の記』と『あやとりの記』は姉妹であり、『あやとり』とこの『おえん遊行』は姪と叔母のような間柄」だと語っています。その意味はいまやよくわかります。竜王島はこの世の島であるごとくしてこの世の島ではありません。それはこの世のずっと奥にあって、人間の煩悩とかなしみが純粋に結晶する異界なのです。ちょうど『あやとりの記』の世界が、そうしたこの世の奥に隠れた異界であったように。そして竜王島は中世につながるような異界でありますから、まさにみっちんの世界に対して叔母に当るのです。

救済を求める現代の悲歌

私は中世と申しましたが、『おえん遊行』は江戸時代の物語です。ですが私には、作中に表われている気分は江戸時代すなわち近世のものではなくて、むしろ中世的であるように感じられてなりません。もっと具体的にいうと、この物語にはいちじるしく能に近いところ、浄瑠璃あるいは説教節に近いところがあります。

私がこの作品から能を連想するのにはいくつか理由があります。ひとつはこの物語が夢幻劇であるということです。能は夢ということと、異界のものたちという二つの要素をもつ夢幻劇でありますけれども、『おえん遊行』も現実と夢幻がいれ替る夢幻劇の構造をもっています。夢といえば私は、この物語全体がアコウの巨木が見た夢なのではないかという気がします。

能では人物が舞いながらもの狂いしてゆくわけですが、このもの狂いということは『おえん遊行』のいちじるしい特色になっています。たとえばこれはさっき言いました踏絵の四、五年前にあった踏絵の時のことですが、役人から名を問われたおえんは、「名前をたずねに参ろうにも、それを下さいた親さまは、十万億土におらいます」と言って泣き出し、口説《くぜつ》を続けながら絵踏み板を抱えあげ、「そこな太郎さま」と役人にすり寄ってゆきます。これは狂っているからそうするというよりも、自分の吐いた言葉に自分がとり憑かれて、だんだんもの狂いの世界にはいってゆくのです。ですからもの狂いというのはたんなる狂態ではなくて、ひとつの演劇的な所作になり舞になってゆくのです。二度目の踏絵のときは「われは　この世のものならねど／久遠のぼんのう捨てかねて／花の時期にや迷うなり」と唄いつつ舞ってしまうわけです。この歌など全く能の詞章でしょう。そしてものに狂うのはおえんだけではありません。阿茶様もそれにつれて舞い出す、つまりもの狂いの世界へはいってゆくのです。

さらに言うならば私には、この物語に出て来る人物はみな能面をかぶっているように感じられます。つまり型であって個性ではないと思うのです。作中には名前をもった百姓たち、老人や若者が出て来ますが、全く個性が感じられない。というより作者がそれを描きわけようとしていないのです。そういう脇役だけではなく、主役級のおえんや阿茶様も個性としてはけっして生動していない。これは『あやとりの記』において、岩殿、仙造、ヒロム兄やん、犬の仔せっちゃん、荒神の熊ん蜂婆さんなど、躍動する個性的人物像を造型しえた作者の手腕を思えば、実におどろくべきことと言わねばなりません。これは能的な幽玄を作者が意識してめざしたことの結果ではありますまいか。

しかし『おえん遊行』は能よりももっともっと、人形浄瑠璃や説教節に似ております。おえんが懐のにゃあまと会話するところなど、またもの狂いに憑かれて所作事をしたり、舞ったりするところなど、なにか人形の動作を思わせるところがあります。この物語自体がひょっとすれば、燃えさかるアコウの巨木の火に照らし出された傀儡芝居なのではないでしょうか。

もっともこんな連想は、文芸批評の陥りがちなわななのかもしれません。『おえん遊行』を詩劇ないし舞踊劇とみなすなら、ギリシャ悲劇に見立てることもあながち不可能ではないでしょう。浜辺やアコウの木の下でえんえんと続く爺さん婆さんたちのおしゃべりは、合唱隊《コーロス》の役割を果しておりますし、コーロスである以上彼らに個性がないのは当然です。もっともこの詩劇には運命のドラマは全くありません。

脱線気味の連想は打ち切るとして、ひとつだけ強調しておかねばならぬのは説教節との親近性です。『おえん遊行』は口説きの世界なのです。人間のかなしみの探さ、煩悩の深さ、業の深さを身悶えしながら掻きくどく語り口です。たとえばおえんの歌う唄のひとつを味わって下さい。

波の上なる　風車
からりん　からりん
ゆく先は
親をみちびく
闇　ろくどう

闇にひきこまれるような、もの哀しく暗い唄でしょう。ろくどうは六道で、『広辞苑』を引けば「衆生が善悪の業によっておもむき住む六つの迷界」とありますが、意味よりも、このひきずりこむようなリズムないしメロディの効果が強烈です。これは本質的に説教節のリズムでありメロディであります。

説教節はどろどろした土俗性や荒々しい残酷さにおいて、さらに救済を求める情念の深さにおいて、強烈なインパクトをもつ表現形式ですけれども、石牟礼さんの作品には初期の『苦海浄土』以来、説教節的な要素が見られました。『おえん遊行』でもおえんの口説《くぜつ》はまさに説教節的でありますし、乙松という男が主人の弟を殺して磔になる挿話は、描写の残酷さといい、マゾヒスティックな話の仕組みといい、あまりよい意味でなく説教節的です。

悶えながらの口説というのは、うつつと幻が交錯し移行しあう手法とともに、作者のいわば身についたスタイルでありましょうが、『おえん遊行』の場合、かなり意識して能ないし説教節的手法が使われているのだと思います。というのは、あくまで個の意識や情念に即した近代文学の手法では、自分のうちにある存在のかなしみの正体を追いきれないという自覚が作者にあることを意味します。個的なかなしみの根には、幾代にもわたって降り積って来た前近代の民のかなしみがあって、その根を掘ることなしには、真の救済の文学は生れないと作者は考えているのではないでしょうか。私は以前から、石牟礼文学の本質は救済を求める現代の悲歌であると考えているのですが、個の意識に閉ざされた近代文学の方法では、現代人の救済の方向は見えないと彼女は言いたいのだと思います。

あるいはそんな大それたことは抜きにしても、ひとりの意欲的な現代作家として、彼女は古代から中世に及ぶ声音《こわね》の文学をとり戻したいと考えているのかも知れない。古代歌謡や中世の物語・詩劇に、前衛的な文学の可能性を見出しているのかも知れません。今日はとてもそこまで話を拡げられませんが、私はつねづね石牟礼文学に、現代ラテン・アメリカ作家、たとえばマルケスやドノソに通底するものを感じとって来ました。『おえん遊行』は能や説教節を現代によみがえらせようとしている点で、非常に実験的な作品でありますし、そういう意味で評価・検討に値する作品です。

ただし、この実験が成功しているか否かという点になりますと、私の考えはいささか懐疑的です。能の手法や説教節的語り口が、全体の物語の構造や文体から浮き上り気味であるように思えます。現実と幻の二重映し構造のうち、現実の方が手薄でかなり陳腐でさえある。夢幻的な情景がこれでもかこれでもかと重ねられる一方、物語のしっかりした構造がない。だから単調な印象を受ける。さらに言ったら悪いが、何か思わせぶりのようなところが多く、しかも聞かせどころのアリアばかり絶唱しつづける歌手みたいな感じがする。どうも失礼なことを申しあげてしまいましたが、もちろん、目をみはるような美しい夢幻的情景が造型されており、他の作家からは聞けないような奥深く戦慄的な音色が響いてくることを認めた上での妄評でありますから、当らぬところはお許しを願います。つまり、前近代的な文学伝統を現代文学に生かすというのは、それほどむずかしい課題だということです。

『あやとりの記』と『おえん遊行』はモチーフという点で親縁関係にありますが、さらには、ものの気配・兆候というものが非常に重要な意味を担っているという点と、社会の周縁に位置する異人的存在が主要な登場人物になっているという点において、共通するものがあります。この気配ということと周縁ということは石牟礼文学の本質だと思いますので、最後に中井久夫さんの『分裂病と人類』(東京大学出版会、一九八二年)という著書を手がかりに、少しばかり再考しておきます。

S親和気質者——気配と徴候と予感に満ちた世界

中井さんというお方は精神病理学者なのですが、この『分裂病と人類』というのはすごい本です。どうすごいかということを本当に説明しようとすると、また時間を喰ってしまいますので、詳しくは申しあげませんが、分裂病と鬱病という精神病の二大類型の根拠を、採集狩猟社会から農耕社会へという人類史の展開のうちに位置づけておられるのが、まずすごい着眼点です。いささか我流になって厳密さを欠くかも知れませんが、中井さんの所説を紹介しながら、それを石牟礼文学の特質と結びつけてみましょう。

中井さんは分裂病の発症の基盤にS親和気質を想定されています。Sというのは分裂病の頭文字です。S親和気質の特徴は工学的な比喩を使うと微分回路ということになる。微妙な変化・兆候に非常によく反応し、起るべきことをつねに先取りする。たとえば、「身近な人物のほとんど雑音にひとしい表現筋の動きに重大で決定的な意味をよみとり、それにしたがって思い切った行動に出る」。つまり相手の初動に振りまわされやすい。かすかな兆候から全体的な意味を読みとってしまい、まだ現前していないものを現前しているかに認知する。

卑近な例でいうと、人ごみの中を自転車で駆け抜けるとします。そうすると、人びとの会話が切れ切れに耳に入って来る。そういう断片は本来統合的な意味は何ももたないのですが、分裂気質者はそこに聞きのがせない何らかの兆候を読みとり、さらに統合的な意味を読みとってしまうのです。

ここまでお話しすると、石牟礼文学において世界が気配と兆候と予感にみちみちていることの、精神病理学的な意味が何であるのか、お気づきいただけるのではないでしょうか。私は石牟礼文学が分裂病的だと申しあげているのではけっしてありません。ただまぎれもなく、S親和気質者による世界認知の性格を帯びていることを指摘したいだけです。おもかさまやぽんぽんしゃら殿やおえん御前が、石牟礼文学の重要な登場人物たらざるをえない根拠を、ひとつ（あくまでもひとつ）は精神病理学的知見によっても確めることが出来るというだけです。この精神病理学という言葉は実は非常にバイアスのある用語で、本当はもっとよい用語があるといいのですが、仕方なく使っているのです。

しかし重要なのは、微分回路を特徴とするS親和気質が採集狩猟民的な認知特性だということです。たとえばブッシュマンは三日前に通ったカモシカの足跡を乾いた石の上に認知できます。かすかな草の乱れや風が運ぶ香りからえものの存在を感知し、どの枯草を掘れば水分の多い地下茎が得られるか見分けます。つまり微妙な兆候をひろいあげる抜群の能力を持っております。ということは、採集狩猟民として生きるためには、ひとはS親和気質でなければならぬことになります。私たちはここで、石牟礼文学において岩殿、仙造、ヒロム兄やんといった山人に近い存在、農村社会からすれば周縁に位置する異人たちが、なにゆえにあれほど光彩を放っているのかという問への、ひとつ（あくまでひとつですが）の答を見出したことになるでしょう。すなわち、彼らは強迫的な農耕文化以前の心性、つまり兆候と気配に生きる心性のもち主であるゆえに、半ば山人的存在と化しているのではありますまいか。

S親和気質と全く対照的なのが強迫気質あるいは執着気質です。中井氏によると、これは農耕の出現によって人類の多数を占めるようになったもので、工学的にいうと積分回路にたとえられます。

微分回路がノイズに弱く、メモリーを蓄積しないのに対して、これはノイズ吸収力抜群で、メモリーを集積します。

農耕民が強迫気質的であらざるをえないのは、農業というものの性質を考えればすぐ納得できますが、たとえば田んぼにしたって、何も方形である必要はないのに、ことごとく方形になっているのは収穫を計数化するためです。この計数化というのが分裂気質者は全く苦手なのです。

農耕社会は毎日毎日のルーティーン・ワークにおける勤勉さや持続、整理整頓というものごとの秩序化とその維持、経験の蓄積、ノイズ、つまり人間間の不協和の吸収といった、強迫気質的特性を社会の徳目にしたてるのですが、そういう強迫気質的な社会に対して、S親和気質者は不適合の状態、つまり倫理的少数者に転落せざるをえません。採集狩猟段階ではメリットであった特性が、農耕段階ではデメリットとされ、分裂病者として印づけられるおそれさえ出て来るのです。石牟礼文学における狂者や放浪者、あるいは山人的異人は、いずれもそうした倫理的少数者として社会の周縁に位置するのです。

しかし少数のS親和気質者は強迫気質型の文明にあっても、上方へ逃げ道を開くことがあります。つまりシャーマン、預言者、王、学者、芸術家がそうです。しかも、強迫気質者が出来上ったものの維持、修復、あるいはせいぜい改革しかできないのに対して、分裂気質者は未来を先取りすることによって、大変革期の革命的指導者となる場合があります。ふだんは人に会いたくなくて、出来れば押入れに隠れていたい人が、水俣病闘争のジャンヌ・ダルクとして、チッソ本社を占拠してしまった秘密はここにあるのではないでしょうか。

最後に、ノイズに弱くメモリーを集積しないというS親和気質者の特性について一言します。石牟礼文学における悶えとかかなしみは、このノイズに弱いという特性と関連があるようです。採集狩猟民の社会では、社会的管理や支配が存在せず、対人的不和が生じれば、人はさっさと他のバンドに移ってしまいますから、ストレスすなわちノイズに悩まされることが少なく、ノイズに弱いS親和気質者も問題なく生きることができます。農耕社会ではそうはいきません。共同体的社会というのはノイズにみちみちていて、ノイズ吸収能力抜群の強迫気質者に適合的なのです。逆にS親和気質者にとって、これはかなり生きにくい環境でしょう。メモリーを集積しないというのは失敗に学ばない、毎回おなじ手口にだまされる、毎回おなじつまずきを繰返すということです。これも環境に対する不安を生む要因になりましょう。石牟礼文学の要素たる不安は、こういう角度からの読みとりもできると思います。

橋というのは架けっ放しではいつか落ちます。道も開きっ放しではいつか崩れます。それが落ちもせず崩れもしないでいるのは、強迫気質者が日々気にかけて修復しているからであります。S親和気質者に任せておけば、この世は崩壊しかねません。なぜなら、今日の文明社会はブッシュマンの社会ではないからです。

台風が来て家が飛ばされないとすれば、それは親父なりおふくろなりが、戸板一枚を打ちつけ、屋根には重しの石を置くからです。それなのに、『おえん遊行』に出てくる婆さまは、大風で家が飛ぶときには「もろともにひっ飛ぼうわなぁ」と嬉しげに言うのです。それを聞いたおえんは懐のにゃあまに、「ふふふ、ひっ飛ぼうわなぁもろともに」と繰り返します。

私は親父の立場でありますから、「ひっ飛べばよいものなら、俺はもう何もせんぞ。阿呆なことを言うひまに、ちっとは加勢したらどうだ」と言いたくなります。しかし、大風で家が飛ばされたなら、ともに風に乗って飛ぼうという声は、なにか救いのようにも響きます。これはまぎれもなくS親和気質者の声であります。中井久夫さんは言っておられます、人類が強迫的産業社会に不適合なS親和気質者を抱えこんでいるのは、災いではなく逆に希望なのだと。この言葉を承認することによって、今日の長話を終らせていただきます。

＊

＊

＊

風土に包まれた生のかたち

【『十六夜橋』を読む】

菅野昭正

不知火海に面する九州のある町に、対岸の天草から移住してきた土木請負業者がいる。親分肌のなかなかの人物で、「一流と信用」を重んじると称し、内情にいろいろ綻《ほころ》びはあるものの、商売は表向きはまだ「順調らしく」見えている。

業に耐えるひとびと

石牟礼道子『十六夜橋』は、この土建業者の一家の物語である。といっても、萩原直衛という当主が中心に坐《すわ》りつづけるのではなく、直衛の妻、娘、石工の修行をする少年、直衛の妻にずっと仕えていた使用人など、この家に住むひとびとに、それぞれ欠かせない役まわりがふりあてられる。

いわば、これは別名「萩原家のひとびと」と呼べる長篇小説である。そして人物たちをつなぐ見えない連鎖が、たえず循環しているような感触がしだいに濃くかもしだされ、読者を小説の世界に誘いこむ特異な力がそこから生まれてくる。

欠かせない役まわりといっても、もちろん人物のあいだに軽重の差はあり、連鎖の中心には直衛の妻志乃が置かれている。ここへ嫁ぐ前、言いかわした男が「疱瘡《ほうそう》」で死んで、心ならずも萩原家へ来たこの老女は、いま脳を病んでいる上に、網膜剥離《はくり》で失明の状態になってもいる。

深い「業」を負ったこの女性には、かつては幼いときから仕えつづけていた献身的な使用人がいたし、いまは石工修行の少年が身のまわりの世話をしてくれる。そしてこの少年にたいして、孫娘が特別な愛着を感じている。また、長崎の遊郭《ゆうかく》で働いていた少年の姉が、直衛に落籍《ひか》されるという縁《えにし》もできる……。

一家の物語がそんなふうに運ばれてゆくなかで、とりわけ印象的なのは、志乃ばかりでなく、どの人物もそれぞれに「業」を負っている姿が、しだいに鮮明になってくることである。彼らはしかし、その「業」を無理にはねかえそうとするのではなく、それを黙々と受けいれているように見える。その点においては、志乃の受苦の姿がやはりとくに際立っている。

いいかえれば、これは「業」に耐えるひとびと、運命にしたがって生きるひとびとの姿を見つめる小説であるとも言えよう。作者が培ってきた静かな緊張をたたえた文体が、そこで大いに役立てられている。

人間の生のかたちと生を超えるかたち

運命ということを考えさせずにおかないのは、ひとつにはまた、志乃と使用人の関係が孫娘と石工の少年に重ねあわされて、同じような生のかたちが循環する印象が、こちらもしだいに強められてゆくからである。

志乃の大伯母の心中という昔の事件に答えるように、少年の姉の駈落《かけお》ちが最後の章に出てくるのも、むろん偶然にそうなっているのではない（この道行きの場面は、すこし様式化されすぎている感じはするけれど、艶《つや》やかな悲哀をにじませている）。

「業」、運命という言葉で言いあらわされるものが、小説の地層から浮きあがることがなく、話の運びのなかにしっかり溶かしこまれているのは、この人物たちが風土のなかで生きているからである。眼《め》の前に大きくひろがる海、遠くつづく菜の花畑。「無垢《むく》よりわれら流転して／いつか生死を離るべき」――そんなご詠歌の句のように、彼らがやがて地上を離れて、もっと大きな無限の循環のなかへ入ってゆく未来の幻像が感じとれるのも、この南国の風光のイメージが、まずはじめに小説の土壌を固めているからであるにちがいない。ここには、人間の生のかたちと、生を超えるかたちが、風土の匂《にお》いにたっぷりつつまれながら、くっきりと彫りこまれている。

＊　＊　＊

「夢がほんとでなからんば」

【『天湖』を読む】

志村ふくみ

古えの村の時間

天から嘘のように大きな薄様《うすよう》の白いものが降ってくる。思わず掌をひろげてうけとめた。ふっと、形をとどめかねては消える。春の雪か、この森では所有地という橋の上を小動物の足あとが続いている。川は底の方まで青く、暗く澄んで雪をとめどなく吸いこんでいる。

かれてたつ　にわのわたきにふるゆきの
消えなばとりて　糸にひかまし

〝雪ふりける日に〟という蓮月尼《れんげつに》の御軸を床にかけて坐っている。年はあけても何かすべてのものに拭いきれないうすい膜がかぶさっているようで、不安だ。仕事のことを思うあけがたにも、それは変らず、はずみたつものがない。

年のせいばかりではなく、全く発想を転換しなければと思う。川底の青く、暗い水の中に澄んだ光がみえているような気もする。そんな時、送られてきた本、石牟礼道子著『天湖』(一九九七)を読む。——というより天底村の入口に立つ。古えの村の時間の中に入ってゆく。間近く二十一世紀を迎えようとする同じ時間を果して私は湖底の村に入ってゆくことができるだろうか。

ダムとは何か、どうしても解らない人間がいる。彼等の人生のどこをさがしてもダムなんていうものはみつからない。要らないというのでさえない、無いのだ。今の世の中にそういう全く別種の人間がいる。それは夜と昼ほどにちがうのだ。多くの人の昼は、彼等にとって夜なのだ。

「夢がほんとうでなからんば　何がほんとうか」と彼等はいう。途方もなく遠い地点の端と端に彼等はいる。決して結ばれ合うことはない。その一方の端っこにいるごく少数の、何億分の一かもしれないその人々の村が沈む。天底村が沈むのである。彼等にとっては命そのものである神殿原《こうでんばる》の大銀杏も、しだれ桜も、月影橋も、お蚕《こ》さま屋敷も、沖の宮も、紅蟹《べんかね》も、すべて沈むのである。

村の沈む様子は壮烈である。

まず、しだれ桜が電気鋸で伐られる。切口から血を噴き出すようにして倒れる。

「ほんなこつ、伐るとや」

「天底の命ばや」

桜はまっ盛りの花をつけたままゆっくり倒れ、生首をとられたもののように転《ころ》がった。

「ああ、すまんじゃった、すまんじゃった。わたしたちの身替りに伐られて、貧乏で買い戻しきらんじゃった。……かんにんして下はり……」と老婆は手を合せる。やがて沢べりの畦のツメクサや蓮華草や可憐な無数のスミレが沈んでゆき、ふだん気にもかけなかった小さな虫達、蟻や脱皮中の蝶や、オケラやトカゲや、小鳥の巣も漂いはじめる。徐々に徐々に水は揚ってゆく。田畑も家も社も、神殿原の大銀杏も。

「おぼえておけよ。この虫たちはな、万霊たちぞ……」とあとは念仏になって草陰にかがみこんでしまう老人達。なぜに死んでいった者達の墓まで沈めてしまうのか、わしらはどこへ葬られるのか。ダム？　そりゃ一体何じゃ、何百ぺん説明されてもわからんもんにはわからん。わしらの精霊さまとひきかえに、都会の何の関係もないもの達によって、湯水のごとく電力は消費される。「みんな喜んでるんだよ、補償金もらって、便利な生活ができて」

天文学的数字ほどにそう思う人の方が多いのだ。現実と時代の流れは逆行できない。

「だからもう何もいうな、これでいいんだ」

併し石牟礼さんはそうは言わない、死んでも言わない。石牟礼さんの背骨には水俣がとおっている。天草がとおっている。その死者達と石牟礼さんは共に生きてきた。この世の通路より、その方の通路に石牟礼さんは足繁く通っていたのではないか。『苦海浄土』『椿の海の記』を書いた後も次々、徹底した思想を貫いて、太古の妣《はは》の如き世にもやさしい作品を発表しながら、これほど痛烈に近代文明の暗部をえぐり出している小説をしらない。

天底村の入口に立って、古えの村の時間の中に入ってゆけばそれが分るという。水の底の静けさの奥から樹々たちの声が、山々の声明がきこえてくる。常とはまるで違う世界に自分が入りかけている。微妙な、しかしはっきりとした気配が満ち満ちていて、都市の神経がずたずたに引き裂かれるような無秩序な不協和音とはまるで違う。植物界のやわらかい呼吸がある。それは非常に入り組んでいながら、ととのった宇宙的諧律のもとに地上と地下とがひとつの森のような馬酔木《あせび》の木の奥で呼び交わしている。そうか、もう私は入ったのだ。

おひなの声がきこえる。

「人間のかわりに桜が人柱になって。天底村のしるしの木が、人柱になりました。……」

「切られました。けれども、春のおぼろ月夜には満開でございます。水中花の満開で」

満月の夜更け、人のめったに通らなくなった橋の上を、幾筋も幾筋も列をつくって、影のように紅蟹たちが通ってゆく。

「川の神さまの、海の方に行きやる供をして、紅蟹どもが列つくって下りよるぞ。まさか早ばや、仏さんの来ては、おいやらんど」

しかし仏さんは巫女のさゆりだった。しだれ桜の下で行き倒れになっていた女の人が産んだ赤児がお愛さまという深い霊性を供えた助産婦さんに拾われ、大切に育てられた。美しい少女に育ったさゆりは物が言えなかったが、お愛さまは舞をおしえ、沖の宮に仕える巫女として、天底村を守ってきたのだ。何のいわれがあってか、満月の夜さゆりはダムに入水した。青く光る銀色の美しい帯をしめて浮び上った屍体に行き会ったのは、その夜、都会から来た柾彦という青年だった。彼の祖父はかつて天底村のお蚕さま屋敷の主だったが、喧噪の都会のまん中で、「夢にみるとは、天底のことばかり」と言いつつ狂い死んだのだ。柾彦はその遺骨を湖に撒きに来たのだった。天底の大きな桑でつくった琵琶をかかえて、――

やあ

ほうれ　やあ

盆の十六夜

月の花

散る　散る

花の宵ぞかし

おひな達のうたう、ふしぎな今様風の歌にさそわれて、柾彦は琵琶をひく。

「夢がなからんば、何がほんとうか」

「呼び出せば！　天底の村ば」

おひな達が呼ぶ声がすぐ耳もとでする。

何か封印がとける気がする。精霊が水底の奥から赤い桜の花びらや、痩せた紅蟹の屍と一しょに無数の虫や、小動物の骨まですべて浮び上ってくる。私達のしたことは何だったのか。傷ついたものにさらに追打ちをかけて滅してしまうのが近代生活か。私達はひとりのこらずその屍の上に乗っている。機能的な、清潔な、迅速な、洗練された快適な近代的生活というものを享受している。そしてその果てに不気味なバーチャルリアリティが待っている。石牟礼さんは何を訴えようとしているのか。発想の転換などと生やさしいことを言うな……と自分を叱りつけてみても、石牟礼さんへの答にはならない。

精霊がものを言い、夢が現実を凌駕する

石牟礼さんという人は太古から遠く遠く続いてきた妣《はは》の眼をもった人だ。稀なる人だ。何万年昔のトパーズは、今みても神秘な光を放っている。私達はその石の中に太古をみる。石牟礼さんという人は太古の光を放って、現代に生きて少しも失わない人だ。その光が『天湖』を書かせ、『水はみどろの宮』を書かせている。これは現代の神話でも、童話でもない。精霊がものを言い、夢が現実を凌駕《りょうが》して、現実を虚空のものにまで押し上げてゆく力、念力のようにさえ思われるその果しない想像力に私は魅きつけられる。石牟礼さんはとても控えめな静かな方だ。私が『天湖』を読んだ感想を申上げれば「そんな、そんな……」と謙遜されるが、併し低い声で囁くようにいわれる。「ダムはたしかにできましたが、すべて空想です、私の」と。私達はいくつになっても空想の徒だ。石牟礼さんは、死者をとおして、滅んだものをもう一ど蘇らせ、生き直させるのだ。山の精や、川の精、万霊たちを呼び集め、生命を吹きこむ、それが石牟礼さんの筆先から生れる。

「むかし伝える物語、旅の人来て残したる、花の種をば守り秘し、沖の宮にて育てける」

天底村の叙事詩を遠い原初の呼び声として耳をすまして開かねばならない。そして未来へむけて思い切りその種を飛ばさなくてはならない。私は新しい年を迎えても一向に心がはずまず、すべてのものに得体のしれない膜のようなものがかぶさっていて不気味だと思った。その正体はおそらくバーチャルの世界から来るものだろう。併し今、『天湖』を読み暗然とした幕の垂れ下ってゆく思いと共に、地底の奥から力づよく呼びかけてくるものがたしかに存在することを思った。

「夢がなからんば、何がほんとうか」おひなの声がする。それは火種《ひだね》である。その火種をもらって現代人は燃えることができるだろうか。青く澄んだ川底に何か光がみえる。次第に暮れてゆくそのあたりに瞳をこらし、私は自分の仕事のあとさきを思った。その中で本当にやりたいと思うことが浮んでくるようだった。そのことを思うと心がはずむ。今までとは違う路線、たしかに発想の転換かもしれない。今までやってきたことをそのまま守るというのではない。何かが逆になるといえばいいのか。自分達で葬り去ったものへ新たな眼をむけるということ。『天湖』の中で天底村の住人が沈んだ湖の奥から呼びもどそうとしたもの、それは精霊というか、死者の魂というか、まずそこからすべてが始まること、どんな小さなもの一つでもものを創り出すということはすべてそこから始まる。私達の行方をしらぬ傲慢は、その一点から離れた時にはじまった。今や綱をはなれたものの行方は非現実の世界しかない。

「夢がほんとでなからんば」

哀しみのコスモロジー

【『十六夜橋』を読む】

辺見 庸

「原物語」と「現物語」

本書（『十六夜橋』）には評言も解説も分類も無用ではないか。稿を起こしておきながら、正直、そんな思いにとらわれている。怖じ懼《おそ》れてしまうのだ。なまじいの解説など、無粋な包装紙のようなもの。興醒めだし、どうかしたら物語をかえって狭め、貶めかねない。それほどまでに、彫琢のすみずみまでに行き届いた作品だからである。それは、厳めしくて容易に人を寄せつけぬということではない。逆である。『十六夜橋』はだれをも受け容れる。どんな評言だろうが甘受してくれそうでもある。でも、声高に論じだしたその途端に、読後口中に残った喩えようもない佳味が逃げていってはしまわないか案じられてならないのである。あるいは、読後まなかいに薄すらと架かった十六夜橋の残像も、それについてことさらに語ることにより、あたら玄妙な形貌《なりかたち》を崩し、やがてはまなかいからもまなうらからもすーっと失せてしまいそうに思われるのだ。とても大事なことってそういうものだ。

あらゆる評言を許す。けれども、いかなる評言も当てはまりはしない。評者たちの、しきりに賢しらがる言葉が、なぜだか次々に錆びていく。品定めの文言などいわずもがな、たちまちにして綻びていく。『十六夜橋』は私にとってそのような作品でもある。ならば、文中のいちいちの情景を胸の深みに着床させたまま、彩りが褪せないように、光が散らばらないように、いっそのこと蛇のように口を噤《つぐ》み、身じろぎもせずに、ただひたすら物語を味到するだけの自分でありたい。この本との関係の、それが正しいありようであると思うのだ。私には本書を論じるということができない。そうする能力も知識もない。以下に綴るのは、だから、私がこれをどのように味読したか、なにを想起したか、なのである。解説ではない。などといいわけしても、ああ、やはり記すそばから言葉に赤錆のようなものが浮いてくる気がするのだ……。

私は本を開いてしばらくの間、主たる登場人物、志乃の記憶をまさぐりつづけた。それは当初、薄明のなかで胡乱な不定形をしかなさなかったのだが、暗順応のように次第に輪郭をとり、長い長い時の紐帯となってたくさんの登場人物たちと風景をつないでいくのだった。三之助、綾、直衛、お咲、秋人、重左、お糸、相対死にした男、小夜、仙次郎、国太郎、樫人、寒行中の癩者たち……。人物たちは私にとって一応は初対面なのだけれども、うち幾人かは、『苦海浄土――わが水俣病』『椿の海の記』『あやとりの記』などの著作のなかでつとに親しんだ人々とよく似ていたりもするから、読み進むうちにしばしば、やあ、お久しぶりですねといった懐かしい心持ちにもなったものである。つまり、志乃に「おもかさま」を、綾に「みっちん」を、直衛に「松太郎」の面影を見たりした。ともあれ、登場人物と風景はまるで数珠のようにつながっていく。つなげていくのは、正気ではないとされる志乃だけがもつ、過去―いま―未来をひとつに融かしてしまった、霊妙としかいいようのない時空の帯なのである。数珠のようにと形容したが、文字どおり私は数珠をつまぐるようにして本書を読んだのだ。それはかつて味わったことのない不可思議な読書体験であった。

数珠百八個には、大きな母珠と小さな子珠の区別がある。志乃を私はこの母珠に見立てた。で、まず母珠をつまぐっては志乃の内奥の物語に触れ、指先にその感触を残したまま、次に子珠たちをつまぐり、たとえば三之助と綾の関係、小夜と仙次郎の道行き、樫人の死などの物語、さらには精霊流しやお諏訪様の勧請などの風景に触れていく。そんな読み方を私はしてみた。そうすると、数珠、いや登場人物たちのすべてが、志乃を中心にして、時と場所を超えてふるふると共振しはじめるのだ。そして、表面はあたかもそれぞれ独立しているかのような多くの物語と風景が、徐々に結ばれて、補完し合い、響き合い、相乗し、すべては母珠である志乃の記憶の派生像、ないしは二重写し、または相似形のようにも見えてくるのだから不思議である。

そうそう、綾の面差しにも注意するといい。あんなにも頑是ないのに、もう志乃の魂魄に共振し、志乃同様の薄幸の翳りを帯びて、なにやらこの先の悲劇さえ定められているようではないか。志乃自身それに心づき、綾を哀れんで、悩乱をいとど深めている様子ではないか。数珠をつまぐるようにして読み進んでいくと、さらにほの見えてくるものがある。綾が長じて負うであろうと思われる深い哀しみは、ただに志乃の一身から導かれているのでなく、志乃を仲立ちに、遠くお糸の物語から発しているという、哀しみの無限波動のようなものである。まさに数珠状の果てしない物語なのだ。ないしはすべてが結び合う大小色とりどりのループ群のような、終わりなき物語構造なのである。

おそらく、「原物語」とでも呼ぶべき記憶を岩盤にした深き湖底が、志乃の内奥にはあるのであろう。その湖底から、みなわのようにたくさんの相似形的なストーリーがわき、「現物語」としてひとつひとつ湖面に浮きでてくる。本書を読みつつ私はそのようにも想定してみた。すなわち、私たちの生きる現物語とは、どんなに新奇で衝撃的に見えても、たかだか原物語からの派生像のひとつか、原物語の再生像のひとつにすぎないのかもしれない、と。現物語は常に原物語を帯びているのであり、いかに無残でも無様でも、原物語の受苦の深みを超えることはないようにも思われる。

はじまりも終わりもないそうした新旧の物語の連なりを、宿世《すくせ》だとか宿業だとかの仏教的観点からみる人たちもいる。石牟礼道子さんの紡ぐ物語を、なべて授記的とみる評者もいる。そうなのかもしれないが、石牟礼さんは、現し身の不幸のわけを、すべてつたなき宿世に帰するようなたぐいの、単なる因果の物語を一度として書いたことはない。宿世は宿世としてあるのだろうけれど、私は石牟礼さんの紡ぐ物語には、もっともっと大きなコスモロジーが織りこまれていると思うのだ。

通常の感覚では弁別不可能な美しさ

むかしむかしのものたちが、幾代にも重なり合って生まれ、ひとりの顔になるのだと思われる。人に限らず畜生たちに限らず、その吐く息をひそかに嗅いでいるとき、志乃はそう思う。とても一代やそこらで、あんな生ぐさいような息が吐ける筈はない。人の来て立つ気配も座る気配も千差万別でいて、ひとりひとりが重なるものを持っていた。志乃は死んだものたちの思いの累《かさな》りのようなものをいつも感じる。自分はもう未来永劫の中の人間だけれども、前世のように思えるこの世と、ぷつんと切れているわけではない。

(『十六夜橋』第三章)

このくだりを私は何度も何度も読んだ。じつに大事な箇所だ。作者はここで志乃にほぼ完全に重なり、志乃の魂を借りて『十六夜橋』の主旋律を説明しているのだから。大きい発想だなあと私は思う。宿縁論などというより、これは石牟礼さんのコスモロジーなのであり、めぐりめぐる宇宙における、われわれ生命系の個々の貌や息づかいには、「死んだものたちの思いの累りのようなもの」があるのだというのである。たなごころにわが息を何度か吐きかけてみたりして、ああ、そうなのだ、この息はすでに千年も万年も前に身まかり去った者たちの、はるか彼方から吐きかけている息でもあるのだと私は得心したことだ。

右の息の生ぐささのように、一般に容易には感知しかねる、いわば弁別不可能閾のような感覚領域が本書には多くしつらえてある。月明かりの下、この世からあの世へと架かる幻の十六夜橋もそのひとつ。小夜と仙次郎が、道行きの途次の船上で、海底に沈んでいるといい伝えられる鐘の、その音を聞こうとする情景もまたそうである。気も霞むほど妖しく美しいこれらのシーンで、かつてあった世界の残像と残響と残香をとらえるために、当然ながら私はもてる感官のすべてを全開にしてみた。そうしながらはっと気づいたことがある。それは、私の眼の倨傲である。耳の傲慢である。見えないものを見えるといい張るのを「錯視」と断じ、聞こえぬものを聞こえるといい張るのを「幻聴」と決めつけてしまう、今日的秩序に見合った不遜だ。見えざる閾、聞こえざる閾にまで志乃のように分け入っていく霊性の力が退化しつつあるから、かえってそのように傲岸になるのであろう。『十六夜橋』はたぐいまれな言霊《ことだま》の力でそのことを教えてくれる。そして、やっとのことで十六夜橋がおぼろおぼろに眼に浮かび、耳鳴りとまがうような鐘の音が耳孔の奥を打ったとき、私もまた数珠の子珠のひとつとして、たくさんの登場人物たちと一緒に不可思議な時の輪につながれていく霊異を味わったのだった。

志乃の内奥には原物語を溜めた湖底があると私は書いた。が、本音は、むろん石牟礼道子さんその人の体内に、生まれついてこのかたそのような湖底があるのだと思っている。そこから、『十六夜橋』の物語はわきのぼってきたのである。人が生きるということの例外のない不首尾が、ここでは濃艶な美として見事に造形された。なんという深く哀しい湖をお持ちか、と私は驚嘆する。

＊　＊　＊

森愛なる人

【『常世の樹』を読む】

高田 宏

アコウの巨樹と宇宙史・生命史

石牟礼道子は、「わたしは人間よりも木の方を好いているようなところがある」と言う。新聞の連載で九州・沖縄の巨樹を訪ねあるいた紀行文を一冊にまとめている『常世《とこよ》の樹』（一九八二年）のあとがきにある言葉だ。

ただ木が好きというのではない。石牟礼道子にとって木は、生命の宇宙との交感の場のようである。

最初の一編は天草上島の栖本町へアコウの巨樹を訪ねてゆく話なのだが、その冒頭に、つまりこの本の冒頭に、木についてのこんな一行が掲げられる。

「海が生命の母であるのを物語っているのは樹々たちである。」

木のなかに海、生命を生み育ててきた海を見ている人である。さらに言えば、水というすべての生命を支えているものの象徴が樹木なのだ。この本のあちらこちらに、水が語られている。石牟礼道子は水世界のなかに木を見、川を語り地下水の流れを幻視し、海の中を思いつづける。

天草上島紀行では、右の一行につづいて、こういう文が書かれている。

「九州南部の海岸線はもとより、沖縄・宮古・八重山諸島やフィリピン諸島、マレーシアあたり、つまり東アジアの亜熱帯に分布し、潮を吸って生きている樹木の種類がある。ヒルギやガジュマルやアコウなどがそれで、根元に近い枝から気根を垂らし、岩礁をからめながら岩の間に芽を出して成長する。古い樹になるとあたかも島を護岸している神のごとくであり、樹々は自身の姿において、おのが上古を物語る。
　マングローブの稚木たちが、海岸線の砂浜を苗床にして植え広がっているのを、石垣島やフィリピンで見かけて、わたしは、生命が海から陸へ揚がってゆくさまは、原初からこのように続いていたのかと腑におちた。その時思い出したのは、故郷の葦むらや、磯にさし出ているアコウの枝のあちこちに、小さなハゼや巻貝が、潮の満干につれて這いのぼり、枝にゆらめく光りの間から、蝶が舞い出ている景色であった。」

　宇宙の誕生には諸説があるが、太陽系が誕生し地球が生まれたのはおよそ四五億年前である。それから約一〇億年をかけて大陸と海の原型が形づくられ、原始生命が海のなかに発生する。細胞核を持つ生物である緑藻が一〇億年ほど前に出現し、さまざまな生物が海のなかで分化発展してゆく。そして生物が海から陸地へとぞくぞく進出するのが、いまから四億年くらい前のことだ。石牟礼道子の目が、というより彼女の全感覚が、その宇宙史と生命史に、歓喜を伴いながら共感し共振している。

輪廻する宇宙と呼吸をともにする

　石牟礼道子を広く世に知らせた『苦海浄土』（一九六九年）は水俣病という、工場排水による海の汚染とそれが引き起こした災厄を低く重く語っている名著で、ぼくはレイチェル・カーソンの『沈黙の春』（一九六二）と共に、人間と自然について真正面からの問いかけと警告を発している作品だと思っている。この『苦海浄土』には当然、くりかえし海が語られている。有機水銀という猛毒に犯される前の海も描かれる。胎児性水俣病にかかっている孫息子を育てる老夫婦が、かつての不知火《しらぬひ》海の美しい時間を語りつづける一節はとりわけぼくの心に沁みるのだが、また、「ゆき女きき書」という、それだけで独立した文学作品でもある章のなかに、本来の海がこんなふうに描き出されている。水俣病患者ゆき女が、かつての海を回想するところだ。「春から夏になれば海の中にもいろいろ花の咲く」と言って、ゆき女が語る。

「海の水も流れよる。ふじ壺じゃの、いそぎんちゃくじゃの、海松《みる》じゃの、水のそろそろ流れてゆく先ざきに、いっぱい花をつけてゆれよるるよ。
　わけても魚どんがうつくしか。いそぎんちゃくは菊の花の満開のごたる。海松は海の中の崖のとっかかりに、枝ぶりのよかとの段々をつくっとる。

ひじきは雪やなぎの花の枝のごとしとる。藻は竹の林のごたる。」

『常世の樹』の、大分県檜原山にカツラの老大樹を訪ねた旅では、末尾に、こう書く。

「……あのかつらの大樹の梢から、無数の川が音を立てて流れ下り、九州脊梁山系の胎中にある見えない鍾乳洞へ流れ込んでゆく幻聴が、わたしの耳に起った。樹は川の源流である。」

鹿児島県蒲生の日本一の巨大クスや、屋久島の森や、沖縄本島金武村のガジュマルなど、年を経た木々に会いにゆく石牟礼道子だが、それらの木々に対面して常に感じているのが、言葉にすれば、つぎの一行である。

「……わたしの生理感覚を云えば、輪廻する宇宙と呼吸をともにしている地球のシンボル、それが常世の樹だという感じがある。」

＊　＊　＊

石牟礼文学をどう読むか

【ロマン主義としての石牟礼文学】

渡辺京二＋岩岡中正

ロマン主義との共通点

岩岡中正　今日は石牟礼道子さんをどう読めばいいのか、渡辺さんに教わろうと思って来ました。私は石牟礼さんの主に文明批評的なエッセーをイギリス・ロマン主義の政治思想に重ねて読むことで論文を書きましたが、文学としてはもう一つうまく読めていない気がしています。つまり、石牟礼さんにおける文明批評と文学との接点の問題です。『渡辺京二評論集成』（葦書房）に収められている一連の石牟礼道子論を読んで、目を開かされる思いがしたのですが、石牟礼さんの最良の理解者でもある渡辺さんからその辺についてもう少し突っ込んだお話をお聞き出来たらと思っています。

渡辺京二　その前に、私の方からおたずねしますが、岩岡さんのご専門のイギリス・ロマン主義の政治思想と石牟礼さんとは、どんな風にしてつながってきたんですか。

岩岡　私が大学に入ったのは一九六〇年代の終わりで、ポストモダンの思想が出始めたころでした。戦後の政治思想史研究は、ヨーロッパ近代の政治思想の源流を探るという方向で進んできたのですが、これに対して、近代化への自己反省という発想が出てくる。全共闘運動もそのころです。そんな時代の影響もあって、研究室でロマン主義を扱っていましたし、恩師はドイツ・ロマン派の研究者でした。ロマン主義は、政治的にはフランス革命、経済的には産業革命という「近代」への挫折と批判として生まれて来ます。近代への挫折と近代批判への共感から、私はロマン主義をやり始めたわけです。

石牟礼さんの場合、近代批判ということが直接政治に対する発言としては出て来ませんが、文明批判として出てくる。近代化によって崩壊させられた共同性をどう回復するかというテーマや近代の散文的精神に対する詩の精神という点でもロマン主義と通じる面があります。時代が違うので無媒介的に言っちゃいかんのですが、石牟礼さんの思想はロマン主義として位置付けることができると思うんです。

渡辺 岩岡さんは『詩の政治学』(木鐸社)という本を書かれている。政治思想の著書なのに、扱っておられるのは詩人です。石牟礼さんも、今おっしゃったように本質的には詩人という側面がある。近代批判の思想的な展開はほかにいろいろありますが、石牟礼さんの場合は文学という形を取った営みですね。岩岡さんは社会科学者であると同時に俳人、つまり詩人ですから、近代の中で共同性という問題をどう考えればいいかというような思想的なテーマとは別に、文学的な意味で触発されたということがあるんじゃないですか。

岩岡 イギリス・ロマン派についてもそうですが、一番関心があるのは文明批判で、私の関心が石牟礼さんにつながったのは文明批判を通してなんです。文学作品を通して、石牟礼さんの思想を読み込むというのは、まだまだです。ただ、石牟礼さんの文学は近代的な知とは別の知で書かれているように思います。分析的、構造的、機械論的な知とは別の知のあり方ですね。

近代の知は認識する側、主体と客体とを截然《せつぜん》と区別しますが、そういう二元論を超えて、対象でもなく自分でもない高次のものを作り上げるということに詩の営みや創造の本質はあって、これは詩も俳句も同じだと思います。私は俳句では伝統的な写生派ですが、客観写生というのは自分と対象が一体化していくプロセスなんです。

例えば石牟礼さんのルポは詩人でないと書けないルポですね。対象に同一化して、それに成り代わったような思いの強さがある。対象を客観的に分析したり、理論化してゆく社会科学などの知では到達できない深さ、高さまで跳躍できるような知のあり方と表現方法に、石牟礼さんの文学の魅力があると思います。

渡辺 岩岡さんは、近代的な知とは違う知があって、それは近代の知を超えていくための新しい知になり得るんだという視点をお持ちだと思う。分析主義、要素還元主義、客観主義……と、どう定義するにせよ、そのような近代的な知によって失われたものを回復する可能性を、石牟礼道子さんの思想の中に見ておられますね。石牟礼さんは生命や世界というものを全体的にとらえようとされる。ロマン主義にもホーリスティック(全体的)にとらえようという基本方向があって、岩岡さんはこういうことを中心にして論文を書かれている。石牟礼道子の読み方として大事な所だと思います。

存在全体をとらえる知

ただ、石牟礼さんを文明批判として読まれたということですが、彼女の文明批評については、環境問題などを突出させて、反人間的な文明に対する警告や告発と見る理解の仕方が主流でした。『苦海浄土』はレイチェル・カーソンの『沈黙の春』と並んで、環境保護運動のバイブルみたいに扱われている。石牟礼さんは「サークル村」の出身だし、聞き書きから始めて、初期の論文には在日朝鮮人の問題や足尾銅山の鉱害、原爆といった問題も取り上げています。近代化の中で、記録作家の上野英信さんが「棄民」という言葉で告発したようなむごい仕打ちを受けてきた民衆の声を代弁していると言えるような側面は確かにあって、この面ではわかりやすいし、「サークル村」の上野さんや森崎和江さんがやられたこととあまり変わらない。

そういうとらえ方も間違いではないが、本質から言うなら皮相なとらえ方だと思います。彼女の場合文学的な営みがとりもなおさず思想的な営みであって、ものを書くという営みはもっと深い意味を持っている。この辺の所を指して、岩岡さんは近代を超える可能性をはらんだ新しい知だと言っておられる。彼女の文学が近代知への反措定だと言われている、その辺りをもう少し話してください。

岩岡　分析的な知に対して、多様性を許容する、一種曼陀羅のような知ですね。近代の知は、何をするかという作為、形成、組み立ての知ですが、石牟礼さんの知は存在の知と言いますか、自分を含めた存在全体をとらえるための知です。理論化し、抽象化し、法則性を見いだす悟性の知は自然を支配する方法としては有効だったわけですが、それは現実の世界が持っている関係性や多様性や複雑性を捨象したところで成り立っている。

石牟礼さんはいわば中世的な宇宙観をお持ちで、そこではすべてが神がそのように作ったものとして意味を持って存在している。その宇宙の意味を全体として感受できる感性が石牟礼さんにはあって、理屈では言えない所を表現されているように思います。しかも、それを単なるノスタルジーではなく、あるべき人間の知として提示し得ておられる所に積極的な意味があるのではないでしょうか。私は石牟礼さんの知を、近代の「散文の知」に対する「詩の復権」であり、「全体の知、存在の知、共同の知、根源の知、再生と循環の知、感性の知」とよんでいます。

渡辺　あの人はエッセーも理屈では書いていませんからね。エッセーとフィクションに同質の所がある。割と論理的な言葉で書かれている部分は詰まらないですね。概念語を使うと、戦後の反体制的な近代批判の枠組みで語られてきた、耳にタコができるような言説をなぞってしまう。やはりすごいのは、対象に対する感性です。嵐が吹いて、全山の一本一本の木が叫んでいる、そんな様相を描くときの表現は、近代文学の自然描写ではありません。人間が文字を使うようになって失ってしまった、存在に対する感覚があふれています。

石牟礼さんの知に近代の知を超える可能性があると言う場合、それは彼女が存在の深い層から呼びかけられているからなのだという点は見落とせないところだと思います。彼女の天分があれば、文学的表現としてはできるんです。それを新しい知として論理化しなければならない。これは難しい仕事だと思います。

現代思想との接点——主客二元論を超える

渡辺　一九八〇年代以降、モダンサイエンスを中心にした近代的知への批判、反省が起こり、科学史や科学哲学、生命科学の領域でこれまでとは違う生命のとらえ方や対象へのアプローチの仕方が模索されています。石牟礼さんが世界を感受する仕方は、むしろ科学史や科学哲学をやっている人たちが世界像や世界観を組み替えようとしている新しい動向とマッチしていますね。

岩岡　私はロマン主義から石牟礼さんに至る過程で、近代の認識論批判をやりました。その時に出会ったのが、たとえばオートポイエシスという自己生産論でした。生体のような一つのシステムで、外からインプットがあって、認識したり、安定化への作用があったりして、アウトプットしていくという、そういう外との間での安定したシステム論がこれまであったのですが、オートポイエシスの理論では、外部とは無関係に自己言及しながら内発的に自己創出する。

これは外からの刺激があって、それにリアクションを起こして、という近代イギリス経験論の認識論とはまるで違います。この理論で石牟礼さんの知を読めないかと、鶴見和子さんの内発的発展論とも関係させながら、考えているんです。生命は内発的に自己創出していて、もともと生体はそういう認識構造を持っていたのに、デカルト以来、力学的世界観が支配的になってしまったものだから、本当の生命のあり方をとらえられなくなった。そういう反省に立って、機械論的認識から内発的認識へと移ってきた自然科学における変化は、おっしゃるように石牟礼さんに近いと思います。

渡辺　主体としての人間が客体としての世界を認識するというのが近代の考え方です。しかし、主体に？を付ける、客体にも？を付ける。そこに何が残るかというと、場が残る。場として世界をとらえる考え方は、藤沢令夫さんによればギリシャにもあったし、西田幾多郎や田辺元の哲学にもあって、それが今日再評価されようとしています。

石牟礼さんの場合、アンテナと言うか、触手ですね、それが無数にあってそよいでいる。自分と外界の間に強固な膜があって、その外側から見るというのではなく、自分が外界の中に入り込んでしまう。「外界」という言い方はすでに主客二元論だから、「存在」と言った方がいいでしょう。それと自分が相互浸透している。そこに場ができる。そういう場の中で、石牟礼さんの感覚的触手はそよいでいて、この世に存在するあらゆるものが送ってくるサインや兆候を全部取り込んでしまう。これは認識としては不可能です。パーツに分けるから認識できるわけだから。しかし、感知はできます。全体的な場の感知、それが彼女の文学の本質をなしている。今おっしゃったような、科学思想の新しい方向を踏まえたうえでの石牟礼道子のとらえ方、位置付けに期待されるゆえんですね。

岩岡　石牟礼さんの文章には身体的表現が多いですね。外界と自分との接点は身体なんですよ。俳句を作っていて、どうしても出来ない時は、皮膚で作るんです。身体の部位や感覚で。視覚だけではなく五官のすべてを動員して作ります。全体的な場の感知は、見るものと見られるものとの同質性に基づいて可能だと思うのですが、中世には森羅万象と人間の同質性という考え方がはっきりとありました。人間を含む万物には、神の被造物として神的理性を分与されているのだから、そこに秩序の感覚もあるはずだ、と。

渡辺　動物行動学者のローレンツの考え方も、認識器官と対象との同一性に立っている。発生的に同質だから、感官は対象を認識できるんだという考え方です。

岩岡　近代の主客二元論が人間と外界との同質性という考え方を追放してしまいました。現代思想の方向を見ていても、石牟礼さんの感じ方の方が正しいように思います。

近代以前の民の感覚を初めて描く

岩岡　日本の近代文学の中で、石牟礼さんの仕事は特異な位置を占めているように思いますが。

渡辺　文学に限らず、知識人の歴史の中で、石牟礼さんは特異です。日本の近代文学の担い手は知識人だったわけですが、彼らは伝統的なコスモスから離脱して近代人として自己形成していきますから、近代以前の日本人が持っていた存在に対する感覚を失ってしまっている。石牟礼さんは違っていて、日本人の古い心性と感覚を持っておられる。小学校の後、二年か三年かの課程の職業学校しか出られていないし、農村で育たれたということもあるでしょう。海や空や川や森など、自分を取り巻く森羅万象に対する感じ方が、キツネやタヌキを信じているような文字以前の民の感覚なんです。

　いずれにしても、日本の近代文学は生活民が感受していた自然を描いて来ませんでした。自然描写はありますよ。長塚節の『土』を先頭に農民を描いた小説もある。しかし、それらは同情するか軽蔑的に見るかは別にして、農民を外から見て書いています。自分の描く農民たちがこの世界をどう感受しているのか、わからないまま書いているわけです。例えば、農民が畑仕事の中休みに、山を見たり、海を見たりする。その時、世界がどんな風に彼に呼びかけているか。その感覚を石牟礼さんが初めて書いたんです。

石牟礼さんのお母さんは役所に呼び出されるのを恐怖するような人だったそうです。自分の一生はそういう近代的な構築物とかかわりなく生きて行ける、そんなものにかかわらなければならないのは災難である、というような近代以前の民の感覚や世界感受を石牟礼さんが初めて文学にしたわけです。日本の近代文学も百数十年の歴史がありますから優れた作品は書かれてきています。ただ、近代以前の民が世界をどう受け止めていたかということは描かなかった。それを描いたのは石牟礼さんしかいない。私は一貫してこのことに意味を認めてきました。

岩岡　そうです。石牟礼さんは、日本の近代的知識人たちが読み落としたり読み誤ってきた日本の生活民の世界に関心がある。日本の近代知は、「知識人のための知識」や地位の上昇のための知であって、一種貧困な知でもある。これに対して石牟礼さんは、日本の基層民たちにとっての「もうひとつの世界」(オルタナティヴ)とその知の視点という根本的な問題提起をしていると私は思っています。ただ、石牟礼さんの社会運動家とか社会思想家といった面だけがクローズアップされているという印象がありますが。

現代文学・現代芸術との接点——時間の重層性

渡辺　最近は、文学をやっている人からもまともな石牟礼論が出て来ています。それでも石牟礼さんの作品に理解しがたい所があるのは、近代文学の作り方と違うからです。上野英信さんがうまいことを言っています。「あなたの文章は灰神楽だ」と。火鉢にお湯をこぼしたりすると、パーッと灰が舞い上がるでしょう。あんな風に書こうとすることが同時にたくさん出てくる。

近代的な叙述法はリニアー(線的)に時間を追っていきます。ところが、石牟礼さんの場合は、万象が一遍に立ち上ってきて、それを一気に文章化しようとするから、わかりにくい。時間が円環して、アインシュタインの時空みたいにゆがんでいるんです。これは非近代の芸術の特徴で、一点からものを見て描く近代の絵と違って、源氏物語絵巻は同時にいろんな視点から見ています。石牟礼さんの叙述にも基軸になる時間がなく、多元的な時間が同時に浮かび上がって来ますから、書き手自身が混乱しているんじゃないか、物語の書き方を知らんのじゃないかと思われる可能性がある。

現在の時間が重層的に成り立っていることが評価を難しくしているのですが、しかし、これは二十世紀の芸術が実現しているものと案外近い。別に自覚的な方法論があるわけではないのに、モダニズムの先端と一致している所があって、特にラテンアメリカの文学、マルケスなんかと似ています。

岩岡　時間の共存ということは現代音楽にも通じます。例えばサウンドスケープは近代の構成的な音楽とは違って、常に雑音が混じって混沌としている。そういう意味で石牟礼さんの文学は新しいと言えます。石牟礼さんの発想や文章それ自体が詩なんですね。詩は時間を超えますから。

近代的個としての文学遍歴

渡辺　自分と他者や世界との間のバリヤーを取り払うというような考え方を、石牟礼さんに重ねてお話しになったが、これは近代文学の一つの主題ですね。リルケは人間は何のために生まれてきたかと自問して、自然は自分の美しさを自身では認識できないから、自然に代わって人間がそれを認識するんだと言っています。だから、石牟礼さんの仕事の方向を無理にアジア的だなどと言う必要はない。自我を超えて行く方向性は西洋文学にもある。もっとも石牟礼さんの場合、初めから自我の牢獄を超えているわけですが。

にもかかわらず、彼女は近代人なんですね。他人から断ち切れている、自分がこの世から反り返っていて、居り場所がないというような自我の苦しみが文学の動力になっている。おばあさんが精神病者だったということ、家が破産したために、生きていることの切なさ、つらさを幼いころから刷り込まれたということもあるでしょう。この世に自分が収まらないというのは、近代文学の大きなテーマなんですよ。石牟礼さんをまるっきり前近代的な、巫女《みこ》さんであるかのようにとらえるのは正しくない。彼女自身に近代人としての個の問題があるから、それを超えて原初的な世界へ帰ろうということではないでしょうか。あるいはそれは近代的な個と言うより、人間一人ひとりが背負っている苦しさ、切なさなのかもしれません。

俳人としての岩岡さんは虚子を高く評価されていますね。虚子は自我の表現がないという点で、昭和期の近代派の俳人から不満を持たれた人ですが、逆に岩岡さんは「虚子を超える」と称していた彼らの自我の狭さ、貧しさを批判されている。自我を超えた生命世界に自分を生かしてゆくことが客観写生なんだ、と。

岩岡　石田波郷に「蛍籠われに安心あらしめよ」という句がありますす。この「あらしめよ」という欠落感が現代俳句の自己表出なんです。その自己表出が自我肥大になってゆくのが、近代の一番悪い面でして。それに対して、伝統派は安心《あんじん》そのものの世界を言う。写生を通しての造化との一体化ということの中には、理念としては近代を超えるという面があるんですが、同一化というのはそんな安直なものではない。アンジッヒ（即自的）な安心と個我の苦悩を超えての安心とは違います。

だから、伝統俳句が近代的自我以前の無自覚な同一性だと批判されるのもわかるんですが、俳句の行き着く先は有機的な生命世界に触れて漏らす感動というような所だと思います。そこは石牟礼さんに近い。ただ、石牟礼さんの感受性は天性のもので、近代人の自我の苦悩を経たものかどうか疑問もあるんです。

渡辺　感性自体が近代をくぐっているかどうかではなく、そういう感性を持ちながら、一方では、やはり近代的な個の問題があるということです。それがあることで、奥行きが出ている。
　岩岡さんの文章から、存在そのものの中で自分の安心を求めていくという俳句のあり方を教えていただきました。この「安心」というのは真宗用語で、「異安心」という言葉もある。つまり異端です。安心はドグマであり、教義でもある。一つの理想ではあるんですが、真宗の優れた思想家は安心を最初から持ち出すことはしませんね。むしろ自分の自我がいかに救い難いか、そこでの危機意識がないと、安心も説得力を持たない。親鸞さんは最後まで安心なんて得られないと言っていた方でしょう。安心なんか持てないということの先に安心があるんだ、と。石牟礼さんの俳句も安心の句ではないですな。

岩岡　〈祈るべき天とおもえど天の病む〉。初めはびっくりしました。

渡辺　現代俳句にはあるでしょう。

岩岡　自我表白ではあるんだけれど、でも詩ですね。時空を超えているわけで、石牟礼さんはやはり詩人ですね。

岩岡　〈祈るべき天とおもえど天の病む〉の句は水俣のことを思って作られたものでしたね。石牟礼さんと水俣病とのかかわりは、どう考えるべきなのでしょう。

渡辺　それを考える前に、石牟礼さんの文学的な育ち方を振り返っておきましょうか。彼女の文学的生い立ちは面白いんです。本のあるような家庭じゃなかったんですが、『大菩薩峠』の第一巻があって、小学校に上がるか上がらないかの時に、あのニヒリズムに感動したというんです。
　少女時代に短歌を作り、詩を書いています。十八歳の時の詩を、私たちの雑誌『道標』の次号（第二号、二〇〇二年）に載せますが、詩を書き始めた時から言葉に対するすごい才能がある。しかし、文学少女ではまるでない。宮沢賢治の童話を少し読んだくらいで、日本文学も世界文学も読んでいない。にもかかわらず、あれだけの表現が出てくるということが、私は不思議でたまらんのです。ただ、「サークル村」での谷川雁さんとの出会いは大きかったと思います。三十代の詩には、谷川的な隠喩のつかい方がみられます。若いころの難解な文章にも谷川さんの影響があったのかもしれない。

水俣病闘争の可能性の中心

岩岡　水俣病にかかわられるようになったのは、「サークル村」に入られたことからの自然な流れということになりますか。

渡辺　「サークル村」に入って、民衆史の聞き書きへの関心を持たれたのは、確かですね。その一環として水俣病患者の家を訪ねて行った。例のあの調子ですから、おじいさん、おばあさんから「姉《あね》さん、姉さん」と呼ばれる。向こうもうち解けて話したんでしょう。聞き書きと言っても、ノートを広げて聞くわけではない。

頭の中で受け取って。ある意味では創作なんですよ。そういう所から水俣病の問題へ入って行って、一九六八年に水俣病対策市民会議という組織を発起された。その翌年に患者が裁判を起こす。第一次提訴ですね。石牟礼さんはナイチンゲールなんですよ。他人の苦しみ、楽しみに同化してしまう。

あの人は「もだえ神」という言葉をよく口になさいますが、これは水俣地方の言葉です。他人のことなのに、自分のことのように身をもんで嘆き苦しむ。石牟礼さん自身がもだえ神で、他者と自分の境がなくなってしまうんですね。そういう資質は初期の「たで子の記」によく出ている。小学校の代用教員をしていたころに、駅で出会った戦災孤児を我が家に連れ帰って養った話なんですが、これは石牟礼文学の基点になった作品だと言っていいと思います。もだえ神的な資質が水俣病患者たちとかかわる中で、前面に出てきたということではないでしょうか。

岩岡　渡辺さんが水俣にかかわられるようになったのは、どういう事情からですか。

渡辺　これはひとえに石牟礼さんとの関係からで。私は六二年に石牟礼さんに初めて会っているんですが、この時は、この人がサークル村の才女か、といった印象を持っただけで、ちゃんと出会ったのは、六六年に当時私が出していた『熊本風土記』という月刊誌に『苦海浄土』の初稿を寄せてもらったのが縁でした。その時のタイトルは「海と空のあいだに」でしたが、一読してすごい作品だと思いました。そういう経緯がありましたから、石牟礼さんが「水俣は全国に訴えていく力を持たないから、熊本のグループでやってくれないか」と頼んで来られた時に断ることができなかった。友達をかき集めて「告発する会」を作って新聞を出し始めたんです。

私はそれまで「水俣病の運動はやらない」と人にも言っていたんです。世の中の悲惨事はたくさんある。いちいちつき合っていたら、きりがないじゃないか、と。しかし、あの『苦海浄土』をプレゼントしてくれた石牟礼さんの頼みですからね。編集者として一生に一度出会えるかどうか、という作品ですよ。これはやらないわけにはいかないじゃないですか。石牟礼さんに頼まれて水俣病とかかわり出したのですが、やるからには理屈がいりますから、原則を決めたんです。

一つは、「告発する会」は、患者がやりたいことをやるということ。自分たちがやるんじゃない。患者がこういうことをやりたいと言ったら、それがやれるようにしてやる。もう一つは、私にとっての水俣病闘争は環境破壊や公害に反対する運動ではないんだという基本的な考え方です。いかにして左翼的な運動の論理を乗り越えるかが、当時の私の課題でしたから、左翼的な理念や考え方を踏襲している運動は一切やらないんだ、と。患者たちがやっていることは、左翼的な反権力の運動とはまったく関係のない、非常に古風な論理に立っているように思えました。ただ一点、水俣の運動が私に喚起力というか訴求力を持っていたのは、このことでした。世の中には神様も仏様もあるだろう、それがないようなことがあっていいのか。チッソはあれだけのことをやっているのだから、おわびするのが当然だろう、というような庶民の土着的な倫理思想ですね。近代に取り残され、近代社会の論理に取り込まれることのなかった前近代的な人々が近代にノーを突きつけたわけです。それまで思想として表現されることのなかった近代以前の民の心性に基づいた運動だという、そこだけに私は可能性を見ていました。

岩岡 渡辺さんは自ら「近代主義者」と称されることもありますよね。

渡辺 私は近代的な知を全面的にアウトだとは思っていないんです。知の一つのあり方でしかないということを押さえた上で、ある限界内では人類の遺産として確保していかなければならない。私のように近代的な知の中で育てられた人間が、石牟礼さんの世界、例えば『苦海浄土』をガイドにして、水俣の漁民たちに接してみると、それまで見えなかった世界が見えてくる。自分の世界を拡張し、転倒してくれたという点で、石牟礼さんには感謝しています。石牟礼さんや水俣とかかわらなければ、自分のそれまでの知識としての世界認識がいかに極限されたものであったかを知らないままでいただろうと思います。

岩岡 極めて合理的な知の持ち主である渡辺さんが、およそ合理から遠い石牟礼さんの最良の理解者であられる。今度、藤原書店から出る（石牟礼さんの）全集についても、渡辺さんは専属の編集者以上のお手伝いをされている。異質な二人がそういう関係を保っておられるのが不思議でした。

渡辺 あの人の混沌とした世界と私の明晰な世界とが、毎日けんかしているんです。

岩岡 『渡辺京二評論集成』を読む限り、文体には石牟礼さんの影響の痕跡が表れていませんね。

渡辺 石牟礼さんの文章とか自然に対する感性とかはまねできませんが、理論構成は変わってくる。日本の近代を論じた一九七〇年代の私の仕事は石牟礼さんの描く、ああいう民の世界があるんだという発見を根底にしたものです。

岩岡 近代をめぐる渡辺さんの議論にしばしば登場する「基層民」のイメージにも石牟礼さんからの影響があるわけですね。

渡辺 あのイメージも石牟礼さんに触発されて生まれたものです。岩岡さんは俳句の結社を主宰されて、方々出かけていらっしゃるから、「基層民」を思わせるような人にも出会われるでしょう。

岩岡 田舎のおばあちゃんなんかは、知の性格が違うんですね。俳句をやってると、句集出して、マスコミに取り上げられて、というようなことが自己目的化していくような所があるんですが、句集を出せと勧めると、怒るんです。生きていることの喜びを表白する、それで十分なのに、なぜ句集を出して、人からほめられようとしなければいかんのか。人に迷惑をかけるだけじゃないか、と。

渡辺　古い日本人の倫理観と言うか、ディーセンシー（品位）を感じますね。

「もう一つのこの世」としての新しい共同性

渡辺　岩岡さんは「共同性」を主題に石牟礼道子論をお書きになっています。石牟礼さんの文明論における共同性の問題をどうお考えですか。

岩岡　石牟礼さんの場合、人間社会だけでなく、自然や宇宙とも一体化したものとしてあるのですが、それはともかく、石牟礼さんの共同性はどこか雄々しい感じがします。前近代的なアンジッヒ（即自的）な共同性であるように見えながら、そこに生きている人々は自立している。

渡辺　共同性は、一方で、個がないと成立しませんからね。個は何も近代になって確立されたわけではない。近世、中世、古代においても、人間はみんな個だったのです。昔の人間には個がない、集団に埋没していたんだと考えるのは、近代人の傲慢にすぎない。人間は昔からどうしようもなく自分独りなのであって、前近代的な民の中の個というものをもう一遍考える必要があると思います。

岩岡　『苦海浄土』に出てくる漁師のおじいさんや死んでいく患者さんたちを見ていると、共同性の中に生きている自我というものがあるのだと気づかされます。近代になって自我が確立したというけれども、実は、大事な自我を失って、変な自我を確立した。それを自我と呼んでいるにすぎない。つまり今日、豊かな関係性をもちその中で自立した自我から、遊離した浮遊せる自我になってしまった。

これに対して、石牟礼さんが描く漁師や患者さんたちの自立の姿は、実に雄々しい。魂の深さや雄々しさがある。受難を引き受けて復活した人の自立の姿です。最近、「公共的なもの」という主題が盛んに論じられています。ローマの共和制の根っこの所には徳の共同性があった。それが社会契約論以来、目的や利益のための共同性、いわば作為の共同性に変質してきた。それをどう回復するかというような議論です。

石牟礼さんが描く漁民像、農民像は共同体から抑圧されてもいないし、バラバラに断ち切られているわけでもない。共和主義が本来持っていた社会性や共同性に案外近い所があって、権力や利益などによって左右されない内発的な共同性は、一方で人類の知恵として本来あったのではないかと思います。

渡辺　古代ローマ、ギリシャの市民性は、そのまま日本の前近代的な民の中にあった自立に基づく共同性に重ねて考えられますか。かなりポリティカルなものだと思いますが。

岩岡　もちろん直ちには重なりませんが、「ポリティカル」という言葉が最近変質して、悪くなっているんです。本来、この言葉は

「倫理的」ということと深くかかわっていると思うのですが。

渡辺　ドストエフスキーはローマ法的な契約の世界を西ヨーロッパの原形と見て、彼は独断の人ですから、西欧社会は利益の取引の場であって、そこではすべてが利益に還元されるんだと批判する。そして、他者への共感能力にロシアの民衆の魂を見ています。日本語で言えば、惻隠の情です。

岩岡　そこはドストエフスキーが言い過ぎていて、契約世界とはいっても、契約を成り立たせている基盤には、アナーキーではない倫理がある。

渡辺　かれは近代を通してしかローマを見ていませんからね。

岩岡　「ポリティカル」は、ただ生きるだけでなく、よりよく生きるということ、つまり善の問題にもつながっています。

渡辺　市民的美徳ということでしょうが、これが啓蒙主義やフランス革命を通して固定化されて、桎梏《しっこく》になっていく。

岩岡　国民の義務と結びつけられていったりしますからね。しかし、国家的圧力で強制された公共性ではなくて、みずから参加して、応分のものを出し合い、公開性と討論によって公共的な空間を確保するというのが公共性の本来の姿でしょう。今日失われたそれをどう回復するか。例えばハンナ・アレントが考えたこともその問題でしょうが、これは石牟礼さんのモチーフに似ている気がします。

渡辺　人間の心の一番底に残っている純粋な感情によって人は他者とつながり得る。その能力をどう培えばいいかとなると、これは現実の社会構成の問題にも関係してきて、社会保障とかケアといった具体的な場面で生かしていくしかない。普通の人間の根底にある共感能力やモラルの感情を擁護していくことが必要だろうと思いますね。

渡辺　岩岡さんの言われる「共同性」の回復、我々が見たことのない幻に向かってにじり寄ってゆきたいという思いは、石牟礼さんが水俣病にかかわった際の大きなテーマだったと思います。彼女の言葉で言えば、「もう一つのこの世」ですね。第一次訴訟派の人たちは地域社会の中でも迫害されていました。そういう受難と孤立の中から、人間と人間の間にある壁を乗り越えて、一つの現実的な共同的な関係をうち立てて行けるのではないかというイメージはあったと思います。「相思社」も患者たちがお互いに思い合いながら寄り合う場所として構想されたものでした。結果的にはそういうものではなくなりましたが。

岩岡　一九七〇年代以降にコミューンづくりがはやりましたね。

渡辺　現実にコミューンを作るということは考えていなかったにしても、新しい共同体を作ろうという幻想にいくらかとらわれていた所はあったかもしれない。いずれにしても、石牟礼さんが提起し、私がそれに示唆された共同的な関係は、現実にはありえなかったわけです。訴訟派と未認定患者グループとの間で、利害が一致しない局面が出てきて、患者同士が分裂したりしましたし、共同性どころではない、低い次元での対立や不和が生じた。水俣病闘争の中で、あるべき共同的な関係を作れるんじゃないかと思っていたが、それはアウトだった。「もう一つのこの世」は、到達できないから幻視するというものかもしれません。

岩岡　その「あるべき共同的な関係」とは、どんなイメージのものだったんですか。

渡辺　石牟礼さんは村落共同体の中では生きていけない存在ですから、村落共同体のような共同性を考えていたわけではないことは確かです。「村」共同体というのは、十六世紀、早くとっても十五世紀に成立した歴史的な共同体のあり方にすぎない。ですから、石牟礼さんも私も、歴史的現存としての、社会構成体としての共同体に帰れとか、学べとかと考えたことはありませんが、現実に存在しているものをイメージしなければ考えられませんからね。

しかし、石牟礼さんが作品の中で描いているのは、村としての団結や掟、つまり団体的な共同性ではなく、村的な生活レベルで生きている個々の人間が持ち得た人情の世界です。庶民の間にある基本的な人情、信頼。そこに彼女の共同的なものの原型がある。石牟礼さんのお父さんは、猫にも犬にも謝るような人だったらしい。村人の中には他人のことを自分のことと感じるような人情がある。石牟礼さんによれば、村の人間の原型は「もだえ神さん」なんです。しかし、そういう人情は現実の社会構成体としての村共同体の中では歪曲される。そのことをどう考えるかという問題はあります。

岩岡　共同体の中で生き生きと生きることのできる自我のあり方が可能なんじゃないかということを言いましたが、共同体は必ずしも個を圧殺しないという公理は、一人ひとりが自立している時に初めて可能なんだと思います。

渡辺　つまり、こういうことだと思うんです。「もう一つのこの世」は自分の中にしかない。それへの憧れ、衝迫、希求を持った者が自立しながらつながり合う。社会制度と言うより、社会における気風、エートスですね、それを日々接している友との関係の中で求めていく。そういう営みの中に「もう一つのこの世」も実在するということなんじゃないでしょうか。すでに出来上がった職域的な小社会を超えた人間的な結びつきはいろんな形であり得ると思います。表面的な文化や教養を求めて群れ集うというのではなくて、そこで近代社会のとらえ返しをやる。それを通じて、つつましく、しかし、自分に自信を持った人間としてのあり方をはぐくむ。何より他者に対して感応する能力を培ってゆく。そういうことのできるような関係です。新たなサークル運動と言っていいかもしれませんね。

世界における石牟礼文学――虚無への直面とその克服

岩岡　石牟礼さんが他者に感応する優れた能力をお持ちであることについては、渡辺さんが繰り返し指摘されてきたことですが、私たちはその能力をどうやって培っていけばよいのでしょう。

渡辺　人間と人間は媒介するものがないとつながらないと思うんです。自分を取り巻いている実在世界、山や川や空、そういった森羅万象に畏敬の念を持たないなら、人間に対しても畏敬の念を持てない。まず森羅万象の偉大さに畏敬の念を持ち、それに媒介されて、人間への畏敬の念が生まれる。人間が一対一で向き合って、共同的な関係を作ろうとしても無理だと思うんです。

岩岡　近代の世俗化の間違いは、人間の持つ関係を横軸だけにしてしまったことだと思います。自由、平等、個人といった近代の概念はすべて横軸の関係ですが、中世から宗教改革期あたりまでは縦の軸があった。つまり、神がいて、一人ひとりの人間が存在する。神と向かい合う者同士が、互いに隣人として平等なのであり、神からもらった救済の力があふれ出て、隣人に向かうと考えられていました。

渡辺　その神という場合、既成の宗教が現代人を包摂できるとは思えませんね。私は世俗化自体はむしろ評価するんです。神の一元的支配、宗教が社会的権力として現世を支配するということから、人間を解放したわけですから、これは世俗化による偉大な達成です。だが、一方で、世俗化は精神性を失わせます。何もかも平等になって平板になってしまう。これは世俗化の大きなマイナス面ですが、近代人はいったんそこを通っていますから、今さら神を媒介にして、というのは難しい。キリスト教徒になったり、真宗の門徒になったりというのは、個人的な解決法としてはあるでしょうが、全人類的な解決法として、どんな「神」を見いだしていけばいいのかという問題は残ります。

岩岡　おっしゃるように、世俗化は必然的な流れですから、無限のものを求める人間の心情が、宗教への行き場を失った時にロマン主義が出てきた。ロマン主義の中には善を目指す共同性もある。ともによりよきものを目指す時に縦軸が生まれます。

渡辺　そのよきものを目指す共同性がとんでもない悲惨を生んできた。ここは課題ですね。現代人が虚無にさらされているということを消しゴムで消してしまうのではなく、そのことを一方でしっかりと押さえておいた上で、虚無を越えるものを求めていくという方向があり得るんじゃないでしょうか。

岩岡　徳とか善き生活とか、人間にとっての価値の序列はギリシャからありました。中世では信仰が最高位になり、私有財産とか営利活動とかは下位に置かれていた。それが逆転して、経済的な価値のほかは何もないというような世界になってしまった。本来の価値序列をどう取り戻すか。かつて絶対者が存在した欧米にはまだ何か残っている気がしますが。

渡辺　一神教に基づく共同性を私は信じません。一神教はユダヤ教、キリスト教、イスラム教しかないですが、それらは人類の歴史の中で偏頗《へんぱ》なもの、ゆがんだものを作り出してきた。自然宗教の生産性をもっと評価していきたいと思うんです。石牟礼さんの世界につながることですが。

岩岡　私は世俗化ということで、近代化に伴う関係性の喪失のことを言いたかったのです。前近代の「即自的な共同性」に対して近代は「作為による共同性」と言えますが、今日私たちはこの近代の初発の生き生きとした共同性や関係性を失っています。これに対して新しい「内発的共同性」が対置されなければなりませんが、それは、万物が存在の根底でつながっているという、石牟礼さんの世界観や自覚に支えられているのです。こうした自覚が、今言われた自然宗教の生産性への評価につながるのでしょう。

渡辺　そうです。森羅万象に対する畏敬の念ということです。

岩岡　私どもの俳句もまさにそうです。

渡辺　石牟礼さんについては、いい人が論じてくれないかなとずっと思ってきました。単に土俗的とか巫女さんとか、そういう理解のされ方は嫌なんですよ。やはり全人類史的な課題の中に位置付けてくれなければ。岩岡さんは西洋的な流れと結びつけて、政治思想や政治哲学の文脈の中で組み立てて行く力をお持ちだから心強い。百万の援軍来る、といった思いです。

＊

＊

＊

草の声そして人間への問い

【新作能『不知火』を読む】

栗原彬

埋立地に立つ石仏

九州の大きな内海、不知火海は、抜けるような蒼穹とともに美しい。殊の外、水俣から見る夕凪ぎの海は美しい。

私の記憶の中の水俣の海。夏の夕暮れ時、谷戸《やと》を登り切ったところで見る海は、鏡面に仄暗い恋路島を浮べて、黄金色の炎に包まれている。海は燃え尽きようとする天を映し、天は海の透明な青の反照の中に、忍び寄る闇を加えていく。不知火の海と天が、黄金色から紅へ、赤紫色から藍へと刻々色を変えていくのを、この世のものならぬ光景を見る思いで、息をのんで見ている。無数のいのちを奪った猛毒有機水銀をひそめた惨劇の海と知っていても、不知火の海は美しい。

今、同じ場所に立つと、異なる風景が目の前にある。芝と表土に覆われた埋立地が見渡す限り広がって、恋路島に届きそう。埋立地の下にはかつて豊かな漁場だった百間港が眠る。チッソ水俣工場が百間排水路から垂れ流した有機水銀を含むヘドロがバキュームで集められ、病んだ魚を詰めた無数のドラム缶とともに埋め立てられている。もう天は海を、海は天を映すことがない。全ての水俣病の記憶を埋葬しようとする行政が造成した政治的な風景である。

埋立地の海際を歩くと、海の方を向いて芝生に点在する小さな石の仏たちに出会う。えびすさま、お地蔵さま、泣き童子。本願の会の水俣病者たちが石を刻んで、思い思いに建ててきた。石の菩薩は、沈黙のうちに、不知火の海に起ったこと、埋め立てられた記憶を語り出す。能『不知火』の菩薩の語りは、野仏の声に重なる。いずれも死者と未生の者のほとりに立って語られた言葉だからである。

『ニーベルンゲン』と『不知火』

不知火の夜の海に遠く幻のように浮かぶ火を、人は「不知火」と呼ぶ。能の中で不知火は海の精霊で、人間の女性の形を取って現れる。相思相愛の弟は常若《とこわか》。父は山中に住む竜神で、母は海中の海霊《うなだま》。この一族は、山中の水脈から海底に湧く泉まで、この世の命の水脈を司る。ヒトが作り出したさまざまな毒が水脈に沿って山と海を覆いつくし、生類は命脈を絶たれようとしている。菩薩が、火葬場で死者を焼く隠亡《おんぼう》の姿で現れる。彼は竜神に命じて、姉と弟に、生類の命脈をつなぐ最後の仕事に赴かせる。姉不知火は、瘴気の沼と化した海中で自分の身を焚いて命の火を灯し続けようとし、しかし狂乱すれば、劫火の中に妖霊どもを道連れに、全ての命脈を絶つことを願いもする。弟の常若は、遠く姉を思いつつ、穢土と化した陸にあって、水脈を毒見し、ヘドロを浚い、命脈をつなぎとめようとする。

毒がまわって息絶えようとする姉と弟を、隠亡の菩薩が八朔の満潮の時に恋路が浜に呼び寄せて、回生のときの「妹背」（夫婦）の仲を約す。相愛の二人は死の前に辛うじて相い会うことができた。不知火は夜光虫が明滅する波間に消えていく。常若が回生の勤行を誓うと、菩薩が呼んだ中国の音曲の神「夔《き》」が、浜の石を打ち合わせて、姉弟の祝婚と、渚の浄化と、小さいいのちたちの回生を祈る舞いを舞う。

『不知火』の詞章を初めて読んだとき、涙があふれるままに、作能史上の傑作の誕生を目の当たりにしていることの昂奮を押さえることができなかった。ワーグナーの『ニーベルンゲンの指輪』の神話的世界に通底するものを感じた。オペラ史上最長のこの楽劇も、神々の長ヴォーダンの子、兄と妹の近親相姦と受難の物語から始まる。この妹が生んだ兄の忘れ形見ジークフリートと、同じ父ヴォーダンと異母との間に生まれた九人のワルキューレ（女戦士）の一人ビリュンヒルデとが、再び近親結婚をする。ブリュンヒルデは、「愛を捨てた者」「世界支配を企てる者」との戦いの果てに、夫の遺骸と自らに火を放ち、世界を火で包もうとする。

両義的な父親、竜神とヴォーダン。自らと世界を劫火で焼き尽くそうとする不知火とビリュンヒデル。神々と人間と全ての生類の黄昏。『不知火』と『ニーベルンゲン』とは、神話感覚において響き合っている。

しかし、決定的に異なるのは、物語の時間の構造である。『ニーベルンゲン』は、序夜から第三夜に至る時間の流れに沿って物語が進行するが、『不知火』は、死から遡行する、そして、死の寸前に凝縮し、世界を転回する濃密な時間の構造を持っている。

地謡は「満ち満ちたる潮の目の、いま変る」この一瞬に凝縮した時のみを目ざしている。生命感覚に充ちて、瘴気に曇る遡行する時間、「生類のかくなり来たる行く末」を謡う。地謡は草の言伝てではないか。水俣の人々も、石牟礼道子さんも、よく草の声を聞きに山野に入る、という。地謡が、草、木、石、海草、魚、鳥、猫、小さな生き物、子ども、魂、そして死者たちの声と知るとき、私は総毛立つ思いで、いのちの不穏なざわめきの直中に取り残されている。

未踏の倫理への問い

政府・与党の「最終解決案」に基づいて、一九九六年、和解協定書が調印されたが、国と県が責任を棚上げしたままでは水俣病の幕引きになるわけがない。水俣病者は病状が悪化するばかり。未だ傷ついた魂は癒されない。

水俣病は終わっていない。沈黙のうちに生の舞台を去る悉くの受難者が、不知火であり、常若である。永く続くシステムとの闘いと不条理な受苦の中で、水俣病者は、近代とは何か、人間とは何か、という根元的な問いに導かれていった。からだはぼろぼろでも、まだ考える力は残されている。

茂道の網元杉本栄子さんは、自分の罪に対して祈る、と聞く。人間のこと、いのちのことを教えてくれた水俣病は「のさり」(賜物)だ、と杉本さんは言う。女島の漁師緒方正人さんは、狂いに似た極限思考の果てに、「チッソは私であった」という地平に開かれる。彼は言う。私がチッソの社員だったら、彼らと同じように振る舞ったに違いない。魚を獲る私は加害者だ。私は被害者であり、加害者でもある。ここに、善と悪、加害と被害の別を超える未踏の人間の倫理への問いが生まれている。

不知火と常若の、死と回生の物語が指し示すもの。それは、瘴気の海にこそ生まれて、精神史の書き替えを促す、人間存在への問いにほかならない。この問いは、能に隠されたもう一人の登場人物、劇の真の「主体」の場所を照らし出さないではいない。それは、瘴気の海に息絶えようとする被害者でありながら、不知火と常若を死に追いやる加害者でもある者。すなわち、能の上演中、終始観客席という安全圏に身を潜めている私やあなたである。

この能に、いのちの不穏なざわめきを聞くならば、既にして石牟礼道子という希代の生命世界の言伝て、世界文学の不知火が仕掛けた美しい毒が、からだにまわり始めていることの証である。

救済への祈り
【新作能『不知火』を観る】

志村ふくみ

冬日に光る海を前にして

先年冬、石牟礼道子さんをお訪ねした。

熊本空港に出迎えて下さった石牟礼さんに、水俣に向う車中で、新作能を書き上げられたこと、それが明年夏、梅若六郎さん方によって上演されると伺った。その新作能「不知火」の話を伺ううち、右手にみえはじめた冬日に光る海をみながら、私は何か総毛立った思いにおそわれたのである。

石牟礼さんの語り口は、ささやくようにゆるやかで決して私の想念をゆさぶるようなものではないはずなのに、海霊の竜神、その姫、不知火、王子常若、隠亡《おんぼう》の尉《じょう》など次々と幻の如く私の瞳の中にあらわれ、傍の石牟礼さんが不知火の精になって、すぐ眼前の海にむかって語りかけているようであった。いや、不知火は石牟礼さんそのものとなり、何者かが、石牟礼さんをかりたてて現われたようであった。これは何事があっても拝見したいと、その日を待ちかねて、翌年七月十四日の初演に上京した。

隠亡が菩薩となる

舞台は少しずつ灯が消え、観客は水を打ったよう、というよりは全体が海の底へ沈んでゆくような静けさである。

橋がかりから、光の玉を抱いたコロス（上天せし魂魄たち）が水底から浮き上った如く、音もなく舞台へすすんでゆく。ひとり、またひとり、六人のコロス、その間に笛、小鼓、大鼓、太鼓、地謡の方々が居並ぶ。

やがて小鼓の一声、水底から天にむけて切り裂くように鋭く、つよく、そして軽く、白い一線を貫いて昇ってゆく。

隠亡の尉があらわれる。実は末世にあらわれる観音菩薩である。隠亡とは死者を焼く火葬場に働く人で、何か世間から異様な感じを持たれているが、石牟礼さんの『あやとりの記』に出てくる毛皮のちゃんちゃんこを着た隠亡の岩殿《いわどん》は、小さなみっちん（石牟礼さんのこと）に「おう、来たや、こっちに来え」と手まねきして木苺をくれる爺さまである。

「子供の頃、その火葬場のお爺さんの後をついていったりしてました。いつも毛皮のちゃんちゃんこのようなものを着て、すすきの間の細い道をひょっこひょっこと歩いているんです。大きな鉈《なた》を腰からぶらさげていましてね。大人たちは、隠亡さんは死人さまの膝の丸い骨を、かりかりかじりながらお酒を飲んで、焼き上げた帰りにはやはり茫の道をうしみつ刻《どき》に、火の玉をちょうちんがわりにして帰るとかで、深い畏敬のような念を抱いていました。ついて歩いていると、木いちごなんかを、ほれっと差出してくれるのを、こわごわ離れてついてゆくんですけれど、そばへ行ってもらうんです」という。

子供の頃からみっちんは、この世で最も忌み嫌う仕事を引き受けて黙々と働く隠亡さんの姿に、幼いものの曇りのない眼をむけ、それが菩薩と結びつくという壮大な転換をなしとげているのだ。

絶望をくぐりぬけた救済への祈り

「頃は陰暦八月八朔の夜、幾十条もの笛の音去りゆくやうにして風やめば、恋路が浜は潮満ち来たり、波の中より光の微塵明滅しつつ、寄せうつ波を荘厳す」

圧倒的な言霊《ことだま》の響き、石牟礼さんの言葉は芸能の真髄に至り、言葉ではない別次元の妙音をたぐりよせ、響かせる。

と、そこへ竜神の姫不知火が、「夢ならぬうつつの渚に、海底より参り候」と浮び上る。その姿は、「夜光の雫《しずく》の玉すだれ、みるほどにあやにかそけき姿かな」。幽艶なその容姿がかすかに滑るように橋がかりをすすんでゆくのを、ただ息をひそめて見入るほかはない。

梅若六郎さんの、この新作能にかけての心意気は、この一瞬に凝縮したかのようである。かつて神々しい原初の海であった不知火海が、現代の最も象徴的な暗い惨劇の舞台となり、生類の破滅を招くに至ったそのただ中に、『苦海浄土』を著した石牟礼さんは、水俣と共に生き、病み、死ぬ人々を見つめながら、もはや言語によっての救済はあり得ないと、思い至ったとき、天啓のように作能に出会った。胎内に宿した玉を吐き出さずにはいられない、それは文章にしてのこすのではなく、日本の芸能の祖に托して、言葉からの呪縛をはなれ、音曲、舞という翼にのせて羽ばたかせたい、という思いがつよくあったのであろう。石牟礼さんは、「なにをどう書きたいのか、非常に漠然としていました。しかし、書きはじめてみると、言霊たちが憑依してきて無意識の海底へくぐり入りながら身をまかせるようなよろこびがございまして」と語る。

大岡信さんが「石牟礼さんの文章はちょっとずらせば能の言葉になる」といわれた如く、新しく生れた能を待ちうけるように演出する人、舞う人、音を奏する人、謡う人たちが結集した。目にみえぬ世界からひたひたと集ってくる精霊達、死者達と、我々観客もいつしか一体になっていた。

石牟礼さんの願い祈っていた救済がこのような形で顕現されつつあるのだろうか。

竜神と母の海霊は、山中の水脈から海底に湧く泉まで、この世の水脈のすべてを司《つかさど》る。

今、有機水銀の猛毒が海や山を侵し、生類が死に瀕している時、不知火と常若の姉弟は父母の命をうける。弟常若は水脈の毒とヘドロを身に浴びて命脈の復活を願って奔走するが、遂に力尽き息絶えとなっている。姉の不知火は瘴気の海中で自身の身を焚《た》いて魔界を滅ぼそうとして、今や全力を使い果し死を目前にひかえている。その時、隠亡の尉は菩薩の姿となって、八月朔日満潮の夜、恋路が浜に二人を呼びよせ、妹背の契りを許すのである。二人は姉弟であるが、相思相愛の夫婦となって昇天する。そこへ菩薩に呼ばれた中国の音曲の祖「夔《き》」が登場し、姉弟の祝婚と、海の浄化を祈り、舞に舞うのである。

「ここなる浜に惨死せし、うるはしき、愛らしき猫ども、百獣どもが舞ひ出ずる前に、まずは出《い》で来よ」、そして最後の章に「神猫となって舞ひに狂え」とある。出で来よと呼びかけられているのは被害者も加害者も、何の関係もないと大きな錯覚をしている我々自身もすべて、ここに出で来よ、と呼びかけられているのではないか。

石牟礼さんは、「生身の肉声を書こうとは思うのですが、そのままではつろうございますので、言霊にして自分と一緒に焚いて、荘厳したいと思っているのです」と語り、不知火は「己が生身を焚いて魔界の奥を照らし」て荘厳されてゆく。それは決して暗い怨念や呪詛の世界ではなく、二人の死の祝婚は、何か復活を予感させ、照し出された光の奥に救済を感じずにはいられない。それはこの時代を共に生きるものの願いであり、祈りである。

「宗教はすべて滅びた」

今から十二、三年前、石牟礼さんは、イバン・イリイチ氏との対談（本書第Ⅲ部に収録）で次のように語っている。

「極端な言い方かもしれませんが、水俣を体験することによって、私たちがいままで知っていた宗教はすべて滅びたという感じを受けました。

人類が自分の歴史を数えはじめてから、二十世紀という長い時期を支えてきたその宗教史において、宗教を興してきた人々はつねにその受難とひき替えに宗教を興してきたわけでしょうが、もし二十一世紀以後があり得るとすれば、水俣の人々が体験した受難は、次の世紀へのメッセージを秘めた宗教的な縦糸の一つになるかもしれません。つぎにくる世紀がそれを読み解けるかどうかわかりませんが。」

私はこの文章を読んだ時、つよい衝撃をうけた。あれから十数年経ってもその思いはすこしも変ることがない。すべての宗教が滅び、水俣のような受難とひき替えに新しい宗教が興るか、もし二十一世紀以後生きのびることができれば次の世紀へのメッセージとして宗教的な縦糸が果してのこせるのか、またそれを読み解くことができるか、これらの予言が常に私の内部で因陀羅網の網の目のようにゆらぎふるえつつ何かを期待していたのだろうか。水俣に石牟礼さんの存在を知り、『苦海浄土』を読んで以来、片時も離れることのない想いである。

昨年の同時多発テロ、パレスチナ問題、今まで想像すら許されなかった残虐な殺人、幼児虐待等々挙げればきりもない人類の荒廃に対して、この問いかけは底深い悪の源泉から鳴り響いてくる。石牟礼さんが遂に言葉では救済出来ないと語り、「言霊にして自分と一緒に焚いて荘厳したい」といわれたことを思わずにはいられない。窮極の救済とは何か、そんなものが存在するのか、烈《はげ》しい問いかけが迫ってくる。宗教的な縦糸とは何か、それを読みとることができるのか。従来の宗教にはあり得ない、全くことなる救いとは――。あの同時多発テロのむこうに救いはあるのか、パレスチナの自爆の子等に救いはあるのか。自爆しか生きる道がない、それなら自爆こそ救いなのか、中東の若い娘が爆弾を車に積んで、「私達はいずれ天国で皆に会えるのです」と微笑して走り去った映像をみた。世界の歯車が狂い出した、併しそれを誰がくい止められよう。

「のさり」としての水俣病

今日偶々《たまたま》、水俣の「本願の会」から『魂うつれ』という季刊誌がおくられてきた（二〇〇三年一三号）。そこに、「狂牛病で忌わしい烙印をおされた牛たちを、『解体し、焼却処理した』と政府が発表した。しかし発病からの経緯にしても、明らかに人間社会の犯した罪なる病を背負って受難した牛たちに対して、あまりにも無礼ではないか」と、記されていた。人間中心主義にこりかたまって、それらの牛達に魂の祈りを捧げることなど全く考えようともせず、安心して美味しい肉のたべられなくなったことを嘆いている人間達。私はこの記事を読んだ時、胸をつかれ、これは水俣の人しか語れない、毒水を背負い狂死した人々の無念が生類のすべてに及んでいることを知る人々の、怖《おそろ》しいほど優しい目ざしであり、その人々のはげしい告発であると思った。

同じこの雑誌の中で、「ありがとう犠牲の海に」という杉本雄、栄子夫妻のインタビューがのっていた。その中に、のさりという言葉が出てくる。はじめどういう意味かよくわからなかった。繰り返し読むうちに、これは大変な言葉だと思うようになった。あまり意味内容が深くて言葉で説明することはむつかしいが、ずっと水俣のことを思い、石牟礼さんや亡くなった砂田明さんを知り、また昨年、緒方正人さんにお会いして、こののさりという言葉がこれらの方々そのものであり、説明を要しないような気がしてくるのである。

杉本夫妻の言葉をかりれば、

『どぎゃん海だっちや、海は海ばい』

『海が赤くなればこっちも赤くなる。青になれば、青になってるから。一緒だから』

『当たり前と思うよ。海ん中おる自分も当たり前と思っとるし』

『それに生かされて生きてるだけの自分たちじゃって』

『沖に出れば、獲れなくても楽しいわけでしょう。獲れれば、「ワー、こげんおるよ。なんばしてお礼をするか」ってなれば踊り出す、歌い出すでしょう。やっぱ嬉しかという時、私は踊り出すもん』


杉本さん夫妻の海はこういう海だ。今も昔も。併し、

『いやぁ、じつに病気（水俣病）があったで、こしこ（これだけ）気のぬるう（穏やかに）なったかな』

『そこらあたりで人に合せなければならない時代ば通ってきとってね、泣いて、わめいて、悲しんで、狂うてね、（そして）今だもんね。絶対呑気じゃなかったよ。狂ったよ。考えたよ。泣いた、叫んだよ。そして、結果だもんね。あんときより今がよかがねっち、あんときのあったで今じゃがねっち』

『それに会う会わんは、のさりやもんね。まさにのさりよ。会わんもんは会わんとやもん』


どんな苛酷な運命が襲ってきてものさり、その時の最後の受け入れる覚悟というか度量というか、のさりとはさずかりもの、神の賜りものであるという。杉本夫妻はじめ水俣の人々がそこまで考えに考え、苦しみぬいたあげく水俣病を自分の守護神と思い、のさり（賜り物）と思う。被著者も加害者もない。緒方正人さんが最近出された本の題に『チッソは自分だ』とつけられたこと、父を奪い、自身も苦しみ狂った果てにこの心境に到達されたこと、それこそがのさりである。前人未到の気がする。今までどんな宗教がここまで語ったろう。高邁《こうまい》な学者の口からではなく、患者さん達の口から、海に生き、海に生かされている漁師達の口から、

その言葉がはじめて発せられたのだ。

　私達が百間港の埋立地を訪れた日は、月に一回のお地蔵さんを彫る日だった。そこで緒方正人さんをはじめ数人の方々とお会いした。行政が、ないものとしようと埋め立てた水銀ヘドロの地には、思い思いのお地蔵さんが海にむかって立っていた。その傍にずっとうばめ樫の樹が植えられ、その下にころころと木の実が一杯落ちていた。私達はなぜか物も言わずひたすら木の実を拾い集めた。そして京都に帰って染めたのである。

　その赤みを帯びた灰紫色は、思いなしか石牟礼さんの眉のあたりに時折かげる憂《うれい》の色のような気がするのである。

＊

＊

＊

エコロジー・アニミズム・言霊の交響

【新作能「不知火」を観る】

多田富雄

破格の能の強い印象

死者を焼く隠亡《おんぼう》小屋、隠亡の尉《じょう》と呼ばれる老人が、不知火の海のかつての美しさと、汚染による死を物語るところからこの詩劇は始まる。この舞台設定の上に、海霊《うなだま》の宮の斎女で竜神の娘不知火《しらぬひ》と、その弟常若《とこわか》の、近親相姦による浄化の物語が描かれる。二人は瘴気の沼と化した海の毒をわが身に受け、命を捨てることによって再生し、その愛を成就するのだ。周りには、コロスたちが手にした丸い明かりが、上天した魂たちの変身した夜光虫の滴のように漂っている。言うまでもなく水俣の悲劇の鎮魂の象徴だ。

隠亡の尉は実は末世の菩薩、生命と死をつかさどるエコロジーの神なのだ。この神の手によって浄化され再生した姉弟は、死せる生類の鎮魂の舞、そして自からの祝婚の舞を舞う。やがて古代中国の音楽の神、「夔《き》」が呼び出され、浜の石を打ち合わせ、生命の再生の舞が舞われる。

石牟礼道子さんが初めて書いた新作の能、「不知火」は、こうしてあらすじを書いただけでも輻輳して困難なものを、能というもともと制約の多い演劇に蒸留するのは至難の業であったろう。でも、それが何とかできたのである。それも大きな感動を残して。

製作した「橋の会」と出演者の並々ならぬ情熱、とりわけ演出の笠井賢一の手腕の勝利であろう。能としては破格の作品ながら、強い印象を残した。少し当日の舞台を思い出しながら問題点を指摘してみよう。

技術的な問題点

隠亡の尉は、ギリシャ悲劇の予言者のように運命を告知し、この劇の幕を開けた。このキャラクターの力強さによって、説明なしにこのドラマがエコロジーとアニミズムが混交した、言霊《ことだま》の世界であることを観客に納得させた。金春流の桜間金記を起用したことも成功の一因である。しかし、台詞をコロスと交互に謡わせたため、朗詠劇のような感じを否めない。

不知火姫（梅若六郎）と常若（晋矢）の情緒的な再会は、美しくエロチックでさえあったが、盲目の「蝉丸」と「逆髪」の面とでは付きすぎで、安易な感を免れない。しかしこの二人の装束の美しさは印象に残った。

ついで隠亡小屋に中入りしていた尉が、面を「邯鄲《かんたん》男」に変え、黒《くろ》垂《たれ》、透冠《すいこうぶり》の若い神の形で現れる。丸い明かりを持ったコロスとともに二人を祝福する場面は、海中の夜光虫の光のように幻想的だった。

ここで姉弟の「祝婚の舞」が舞われるが、登場楽の「下がり端」のうきうきした音楽を流用したのは頂けない。この曲での重大な主題、「浄化」のメッセージが伝わらないのだ。渉《わた》り拍子が詞章《ししょう》に付かないのだ。

最後は、夔《き》の神の舞である。観世銕之丞《てつのじょう》の演技は荒々しさが気になるが、舞楽の蘭稜《らんりょう》王を思わせる扮装の新しいキャラクターを創造し好演した。それにしても、ここは唐突過ぎる出現である。楽を舞わせるなら詞章にも音楽にも準備が必要だろう。

深い鎮魂と浄化の心

このように能としての整合性や欠陥はあったにしても、この新作能が一つの遺産として残されることは間違いない。能としてのカタルシスは薄いが、それは能のコスミックな表現の属性である舞歌二曲が、充足していないからである。ことに拍子に合った音楽の部分が貧弱だった。原作が能の音楽を全く無視しているので、作曲の梅若六郎の懸命な努力が追いつかなかった。

しかしこれほどまでに印象深いものになったのは、その裏に流れる深い鎮魂の心であろう。原作者と演出と作曲者の間に流れる、浄化のための祈りが、瑣末とは言えないほどの欠陥を乗り越えて訴えかけたのである。

＊　＊　＊

レクイエムも残酷なほどに歌われる

【『はにかみの国』を読む】

司　修

現代詩にない土俗的な文体の新しさ

書店で目を瞑って取り出した文庫本を、ぱっと開いたら、こんな言葉に突き当たった。「あの方は、わずかな知性しかもたない者にとっても驚くほど解り易く、これら（魂）のことを語られた」『パイドン』というタイトルだった。

石牟礼道子全詩集『はにかみの国』が選（第一〇回萩原朔太郎賞）に漏れたのは、詩壇という小さな箱に入りきれない大きさであったからだろう。また、洗練されたフランス料理の味ではなく、持ち重りのする塩むすびに千切り大根の具が入った豆かすの沈むみそ汁の味だったからかもしれない。そのような意味からすれば、この詩集が小さな箱に入れられなかったことは幸いしたともいえよう。しかし、『はにかみの国』が多くの人に読まれることを望むぼくとしては、小さな箱を壊す意味からしても受賞を願っていた。

『はにかみの国』には、現代詩が遠ざけてしまった大切なものが染みこんでいる。昔話のようなおおらかさで語られる詩の一つ一つは、特別な人々のためではない、普通に暮らす人々のための人臭い神話といってもいい。詩を構成するけして古くならない言葉は、静かなたたずまいの中に、強い生命力が見え隠れする。古くならないからこそ何時までも新しいのだ。現代詩にない土俗的な文体はより新しく感じられる。

むじょうにつめたく優しい冬の水よ
おととい生れの赤子のおむつがうつらうつら
米のとぎ汁にゆられてきても
なあに　三寸流れりゃ清《きよ》の水
高菜漬の胡椒もさっぱりふり濯ぐ（川祭り）

「蓮沼」という詩は、蓮の根にやどる蛭の大親分が「いまさき遠雷が鳴ったと思ったが／なんだ　おまえが来たのか」と、生まれてから幾層紀も通り抜けて沼にやってきた者を迎える。沼に生息する虫や魚たちと沼の暁闇の幻想から、「おとうとの轢断死体をみつけた朝」が立ち上がる。

まだ若かったまなこに緑藻を浮かべていた
その目で沼のように　うっすらとわらいながら
ふむ　この枕木で寝て　かんがえてみゅう
かんがえるちゅう
重ろうどうば　計ってみゅう
まあ線路というやつは
この世を計る物差しじゃろうよ

そんなに思っていたので　あっさり
後頭部ぜんぶ　汽車にくれてやった
残された顔のまわりに
いっしょに轢かれた草の香が漂い
ふたつの泥眼を　蓮の葉の上にのせ
風のそよぐにまかせて　幾星霜

レクイエムも方言によって残酷なほどに歌われる。轢断死したおとうとが蘇るように「少年」という詩が後に「なんのことはない／ただの　でくの棒だった」と続く。そこに素晴らしい「えにしの糸」の表現がある。

おそるおそる　ふり返ってみたら
いましも　しろい馬は
食いしばった歯のあいだから
糸よりもほそい唾液を
すうっと光らせて
立ちどまったところだった

そうして「あの　ひづめの音がきこえ／波の襞のような闇の中／しなやかな／少年が通る」のである。

詩と民話の境目

この詩集の初出一覧を見ると、「水俣市教職員同人集『寄せ鍋』」であったり、画集であったり、写真集や週刊誌であったりして、詩と無関係な場所での発表ばかりである。また、制作年も、一九五八年から一九九五年まであり、未発表作品も六作加えられている。著者のあとがきに「書いては隠し、隠しして来たような気がする。ようなという言い方には何も彼も曖昧にしたい気分がこめられている。やりそこなってばかり生きてきたからと思う」とあるように、詩集として世に問うということは考えられていなかった。それゆえ詩壇の箱に縁がないのでもある。

詩集の最後に「緑亜紀の蝶」と題された不知火海や石垣島や与那国の海が登場する。

「浜辺に、いったいいくつになっているのか、年齢も定かでないふさぎ神のお婆さんが睡っておりました」と始まる。この世のゆううつな思いを一手に引き受けている婆様の夢見語りは、それこそ詩なのか民話なのかわからない境目であり、詩の飾りなど一欠片もない。詩という特別世界の理解がなければ読めない詩ではない。もろもろの知識を必要としない詩である。こうした条件が備わると詩でなくなるという考えはぼくにはない。

第Ⅲ部　石牟礼道子と語る

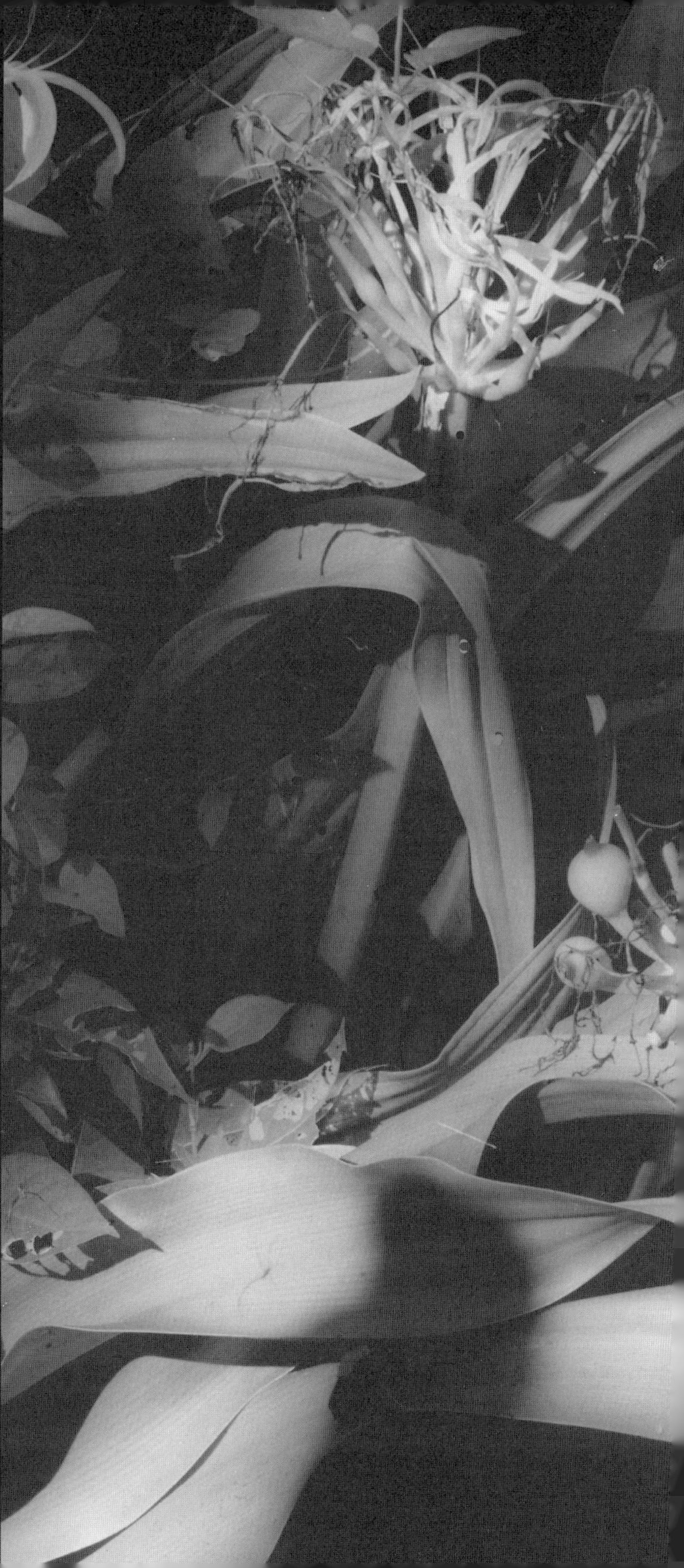

photo by Ichige Minoru

〈対談〉

「希望」を語る

【小さな世界からのメッセージ】

イバン・イリイチ＋石牟礼道子

（一九八六年十二月八日　於・京都亀岡・大本）

「母郷」としての水俣――『椿の海の記』の背景

イリイチ　石牟礼さんの作品を読んでいちばん印象的なことは、私たちが生きていく中で出合う恐怖、黙示録的ともいうべき恐怖に対する答えが叙情的に、いわば心から描かれているということです。そういうすばらしい例を石牟礼さんの作品が提示していると思います。

私は『椿の海の記』という作品からいちばん感銘を受けました。どうしてこの作品が生まれたのか、それについてお話しいただけますか。

石牟礼　『椿の海の記』は、まだ水俣病を知る前の水俣という風土と、私がそこで育ちましたので、半分自伝的な作品なんですが、最初の作品が『苦海浄土《くがいじょうど》』といいまして、これはそのものずばり水俣病を書いた作品ですが、ぜひとも水俣病を経験する前の水俣という風土に代表させて、この国の、私に考えられる範囲での海辺の世界と、そのあたりの人びとをはぐくみ育ててきた風土について書きたく思っておりました。

先ほどもお話しいたしましたが、近代文明の行く末の予兆として水俣病が起きました。日本は、ヨーロッパにあこがれて、百年ぐらいかかって一路近代化に邁進してきましたが、その日本近代を象徴する大都市、中央という意味で東京と云った方がいいんですが、そこに日本の知的水準のほとんどは集まっていると思われ

ます。けれどもそういういわば都市市民的選良たちを生み、育み、送りこんできたのは、実は田舎というか、辺境の心だったのではないでしょうか。田舎に残った者たちはそれが自分らの役目、つとめだと思ってきたのではないでしょうか。チッソ幹部というのも、ある意味で日本の化学産業界の、いちばん進んだ水準を表していたと思われます。そういうレベルの人材を、百年ぐらい前から産み続けてきた故郷、というより〝母郷〟という言葉を使いたいんですけど、母なるふるさとの典型として水俣を書きたかったのです。

たんなる故郷というのではなくて、日本人、日本近代の母郷でございますね。近代文明の未来を水俣が予兆しておりますので、痛切にそのことが思われます。水俣に限りませず、村の有用な青年子女たちのほとんどは都市に、ことに東京に集中していったという歴史がありました。そしていまのような近代文明が成立したわけですが、それを担った選良たち、選ばれた近代の担い手たちを産み出したのは田舎なんですけれども、その田舎を背負って、水俣が水俣病になっちゃった、という思いがわたしの中にありますもので、そこで水俣を母郷として絞って考えたい。ずっと私はそう思って書いているんですけど。

イリイチ　この対談を始める前にわかったことですが、石牟礼さんはぜひ、高い教養のある日本人には理解できない言葉で、つまり方言で私と話しをしたいと思っていらっしゃる。

このことから私はわかったのです。これを「母郷」といってよいかどうかわかりませんが、あなたの心から語り出すものは、日本語ではなく、ひとつのまったく特殊な方言なのです。あなたの心は、この島のこの地域のように、語るのです。これが、私が石牟礼さんから理解したことですが、まちがっているでしょうか。

これはちょうど、『椿の海の記』が『苦海浄土』よりも、もっと強力に私に訴えかけてくるのと同様です。この作品を書かれた人は、海草をよく知っており、どこの海草が一番みずみずしいか、どこのがおいしいか、しかも、非常に寒いある冬の日にどこで海草がよくとれるか、といったような生活に密着したことをよく知っている人だということです。

この人は、日本を代表して語っているのではなく、あるまったく具体的な地方（風景）の証人（目撃者）として語っているのです。この人は、母なる大地から産まれてきたものであって、空想的な母なる神性、つまり日本から産まれてきたのではありません。日本という空想からではないのです。

石牟礼　まちがっていますか。

私自身が土地という自然の一部というか、風土の精霊という気がしています。

イリイチ　私は、この作品を非常に注意深く読みました。そしてこの本のたくさんの箇所で、私は目をつぶって、思い出そうとしますと、私が、海草や潅木や砂浜やひょっとしたら走り去っていく小さな狐ではないのか、とわからなくなります。

石牟礼　ああ、その場面のことをさっきおっしゃってたのですね。わかりました。そういう箇所がありました。

イリイチ　この作品を正しく理解しているかどうかを知るために、質問を続けたいと思います。この作品には「チッソ」は出てこないし、破壊ははっきりした形では出てきません。まだ支配的な形では出てきませんね。

しかし、私は次のような印象をもっています。私が石牟礼さんを知らず、水俣が私にとって何の意味も特っていないとしても、私は、悲しみについてのまったく特殊な感覚をここで読みとりました。それは美的感覚です。それは、文体・様式の中にあります。言明の中にではありません。この悲しみは言葉では捉えられないのです。それは響きであり、文体の中にあります。

そこで、石牟礼さんにお尋ねしたい。あなたは、どうやってこのような悲しみに対する勇気を手に入れられたのか、その秘密をもしできれば教えていただきたいのですが。

水俣の受難――『苦海浄土』の世界

石牟礼　秘密はありませんが、この作品は『苦海浄土』を書いたあとで書きましたので、前の作品のことを言わなければちょっと説明できないんですけど、『苦海浄土』では、その世界を書くことによって、私自身も水俣病そのものを追体験したわけです。人類がはじめて体験した、誰もしなかった体験でしたし、このことを徹底的に考え、作品を書くことによって人類の終焉・終末、人間の心の衰滅をみました。被害民たちをとり巻く情況の中にそれがよくみえました。そして、終末のただ中に置かれていても人間というのはなおかつ荘厳であるということを知りました。

極端な言い方かもしれませんが、水俣を体験することによって、私たちがいままで知っていた宗教はすべて滅びたという感じを受けました。人類が自分の歴史を数えはじめてから、二十世紀という長い時期を支えてきたその宗教史において、宗教を興してきた人々はつねにその受難とひき替えに宗教を興してきたわけでしょうが、もし二十一世紀以後があり得るとすれば、水俣の人々が体験した受難は、次の世紀へのメッセージを秘めた宗教的な縦糸の一つになるかもしれません。つぎにくる世紀がそれを読み解けるかどうかわかりませんが。

イリイチ そのことに関しては、今日の午前中の出口和明さんとの対談でも出ました。その対談は宗教が中心テーマになっていたのですが、私は彼に次のようにいいました。「宗教という概念でいったい自分が何ができるのかわからない」と。

私は不安です。不安ですが、この作品のすばらしい箇所は、なんかの意味で宗教性、あるいは宗教と関連しているところにあるのではないかと思います。それらの箇所を宗教として解明すると、突然普遍的なものとなります。そのあるものをまさにぴったりと、日本語で、九州弁で、英語で、しかもエスペラントでいえます。

本書のもっともすばらしい箇所に宗教を探したら、その箇所を壊すのではないかと心配です。というのも、この箇所は、まったく特殊に局地的な感覚をもっているからです。それは、一人の女性によってしか書くことができないのです。水俣を超えて成長し、ミナマタを場所として、また水俣病として、しかし、まったく集中的に水俣の母なる大地を知覚している女性によってのみ。しかし、まさに水俣を知覚しているのであって、普遍的な何かではありません。西欧の言葉で、「宗教」と呼ばれているものは、これとは反対です。

石牟礼 宗教ということでは、キリスト教以前の、たとえばドイツではハイネが『精霊物語』という作品を書いておりますが、アニミズムのようなもの、庶民の中に教団化の形をとらない宗教的な衝動というものが非常に深くしのばせてあります。それは今日ではどういう意味を持つのか、バーバラ・ドゥーデンさんとお話ししたかったのですけれども、文字を読む必要がない人たちがもっている生きていく力、それをもっと強めた形、霊力とか呪力とかいうことをお話ししたかったのですが、うまくゆきませんで。まあ、そういうものが庶民の中にはとじ込められていて、近代化された社会の中ではエリートの地位を占めることのできない人たちの間に、歴史をくぐって霊力や呪力が蓄えられているのですね。そういうものが出ていくところをみつけることができないで、エネルギーとして潜在しています。そのようなエネルギーは、出口をみつけると、何世紀めかに噴出しますが、それは日本にも大本教というようなものもあるんですが、そういうとらえがたい霊力みたいなものを、この作品を書きました時に、歌というか狂気というような形で書きたいなと思っていました。

宗教的な何かがやってくる前の潜在的な予感として書ければいいなと思いました。ですから、さっきそういう勇気はどうして出たかとおっしゃいましたが勇気というより、私自身が憑かれている状態で書きました。

今もそうですが次の世紀は、人類があまり体験したことのない時代がくるでしょう。いま大変動の時代ですので、どういう世紀がやってくるかわかりません。非常に不吉な感じがしますが、そのことを、過去に対しても、来たるべき世紀に対しても、ほんの小さな個人の胸に宿っている鎮めの悲歌《エレジー》になればという思いがございました。

イリイチ そのことを私はまさにこの『椿の海の記』で学びました。それは非常に悲しいことです。

石牟礼 でもどこかで気持ちよくなってほしいというのはあるんです、悲しくても。

イリイチ 作品に流れている悲しみということだけを語ったのではありません。私は勇気について語ったのです。

――ちょっと補足しますと、石牟礼さんは『苦海浄土』を書かれるまでは、受け病み状態、御自身は水俣病ではないけれども病気のようになってしまって、寝込まれたり苦しまれたりなさった。それからやっと起き上がって書き始められたそうです。

イリイチ そういう話しには非常に関心があります。というのは私自身もすでに二度ほど経験しました。私がある本の執筆にかかっていた時、その本である恐ろしいことを書こうとしていたのですが、私ははじめて病気になりました。これは職業的なもので、ものを書く人にとってはよくあることでしょう。石牟礼さんは現実を、現在起こっていることを書いているにもかかわらず、読者はそれは現在のことではなくて、未来のことを書いているような印象をもつ場合があるのではないでしょうか。

病気にならずに未来について書くということは比較的簡単なことです。というのも、未来はまだ現実に存在していないし、苦痛を与えることもないからです。石牟礼さん自身が病気になったということは、この恐怖が未来にあるのではなくて、まさに現実に存在していることを突然発見したからこそ、受け病みという病気になったのでしょう。それはもの書きとしては非常に同感いたします。

小さな世界に、神は宿る――ヨーロッパ、メキシコそして日本

石牟礼 ほんとうに小さな地域のことを書いているだけですが、ある場所の水の鏡が、宇宙を照らしているということがございます。そこに立てば、自分は宇宙への軸であると実感されます。あらゆる生命は植物も含めて、自分の中にそんな鏡を持っているんではないでしょうか。小さな地域というのは、そういう意味を待っていると思います。

イリイチ ええわかります。あなたはほんとうに、とてもとても具体的な人間を書いていらっしゃる。でも、そうした人間が見えてくるのは、あなたが、あるまったく特殊な場所を、あるい

はむしろ、あるまったく特定の場所を定めて書いていらっしゃるからです。

この具体的な場所は、あなたによって、ある精神的な現実として描かれています。私にはよくわかりませんが、あの「カミ」ということばが意味しているようなもの、そう、あのカミのようなものとして描かれています。

ヨーロッパと日本の精神性の違いについてあなたがおっしゃられたことが、私にはわかるような気がします。

こうしたとても具体的な、地域的な、そして精神的な現実に対して、西洋人の三大宗教であるユダヤ教、キリスト教、イスラム教は戦いをしかけてきました。この戦いはいつも宗教の側の勝利に終わるわけではありませんし、これまでつねに宗教が勝利をしめてきたわけでもありません。つまり、大宗教は勝利者ではなかったのです。

こうした大宗教はつねに勝利をしめてきたわけではありません。もうちょっとヨーロッパのことを話してもいいでしょうか。というのも、私はこうした問題にずいぶんかかわってきたからです。〔ヨーロッパでは〕多くの場所で、古い神がキリスト教の聖者の服をまとってまつられています。そうした神は、いまやクリスチャン・ネームをもっています。とくにカトリック教会では、儀式がとり行われて、そうした古い神に市民権が与えられます。ちょうど朝鮮人に〔日本の〕市民権が与えられるように。キリスト教のお祭りでは、古い〔神々の〕儀式が、キリスト教的にとりおこなわれます。

たとえば、私がいま生活しているメキシコでは、ある太古の神性があって、それは「母」でした。人びとは、この小さな場所からこの神性を毎朝見ることができたし、いまでも見ることができるのです。ほんとうに見ることができるのですよ。〔メキシコには〕ポポカテペトルという火山があります。この火山はちょうど富士山と似たかたちをしているのですが、この火山の頂上の右手前に……もう一つべつの火山があります。その火山は、まるでみごもった女性のようなかたちをしています。女神というのはこの岩のかたちのことです。この女神は毎朝太陽を産み出します。なぜなら、この山は東にあるからです。そして夜になると今度はすべての星と月とを産み出します。また、夜になるとこの女神は太陽をぺろりと食べてしまい、朝になると今度はすべての星々を食べてしまうのです。これが、土のなかにたくさん骨があることの理由です。宣教師たちがやってきたとき、かれらはこの女神をあるマリアに変化させました。このマリアは、古い女神同様太陽にとりまかれていて、太陽はこのマリアから上ってきます。でも、このマリアには子供がいません。〔もちろん本物の〕マリアには一人の御子がいます。このマリアは子供のいないマリアなのです。宣教師たちはこのマリアをグアダルペと名づけました。グアダルペのマリアと。そして、何千何万ものインディアンがこのマリアに祈りをささげるためにやってくるのです。

三百年後、スペインから独立を勝ちとるためにメキシコ人たちがスペインに対する革命を行ったとき、革命家たちは、その旗印にグアダルペを掲げました。そして、共産主義者たちが、一九一七年にソヴィエト的な憲法をメキシコに導入しょうと望んだとき、かれらは、グアダルペのマリアの名においてそれをなしたのです。そういうわけで、ヨーロッパでは神々は死に絶えてしまったわけではありません。いたるところで、神々はいまでも不屈に生きのびています。その土地の「風土」と関連した独立性を保持しています。神々はみな、位階を上っていき、普遍的な聖者になるのです。神々はみな、社会的に進歩し、成り上がっていくわけです。

石牟礼　蘇り続けるマリアということですが、マリアを借りて、その中に自分たちの神を拝むのですね。地域に小さな形である神々というのは、違う顔の神に変身することが日本でもありますし、『古事記』という日本最初の歴史書には、生ま身の人やけものであり、神でもある存在が少なからず出てきます。歴史の陰にいて、そういう機会をまっているというか、民衆とのつながりということでは、日本の神話だけでなくて、いわゆる後進地域といわれている第三世界には、いまお話しになったようなことは非常にたくさんあるようです。

イリイチ　日本にはまだ、非常に狭い地域に限定された中で、「風土」との神秘的な霊的関係というものが存在しますか。

石牟礼　非常にたくさん存在します、現在でも。

イリイチ　ヨーロッパでは、大きな宗教たとえばキリスト教が、この関係を破壊してしまいました。この大きな世界宗教は、教会というような宗教的形式をとって、一般的にいって日本ではどういう影響を与えてきたのでしょうか。

石牟礼　もちろんキリスト教も入ってきているんですが、キリスト教もいくつもの宗派がありますね。十六世紀にザビエルがもってきたキリスト教は、たびたび時の権力から非常に残酷な弾圧を受けましたので、宣教師たちも信者たちもたくさん殺されました。

けれどもその後、土俗化した仏教と合体しまして、私の生まれた天草島ではマリアが観音様の姿になりまして、隠れキリシタンと呼ばれる人々が拝んでおりました。その拝まれ方が非常に仏教に、教団仏教でなしに、土俗のそれに似てきたとき、信仰はより深くなったと思われます。教会が啓蒙して仏教から転宗させましても、民衆の方では仏教的にキリスト教をとりこんでゆく形がみられます。観音像のマリア様を隠して拝んでいた信徒たちが、大反乱を起こしたことがございます。その『天草の乱』ですが、旗印は聖杯や天使の図柄でして、古いポルトガル語で、聖体の秘跡を表現したものでした。マリア像ではなかったんですけど。先ほどのメキシコのお話を伺って、そのことを思い出しました。

そして、三万七千人ほどの反乱軍は、島の人口が半分になるくらい全滅したのですけれど、天草にいた人々の子孫が水俣にも移住するんです。水俣病の被災民は、天草から来た人が多うございます。そのことは多くの示唆を私に与えてくれます。

ゲヌスとジェンダー

イリイチ　ヨーロッパにはゲヌス・ロキという言葉があって、ラテン語で場所の神という意味で、それは特定の小さい地域に宿っている霊的な力ということです。私はそのゲヌスという言葉を自分の書名〔ジェンダー〕に使いました。ゲヌスという言葉を意図的に選び出したのです。セックスとは正反対の意味で使う時にです。なぜなら、この言葉はラテン語では二つの意味があるからです。私はまさに、ゲヌス・ロキがいかに破壊されているかということと、男と女のジェンダーとしての関係がいかに破壊されているかという両方をいいたかったわけです。

石牟礼　その言葉を選ばれたことは、いまの時代と未来との間に書き込まれた印というか、新しい霊力が込められたという感じですね。それは読み解かなければならない言葉として記された言葉でございますね。

イリイチ　この『椿の海の記』も同じような姿勢で書かれたものだと思います。

石牟礼　そのように思っていただければなんと光栄なことでしょう。

イリイチ　そういう私の理解は、あなたの作品を正確に読んでいたということになるでしょうか。

石牟礼　そのようにおっしゃっていただけば望外のことですが、大変傷の多い作品だと思っています。まだ未完でございましてそのあとを書けるかどうかわかりませんが。

イリイチ　もっと先を読みたいと思いますので、続きをぜひ書いてください。

ヨーロッパ世界では、男と女の関係を、私がゲヌスとして理解している関係を取り戻すことはできないと私は思います。

石牟礼　日本でもほとんど不可能ではないでしょうか。いかにそのゲヌス・ロキ、場所の神が、私どもの列島の隅々から追い払われてゆきましたことか。男も女も、近代の悪霊のようになっておりますが、この二つのことは根源のところで結ばれているのに、そこを食い荒らされているのだと思います。

イリイチ　もう一つの質問ですが、世界の非常に多くの人々の間で、まだわずかながらゲヌスの関係の可能性が残っていると思います。ゲヌスの関係を回復するということは、たしかに可能ではないかもしれないけれども、その残像、痕跡は「おき火」のように世界中にあると思います。非常に多くの人々の間で、男女関係がお互いにジェンダーの関係というものを見取って、お互い息を吹きかけてその「おき火」をおこせば拡がっていくのではないでしょうか。そういうことはあると思う。この考えは間違っているでしょうか。

石牟礼　切実でもっともデリケートなことだと私も思います。おっしゃるような関係をつくれないかとひとごとならず日夜思いますけれども、そして、好もしいカップル、あるいはグループを

ごく少数お見うけします。男が本来の男で、女が本来の性を開花させうるような、美しい両性の種子の発芽をみるような関係を身近かにもみていますので、やはり埋めこまれているジェンダーの、求めあっている手のイメージがあるのですが、おおよそは不毛な状態ではないでしょうか。

イリイチ　私はジェンダーの関係というものが回復することを語っているのではなくて、その「おき火」があるという事実を指摘したいわけで、そしてその「おき火」は現代という砂漠で生きている私たちにとっては、非常に必要なものではないかと思うんです。

石牟礼　「おき火」というおっしゃり方は、私どもがその断念の中に描いていた詩篇という気がいたしますが、ほんとうにそれが一番願わしいことだと思います。ことに女たちは絶望の中でそれを願っていると思います。私たちはこれまで男であること、女であることをあまりにもゆがめられて、それが身体化しているというか、心の状態もそのように出来上がってしまって、自らどう解き放ったらよいかわからなくなっています。日々の人間関係は深い断念の中にあるのですけれど、それだからこそ人間がみえてくることもありまして、男の方からジェンダーということを救出して下さったのをとても意味ぶかく思います。

ミナマタは恐ろしい未来の前兆

イリイチ　同じようなシチュエーションが私たちにはありますね。

もう一つお聞きしたいのですが、ミナマタ以後の我々の課題というのは何なのでしょうか。第一のチッソに対して闘うという課題は、水俣において、日本において、また世界においてさまざまな仕方であります。

第二に、これとはまったく別の課題があります。それは、山の上にあるミナマタ研究所の正体を暴くという課題があります。ミナマタ以後、私たちに残されている課題はさまざまありますが、最も重要なのは、チッソに対する闘い、つまりチッソに対する科学的回答の正体を暴くことです。石牟礼さんが『苦海浄土』で書いたように、ミナマタは、さらに多くの恐ろしい未来に対する前兆なのです。

そしてもう一ついいたいのは、ミナマタ以降、人間が生きつづけるためにどのような積極的力があるかを、あなたの作品は語っているのではないかということです。チッソに対する闘争、そしてチッソに対する科学的回答に対する闘争ということです。

石牟礼　国が建てた山の上の研究所には患者たちは行かないんです。

イリイチ　でも研究所には学者がいて、水俣病患者を研究材料にしているという事実があるわけですね。

石牟礼　生ま身の患者たちは診ないんですけれども、データを取り寄せてやっていると思います。今年わかったんですが、水俣病審査会というのがありまして、それは熊本県の行政がやっているんですけども、それが患者たちを篩《ふる》いにかける、荒い篩いにかけてゆり落とすのです。なるべく患者だと認めません。同一家族で同じものを食べていて、一軒の家で認定したりしなかったりということが出てきたり、いくらか軽くみえる人が認定されたり、誰がみても重い人が落とされたり、とても恣意的な審査をやっています。去年ぐらいからでしょうか、そこに国立センターの人たちが加勢をしに行ってるんですね。それで、最近患者さん、ミスター・カワモトたちが熊本県庁に抗議に行ったんですね。それはどういうつもりかと尋ねました。国立センターの職員たちは、「ここは環境庁の出先機関であるから、東京の環境庁の人たちが、熊本県の行政に加勢をしに行けといったから行ったまでです」というぐあいで、生ま身の人間像にふれた答えになりません。そういうことを答弁して、患者たちは非常に怒っておりました。これはつい最近のことです。

イリイチ　そういうことを私たちは、真剣に取り組まなければいけない。しかし、別の次元の問題もあります。それについて深く考える人はとても少ないのですが、私たちが問題にしている地平は、どうやって精神的にこのような状況からぬけ出ることができるかということです、絶望や幻想に捕われずに。石牟礼さんは『苦海浄土』では、具体的な人間の問題を扱っていて、そしてそれは未来に何が起こるかということの一つのシンボルとなっているわけです。そして一つの装置の中での技術的な変化は、実際には何も変化させません。エコロジストのたいていの抗議運動というものは、技術的・科学的な解決を求めているのです。

石牟礼　それはいろいろあると思います。おっしゃるような、科学技術によって問題を解決することを求める運動もあるのかもしれません。そして経済闘争もあるわけですが、水俣に限らず、公害問題に対する闘争というのは、原発反対の運動も含めて、ジレンマを抱えていて、自分たちがある程度の文明的な生活の中にどっぷりつかっていて、そういう運動を展開しなければならないという矛盾があるわけです。エコロジストの運動は問題の本質を何も解決しないのではないかとおっしゃったことは、そういう意味では同感です。それから人間の心の深部の問題は、エコロジストたちの運動にかぎらず、運動というものになりにくいのではないでしょうか。運動というものは建前をつくって、それにそわないと排除する傾向がございますから。今、人間の心のもっともデリケートなところが、食い荒らされておりますから。

イリイチ　その矛盾について議論したいですね。

石牟礼　このコタツも電気で、このように電化された暮しをして、それで私はいま非常に悩んでいて、ある程度後戻りして、もうちょっと不自由な生活、不必要なものを切り捨ててと思っているんですけど、これがなかなか実行するのが難しい。ましてや一つの運動体の中での人間関係というものは、ある程度、デリカシイをそぎ落とさなければ成り立たないところがあります。人間あるいは集団とはなにか、とあらためて思うのですけれど。

世界変革の思想──あるべき人間の原イメージを取り戻す

そこでイリイチさんがお書きになっているお仕事に共感しますのは、イリイチさんは、自分は人間を見たことがないとおっしゃいますね。それで私思いますのに、自分は女という化けもので、男ではあるが、いびつになってしまった男たちを見ていて、人間というものの原イメージをみることができなくなっているんですね。こうあってほしいという人間を私たち自身がもうイメージできなくなってきている。それを思い起すことができて、ほんとうにジェンダーというものを取り戻すことができれば、世界をつくり替えることができるんでしょうけども、それをもし取り戻すことができれば。

人間にとって最後に残されているのは、さっき科学技術では解決できないでしょうとおっしゃいましたが、私ども人間にとって残されたいちばん最後の自然、これ以上破壊することのできない自然は、もう一度イメージし直さなければならない人間そのものであって、そこに戻りたい。しかしそこに戻るには、近代という この途方もない化物を心やさしい物語り世界に編み替えて魂を吹きこまねばなりません。私は『苦海浄土』で、ありし日の桃源境をゆく舟を書こうとしたのですけれども、そこに帰ることはなかなか出来まいと考えています。わが国の古典をみましても、ジェンダーの残り火あるいは新しい芽はないこともないのですが、私ども、あまりにこの産業主義文明に心の核まで商品化されたり、コンクリートになったり、汚染されておりますから、言説だけはやたらと肥大してふえていますけれども、自分が何者であるかもわからないのではないでしょうか。かつて古代の抒事詩に生きていたような男と女になって出会うことができれば、樹々も風も匂い立つような世界になるのでしょうけれども、それは私たちにとって、最後のテーマ、希求でございますよね。そのように存在しあうことができれば……。

イリイチ　それをやっていくのはあなたでしょう。

石牟礼　いやいや、とてもとてもできることではございません。

イリイチ　でも、私はちゃんとやっていると思いますよ。もちろん全世界のレベルで、人類のためにという意味でそういうことはできないけれども、少なくとも具体的な人間から出発する道をさし示したということでは。この人間を、具体的な地域の結果として見ておられる。

私自身、古い地域を復活させようとは思いません。しかし、あなたがここでなさっていることは、ジェンダー関係の回復ということではなくて、さっき言った地域のため、ゲヌス・ロキのため、故郷のためのものだったと思います。

小さな世界からのメッセージ――「じゃがたらお春」

石牟礼　これは半分はフィクションですので、そういう自分の憧憬を少しは投影させて書きました。私どもが生きている時代というのは、じつに荒涼とした時代で、いまいちばん気になるのは人間の精神が非常に衰弱していきつつあるのではないか、ということなんです。せめて絵空事でもこうありたかったという世界を描いてみたい。描いてみれば、傷だらけの小さな世界でございますけれども、その小さな世界から、非常に速いところへメッセージをとどけたいのですね。「誰か受け取ってください」と、つたないメッセージを送っているんですけれども、バーバラさんとイリイチさんにお届けできたのかなと感謝いたします。

イリイチ　私はそのメッセージに感謝しますが、それは重荷でもあります。その重荷は次のように言っています。「イバン！あなたは偉大な理論的思想をいじくりまわしているけど、ちょっとは努力しなさい。石牟礼さんのようには書けないだろうけど、しかし、少なくともちょっとは、あなたの同僚が言っていたことだけど、書くときにはこの方向で進みなさい」と。そういう意味であなたのメッセージを受けとっています。

石牟礼　「じゃがたら文」というのが日本人の感性にすりこまれておりまして、昔一人の混血少女が、長崎から追放されまして、お返事は全然期待できない故国へのたよりを海に流しました。潮の流れに託してお手紙を書いた少女がいたといわれてまして、「じゃがたらお春」とか、「じゃがたら文」といわれています。鎖国の時代に混血児はみんな海外に追い出されちゃったんですね。あれはじゃがたら、いまのインドネシアから海に流したたよりが、流れてきたのを誰かが拾ったというお話しですね。

――あれは、考証する人びとによれば、日本国内でつくったんじゃないかともいわれてるんですけど。

石牟礼　そうかもしれません。それは母国、故郷を恋い慕って書いた手紙なんですけども、私は書きます時に、いつも「じゃがたら文」を書いているという気持ちがあるんですね。海に流す、そのつもりで書いておりますので、それをまあ、拾って読んで下さるお方がいて下さるのは、なんと思いがけないことでしょう。

イリイチ　そういう話を聞いて、私自身「じゃがたらお春」になるんじゃないか、新しい名前をみつけてうれしいです。

石牟礼　ほんとにものを書くというのはどなたが読んでくださるかわかりませんから、痛切な気持ちで書きますよね。お気持ちよくわかります。

イリイチ　それでは、もう一つ最後の物語をお話ししなければなりません。私はあなたとはまったく違う世界からやってきた人間です。私の世界では、再生とか、生まれかわりとかいった観念は、公式に認められた観念ではありません。しかし、子供のころこうした問題をずいぶん熱心に考えたことを覚えています。

石牟礼　わたくしも。

イリイチ　よくわかります。よくわかります（笑）。そして、こんなふうにも考えました。私はすでにもっと年老いた男になっていました。そして私は、ガンジス川のほとりのベナレスに長いあいだ座っていました。ベナレス、つまり、ヴァナラシ〔ベナレスはヴァナラシの英語読み〕は、ヒンドゥー人にとっての聖なる町です。その町を通ってガンジス、つまり、ガンガー〔ガンジスはガンガーの英語読み〕が流れているのですが、その河岸に私は長いこと座っていました。何か月もです。そこで私は、人びとが、死体となって、大きな薪の上で焼かれているのを見ていました。また、巡礼者たちを見ました。かれらは、老人で、ガンジスで一度でも沐浴するためにそこに来ているのです。かれらの希望は、かれらがそこ〔ベナレス〕にいれば、かれらが最後の死を死ねるのではないか、つまり、もうこれっきりの死を死ねるのではないか、ということです。しばらくたって私は突然笑いだしました。そして自分に向かって言いました。ともかくも〔たとえ輪廻があったとしても〕私は、この死が最後の死であるかのように一度生きよう、と。

このことは、あの「じゃがたらお春」のこととなにか関係があります。もうこれでお話しすることはなにもありません。

アリガト・ゴサイマシタ。

石牟礼　ああ、本当におめにかかれて懐かしく存じました。ありがとうございました。

石牟礼道子略年譜

（敬称略）

一九二七（昭和二）年　〇歳
三月一一日、白石亀太郎（天草郡下津深江村出身）と同ハルノの長女として、熊本県天草郡宮河内《みやのがわち》に生まれる。父は水俣町浜で道路港湾建設業を営むハルノの父吉田松太郎の事業を補佐し、一家ともども宮河内に出張中だった。生後数ヶ月して水俣町へ帰り、以後そこで育つ。

一九三〇（昭和五）年　三歳
水俣町栄町に転居。

一九三四（昭和九）年　七歳
水俣町立第二小学校に入学。

一九三五（昭和一〇）年　八歳
祖父の事業破産し、水俣川河口の荒神に転居。

一九三六（昭和一一）年　九歳
水俣町立第一小学校へ転校。

一九三七（昭和一二）年　十歳
水俣町猿郷に転居。

一九四〇（昭和一五）年　十三歳
水俣町立第一小学校卒業。水俣町立実務学校（現水俣高校）に入学。歌作を始む。

一九四三（昭和一八）年　十六歳
水俣町立実務学校卒業。佐敷町の代用教員錬成所に入り、二学期より田浦小学校に勤務。

一九四五（昭和二〇）年　十八歳
戦災孤児タデ子を拾い、わが家で半年養う。

一九四六（昭和二一）年　十九歳
春、水俣市葛渡小学校に移る。結核に罹患し、秋まで自宅療養。「タデ子の記」を書く。

一九四七（昭和二二）年　二十歳
退職し、三月石牟礼弘と結婚。

一九四八（昭和二三）年　二十一歳
一〇月、長男道生出生。

一九五二（昭和二七）年　二十五歳
六月、『水俣詩歌』に短歌十三首「小鳥の如く」発表。一一月、『毎日新聞』熊本歌壇に投稿を始む。

一九五三（昭和二八）年　二十六歳
熊本市の歌誌『南風』（主宰・蒲池正紀）に入会し、一月号より出詠。出詠は五四年より五六年にかけて最も多く、以後断続的で、六五年四月が最後の出詠となる。

一九五四（昭和二九）年　二十七歳
四月、歌友志賀狂太自殺。この年水俣市のレストランに半年勤務。谷川雁を知る。

一九五六（昭和三一）年　二十九歳
『短歌研究』新人五十首詠に入選。この年より詩を発表し始む。

一九五八（昭和三三）年　三十一歳
『サークル村』結成に参加。一一月二九日、弟一（はじめ）鉄道事故で死す。この年以降詩作多し、その大部分は未発表。

一九五九（昭和三四）年　三十二歳
三月、『南風』に「詠嘆へのわかれ」を書く。五月、共産党に入党。『アカハタ』懸賞小説に応募、佳作となる（『曳き舟』）。『サークル村』三月号に「愛情論1」掲載。

一九六〇（昭和三五）年　三十三歳
九月、共産党を離党。『サークル村』一月号に「奇病」掲載（『苦海浄土』「ゆき女聞き書」の第一稿）。

一九六一（昭和三六）年　三十四歳
五月、筑豊へ赴き、大正炭坑行動隊の闘いを見る。

一九六二（昭和三七）年　三十五歳
谷川雁の指導で結成された熊本の「新文化集団」に参加、また同人誌「詩と真実」に入会。この年日窒水俣工場にストライキ起り、市民向けビラを書いて支援。

一九六三（昭和三八）年　三十六歳
一二月、雑誌『現代の記録』創刊に携わる、同誌に「西南役伝説」を発表。

一九六五（昭和四〇）年　三十八歳
一二月、『熊本風土記』創刊号に「海と空のあいだに」（『苦海浄土』初稿）第一回を発表（翌年一ぱい連載）。

一九六六（昭和四一）年　三十九歳
高群逸枝伝の準備のために東京世田谷の橋本憲三宅に滞在。

一九六八（昭和四三）年　四十一歳
一月、水俣病対策市民会議を結成。一〇月、『高群逸枝雑誌』に「最後の人」連載開始。妹妙子帰宅して姉の仕事を補佐。

一九六九（昭和四四）年　四十二歳
一月、『苦海浄土』を講談社より出版。熊日文学賞を与えられたが辞退。四月、父亀太郎死す。六月、水俣病患者、訴訟を提起。以後患者と行動をともにする。

一九七〇（昭和四五）年　四十三歳
『苦海浄土』が第一回大宅壮一賞に選ばれる（受賞辞退）。「苦海浄土・第二部」、『辺境』に連載開始。五月、厚生省補償処理会場占拠に付添いとして参加。水俣病患者支援運動の全国的高揚により、家族ぐるみで多忙を極める。一一月、「詩篇・苦海浄土」RKB毎日より放送。

一九七一（昭和四六）年　四十四歳
一二月、川本輝夫を先頭とするチッソ東京本社占拠（自主交渉闘争）に付添いとして参加。

一九七二（昭和四七）年　四十五歳
自主交渉闘争のため東京・水俣間を往来。夏、左眼の白内障手術を受く。

一九七三（昭和四八）年　四十六歳
三月、水俣病訴訟判決。患者のチッソ本社交渉に参加。三月、『流民の都』（大和書房）出版。六月、熊本市薬園町に仕事場を設ける。八月、マグサイサイ賞を受賞しマニラに赴く。季刊誌『暗河』創刊に携わる。

一九七四（昭和四九）年　四十七歳
四月、秀島由己男と詩画集『彼岸花』（南天子画廊）を出版。一一月、『天の魚』（筑摩書房）出版。

一九七六（昭和五一）年　四十九歳
四月、色川大吉、鶴見和子などに依頼し、不知火海総合学術調査団発足（一九八三年に報告書『水俣の啓示』刊行）。五月、橋本憲三死去。一一月、『椿の海の記』（朝日新聞社）刊行。

一九七八（昭和五三）年　五十一歳
七月、熊本市健軍・真宗寺脇に仕事場を移す。与那国島へ旅行。一二月、久高島でイザイホーを見る。

一九八〇（昭和五五）年　五十三歳
九月、『西南役伝説』（朝日新聞社）刊行。

一九八一（昭和五六）年　五十四歳
映画『水俣の図物語』制作に参加。

一九八三（昭和五八）年　五十六歳
一一月、『あやとりの記』（福音館書店）刊行。

一九八四（昭和五九）年　五十七歳
六月、『おえん遊行』（筑摩書房）刊行。

一九八六（昭和六一）年　五十九歳
一一月、西日本文化賞を受賞。

一九八八（昭和六三）年　六十一歳
五月、母ハルノ死去。

一九九二（平成四）年　六十五歳
五月、『十六夜橋』（径書房）刊行。

一九九三（平成五）年　六十六歳
九月、『十六夜橋』紫式部文学賞受賞。

一九九四（平成六）年　六十七歳
四月、熊本市湖東へ転居。同月、田上義春、杉本栄子、緒方正人らと「本願の会」を結成。

一九九七（平成九）年　七十歳
一一月、『天湖』（毎日新聞社）刊行。

一九九八（平成一〇）年　七十一歳
四月、『熊本日日新聞』等七紙に『春の城』連載開始（翌年三月まで）。

一九九九（平成一一）年　七十二歳
一一月、『アニマの鳥』（「春の城」改題、筑摩書房）刊行。

二〇〇二年（平成一四）年　七十五歳
一月、「朝日賞」受賞。七月、新作能「不知火」東京で上演。熊本市上水前寺に転居。

二〇〇三（平成一五）年　七十六歳
三月、『はにかみの国　石牟礼道子全詩集』芸術選奨文部科学大臣賞受賞。

執筆者紹介　（掲載順）

渡辺京二（わたなべ・きょうじ）
1930年京都府生まれ。思想家。著書『渡辺京二評論集成』（全４巻）『逝きし世の面影』他。

見田宗介（みた・むねすけ）
1937年東京都生まれ。共立女子大学教授。現代社会論、社会学。著書『時間の比較社会学』他。

大岡信（おおおか・まこと）
1931年静岡県生まれ。詩人。著書『大岡信著作集』（全15巻）『記憶と現在』『折々のうた』他。

菅野昭正（かんの・あきまさ）
1931年神奈川県生まれ。文芸評論家。著書『変容する文学のなかで』『詩学創造』他。

志村ふくみ（しむら・ふくみ）
1924年滋賀県生まれ。染織家。重要無形文化財保持者。著書『一色一生』『たまゆらの道』他。

辺見庸（へんみ・よう）
1944年宮城県生まれ。作家。著書『ハノイ挽歌』『もの食う人びと』『眼の探索』他。

高田宏（たかだ・ひろし）
1932年京都府生まれ。作家。著書『木に会う』『言葉の海へ』『われ山に帰る』『荒ぶる自然』他。

岩岡中正（いわおか・なかまさ）
1948年熊本県生まれ。熊本大学教授。政治思想。俳人。著書『詩の政治学』他。

栗原彬（くりはら・あきら）
1936年栃木県生まれ。明治大学教授。政治社会学。著書『管理社会と民衆理性』他。

多田富雄（ただ・とみお）
1934年茨城県生まれ。東京大学名誉教授。免疫学。著書『免疫の意味論』『生命の意味論』他。

司修（つかさ・おさむ）
1936年群馬県生まれ。画家。装丁家。作家。著書『戦争と美術』『紅水仙』『版画』『迷霧』他。

イバン・イリイチ（Ivan Illich）
1926年ウィーン生まれ。2002年歿。思想家。著書『シャドウ・ワーク』『生きる思想』他。

著者紹介

石牟礼道子（いしむれ・みちこ）

1927年，熊本県天草郡に生まれる。作家。『苦海浄土――わが水俣病』は、文明の病としての水俣病を鎮魂の文学として描き出した作品として絶賛された。第1回大宅壮一賞を与えられたが受賞辞退。1973年マグサイサイ賞受賞。1993年『十六夜橋』で紫式部文学賞受賞。2001年度朝日賞受賞。『はにかみの国　石牟礼道子全詩集』で2002年度芸術選奨文部科学大臣賞受賞。2002年7月、新作能「不知火」が東京で上演、2003年熊本で上演、2004年8月には水俣で上演される。著書多数あり。

不知火《しらぬひ》――石牟礼道子のコスモロジー

2004年2月25日　初版第１刷発行©

著　者　石牟礼道子

発行者　藤原良雄

発行所　株式会社 藤原書店

〒162-0041　東京都新宿区早稲田鶴巻町523

電　話　03（5272）0301

ＦＡＸ　03（5272）0450

振　替　00160-4-17013

印刷・製本　図書印刷

落丁本・乱丁本はお取替えいたします
定価はカバーに表示してあります

Printed in Japan
ISBN4-89434-358-4

石牟礼道子全集
不知火

全17巻・別巻一

推　薦　五木寛之／大岡信／河合隼雄／金石範／志村ふくみ／白川静／瀬戸内寂聴／多田富雄／筑紫哲也／鶴見和子（五十音順・敬称略）

Ａ５上製貼函入布クロス装　各巻口絵２頁
装丁・志村ふくみ　各巻に解説・月報を付す
2004年4月刊行開始（隔月配本）

内容見本呈

第1巻　**初期作品集**　（第2回配本）
第2巻　**苦海浄土**　第1部「苦海浄土」　第2部「葦舟」　（第1回配本）
第3巻　**苦海浄土**　第3部「天の魚」　苦海浄土関連対談・インタビュー　（第1回配本）
第4巻　**椿の海の記　ほか**　エッセイ 1969–1970
第5巻　**西南役伝説　ほか**　エッセイ 1971–1972
第6巻　**常世の樹　ほか**　エッセイ 1973–1974
第7巻　**あやとりの記　ほか**　エッセイ 1975
第8巻　**おえん遊行　ほか**　エッセイ 1976–1978
第9巻　**十六夜橋　ほか**　エッセイ 1979–1980
第10巻　**食べごしらえおままごと　ほか**　エッセイ 1981–1987
第11巻　**水はみどろの宮　ほか**　エッセイ 1988–1993
第12巻　**天　湖　ほか**　エッセイ 1994
第13巻　**アニマの鳥　ほか**
第14巻　**短篇小説・批評**　エッセイ 1995
第15巻　**全詩歌句集**　エッセイ 1996–1998
第16巻　**新作能と古謡**　エッセイ 1999–2004
第17巻　**詩人・高群逸枝**
別　巻　**自　伝**　(附) 著作リスト、著者年譜

〃本当に生きた弾みのある声〃

竹内浩三全作品集
日本が見えない（全一巻）
小林察編　〈推薦〉吉増剛造

太平洋戦争のさ中にあって、時代の不安を率直に綴り、戦後の高度成長から今日の日本の腐敗を見抜いた詩人、「骨のうたう」の竹内浩三の全作品を、活字と写真版で収めた完全版。新発見の詩・日記も収録。

菊大上製　貼函入
七三六頁（口絵二四頁）　八八〇〇円
（二〇〇一年一一月刊）
◇4-89434-261-8

一九三三年、野間宏十八歳

作家の戦中日記（一九三二―四五）上・下
野間宏
編集委員＝尾末奎司・加藤亮三・紅野謙介・寺田博

戦後文学の旗手、野間宏の思想遍歴の全貌を明かす第一級資料を初公開。戦後、大作家として花開くまでの苦悩の日々の記録を、軍隊時代の貴重な手帳等の資料も含め、余すところなく活字と写真版で復元する。

上・六四〇頁、下・六四二頁
A5上製貼函入　三〇〇〇〇円（分売不可）
（二〇〇一年六月刊）
◇4-89434-237-5

八〇年代のイリイチの集成

新版
生きる思想（反＝教育／技術／生命）
I・イリイチ　桜井直文監訳

コンピューター、教育依存、健康崇拝、環境危機……現代社会に噴出している全ての問題を、西欧文明全体を見通す視点からラディカルに問い続けてきたイリイチの、八〇年代末発表草稿を集成した『生きる思想』を、読者待望の新版として刊行。

四六並製　三八〇頁　二九〇〇円
（一九九一年一〇月／一九九九年四月刊）
◇4-89434-131-X

初の身体イメージの歴史

新版
女の皮膚の下（十八世紀のある医師とその患者たち）
B・ドゥーデン　井上茂子訳

一八世紀ドイツでは男にも月経があった⁉　われわれが科学的事実、生理学的自然だと信じている人間の身体イメージは歴史的な産物であることを、二五〇年前の女性患者の記録が明かす。「皮膚の下の歴史」から近代的身体観を問い直すユニークな試み。

A5並製　三二八頁　二八〇〇円
（一九九四年一〇月／二〇〇一年一〇月刊）
◇4-89434-258-8

GESCHICHTE UNTER DER HAUT
Barbara DUDEN

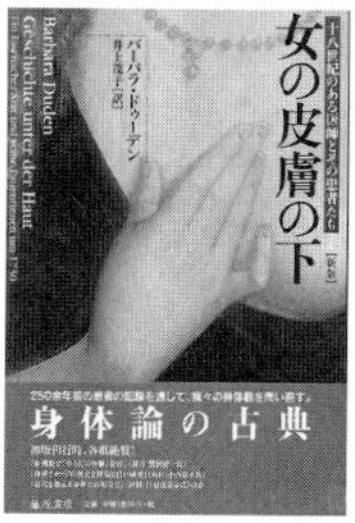

思想の〝誕生〟の現場へ

鶴見和子・対話まんだら

言葉果つるところ

石牟礼道子の巻

両者ともに近代化論に疑問を抱いてゆく過程から、アニミズム、魂、言葉と歌、そして「言葉なき世界」まで、対話は果てしなく拡がり、二人の小宇宙がからみあいながらとどまるところなく続く。

A5変並製　三二〇頁　二二〇〇円
（二〇〇二年四月刊）
◇4-89434-276-6

伝説の書、遂に公刊

歌集　回生

鶴見和子
序・佐佐木由幾

脳出血で斃れた夜から、半世紀ぶりに迸り出た短歌一四五首。著者の「回生」の足跡を内面から克明に描き、リハビリテーション途上にある全ての人に力を与える短歌の数々を収め、生命とは、ことばとは何かを深く問いかける伝説の書。

菊変型上製　一二〇頁　二〇〇〇円
（二〇〇一年六月刊）
◇4-89434-239-1

弱者の目線で

弱いから折れないのさ

岡部伊都子

「女として見下されてきた私は、男を見下す不幸からも解放されたい。人権として、自由として、個の存在を大切にしたい」（岡部伊都子）。四〇年近くハンセン病の患者を支援してきた岡部伊都子が真の「人間性の解放」を弱者の目線で訴える。

題字・題詞・画＝星野富弘
四六上製　二五六頁　二四〇〇円
（二〇〇一年七月刊）
◇4-89434-243-X

民族とは、いのちとは、愛とは

愛することは待つことよ

（二十一世紀へのメッセージ）

森崎和江

日本植民地下の朝鮮で育った罪の思いを超えるべく、自己を問い続ける筆者と、韓国動乱後に戦災孤児院「愛光園」を創設、その後は、知的障害者らと歩む金任順《キムイムスン》。そのふたりが、民族とは、いのちとは、愛とは何かと問いかける。

四六上製　二二四頁　一九〇〇円
（一九九九年一〇月刊）
◇4-89434-151-4